四部要籍選刊·集部

文選

十

浙江大學出版社

本册目録（十）

弔文

祭文

文選卷第五十四

梁昭明太子撰

文林郎守太子右內率府録事參軍事崇賢館直學士臣李善注上

論四

陸士衡五等論一首

劉孝標辯命論一首

五等論

五等公侯伯子男也言古者聖王立五等以治天下至漢封樹不依古制乃作此論

陸士衡

夫體國經野先王所慎周禮曰惟王建國體國經野鄭玄曰體猶分也漢書王嘉曰王者代天爵人尤宜慎之創制垂基思隆後葉典引曰順命以創制論語比考讖曰以俟後聖垂基也然而經略不同長世異術左氏傳楚芋尹無宇曰天子有經略古之

制也又北宮文子曰有其國家令聞長世五等之制始於黃唐郡縣之治創自秦漢漢書曰周爵五等蓋千八百國而太昊黃帝後唐虞侯伯猶存至秦遂并四海分天下爲郡縣前聖苗裔靡有孑遺者矣漢興因秦制度以撫海內班固漢書述曰自昔黃唐經畧萬國三代損益降及秦漢革剗五等制立郡縣得失成敗備在典謨王命論曰歷古今之得失驗行事之成敗書序曰典謨訓誥是以其詳可得而言夫先王知帝業至重天下至曠楊雄長楊賦曰恢帝業孫卿子曰國者天下之大器也重任也廣雅曰曠遠也曠不可以偏制重不可以獨任任重必於借即力制曠終乎因人故設官分職所以輕其任也周禮曰設官分職以爲民極並建五長所以引其制也尚書曰外薄四海咸建五長於是乎立其封疆之典財其親踈之宜賈逵國語注曰裁制也裁與財古字通使萬國相維以成

盤石之固〔周禮曰凡邦國小大相維漢書宋昌曰漢所謂盤石之宗也〕宗庶雜居而定維城之業〔毛詩曰宗子維城無俾城壞而獨斯畏〕又有以見綏世之長御識人情之大方〔大方法也呂氏春秋曰凡耕之大方力者欲柔〕知其爲人不如厚已利物不如圖身〔周易曰利物足以和義莊子曰愛人利物之謂仁左氏傳欒武子曰季孫圖其身不忘其君〕安上在於悅下爲已在乎利人〔孝經曰安上治民莫善於禮左氏傳邾子曰天生民而樹之君以利之也民既利矣孤必與焉〕故易曰說以使民民忘其勞〔周易兌卦之辭也〕孫卿曰不利而利之不如利而後利之之利也〔孫卿子曰不利而利之不如利而後利之之利也不愛而用之不如愛而後用之之功也利而後利不如利而不利者之利也愛而後用之不如愛而弗用者之功也利而不利愛而不用者取天下者也利而後利之愛而後用之者保社稷者也不利而利之不愛而用之者危國家者也〕是以

分天下以厚樂而已得與之同憂饗天下以豐利而我得與之共害孟子謂齊宣王曰樂以天下憂以天下然而不王者未之有也趙岐曰古賢君樂則以己之樂與天下同之憂則以天下之憂與己共之如是未有不王者也鄭玄儀禮注曰饗勸強之也利博則恩篤樂遠則憂深呂氏春秋曰衆封建非以私賢也所以博利博義也利博義博則無敝也毛詩序曰憂深思遠故諸侯享食土之實萬國受世及之祚矣杜預左氏傳注曰享受也禮記曰大人世及以爲禮鄭玄曰大人諸侯之謂也夫然則南面之君各務其治論語子曰雍也可使南面也包氏曰可使南面言王諸侯治之也九服之民知有定主周書曰乃辨九服之國也上之子愛於是乎生周書文王曰周視民如子愛也禮記曰子庶民則百姓勸鄭玄曰子猶愛也下之體信於是乎結禮記曰先王能脩禮以達義體信以達順鄭玄注曰體猶親也世治足以敦風道衰足

以御暴故強毅之國不能擅一時之勢孟子曰彼一時也此一時也雄俊之士無所寄霸王之志漢書宣帝曰漢家本以霸王道雜之然後國安由萬邦之思治主尊賴羣后之圖身毛詩序曰下泉思治也譬猶衆目營方則天網自昶目網目也以喻諸侯天網以喻王室也營布居也老子曰天網恢恢踈而不失呂氏春秋曰一引其網万目皆張廣雅曰昶通也四體辭難而心膂獲乂四體亦喻諸侯心膂亦喻王室也論語丈人曰四體不勤尚書穆王曰作股肱心膂三代所以直道四王所以垂業也論語子曰三代之所以直道而行也包氏曰三代夏商周也禮記曰三王四代唯其師鄭玄曰四代謂虞夏商周也漢書武帝策詔曰屬統垂業廢興何如夫盛衰隆弊理所固有教之廢興繫乎其人漢書韓安國曰夫盛之有衰猶朝之必暮禮記哀公問政子曰文武之政布在方策其人存則其政舉其人亡則其政息愿法期於必

涼明道有時而闇言法不可常愿故期在於必薄道不可常明故有時而或闇以諭盛衰廢典抑唯常理也孔安國尚書傳曰愿愨也娱萬切左氏傳渾罕曰君子作法於涼其獘猶貪杜預曰涼薄也故世及之制獘於彊禦言諸侯世及而盛彊其獘在於彊禦而難制也毛詩曰曾是彊禦厚下之典漏於末折言封建踰禮而爲害其漏在於末大而本折也周易曰剥上以厚下安宅左氏傳楚子問申無宇曰國有大城何如對曰鄭京櫟實殺曼伯宋蕭亳實殺子游由是觀之則害於國末大必折尾大不掉杜預曰折折其本也侵弱之釁遘自三季言諸侯秉權而王室侵弱斯乃遘自三季也班固異姓諸侯王表序曰秦患周之敗以爲四夷交侵以弱見奪於是削去五等杜預左氏傳注曰釁瑕隙也國語郭偃曰三季王之士宜也韋昭曰季末也三季王桀紂幽王也陵夷之禍終于七雄言七雄力政而王道因之陵夷漢書張釋之曰秦陵夷至于二世天下土崩東京賦曰七雄並爭昔者成湯親照夏后之鑒公旦目涉商人之戒

夏后之鑒即殷鑒也毛詩曰殷鑒不遠在夏后之世尚
書曰爾唯舊人爾丕克遠省爾知寧王若勤哉孔安國
傳曰目所親見法之又明之也文質相濟損益有物者春秋元命苞曰王者一質一文據天
地之道天質而地文論語子曰殷因於夏禮所損益可知也周因於殷禮所損益可知也物禮物也故五
等之禮不革于時封畛之制有隆焉爾者呂氏春秋曰等步畝封畛
所以一之也小雅曰封畛界疆也豈玩二王之禍而闇經世之筭乎二王
謂夏殷也經世已見李蕭遠運命論固知百世非可懸御善制不能無弊
而侵弱之辱愈於殄祀土崩之困痛於陵夷也家語孔子曰文
武之祀無乃殄乎漢書徐樂上書曰何謂土崩秦之末葉是也人困而主不恤下怨而上不知此之謂土崩
是以經始權其多福慮終取其少禍毛詩曰經始靈臺吳越春秋曰大夫
種善圖始范蠡善慮終賈逵國語注曰權秉也尸子曰聖人權福則取重權禍則取輕非謂侯伯

無可亂之符郡縣非致治之具也故國憂賴其釋位主弱憑其翼戴左氏傳王子朝告于諸侯曰王居于彘諸侯釋位以間王政又叔向語宣子曰文之伯也翼戴天子加之以恭及承微積弊王室遂卑新序曰及定王王室遂卑猶保名位祚垂後嗣左氏傳曰名位不同班固漢書序曰後嗣承序以廣親親皇統幽而不輟神器否而必存者豈非置勢使之然與東京賦曰怨皇統之見替鄭玄論語注曰輟止也老子曰天下神器不可爲也爲者敗之降及亡秦棄道任術史記曰商鞅見秦孝公謂景監曰吾說君以帝王之道君曰吾不能待吾以彊國之術說君君大悅懲周之失自矜其得言懲周以弱見奪自矜以力滅周也尋斧始於所庇制國昧於弱下弱下之術前王所棄秦以爲是故謂之昧焉左氏傳宋昭公將去羣公子樂豫曰不可公族公室之枝葉也若去之則本根無所庇蔭矣葛藟猶能庇其本根故君子以爲比況國君乎此所謂庇焉而縱尋斧也

賈逵國語注曰尋用也國慶獨饗其利主憂莫與共害國語曰晉國有慶未
嘗不怡史記范雎曰主憂臣辱雖速亡趨亂不必一道毛萇詩傳曰速召也顛沛
之釁實由孤立毛詩曰人亦有言顛沛之揭毛萇曰顛仆也沛拔也揭見根貌也漢書曰漢興
懲戒亡秦孤立之敗也是蓋思五等之小怨忘萬國之大德毛詩曰忘
我大德思我小怨知陵夷之可患闇土崩之為痛也周之不競
有自來矣左氏傳鄭石㚟謂子囊曰今楚實不競行人何罪又叔孫曰叔出季處有自來矣國
乏令主十有餘世左氏傳治區夫曰為乏令主楊雄連珠曰古之令主所以統天者不遠焉
爾雅曰令善也然片言勤王諸侯必應論語子曰片言可以折獄左氏傳狐偃言於晉
侯曰求諸侯莫如勤王也一朝振矜遠國先叛公羊傳葵丘之會齊桓公震而矜之叛者
九國震之者何猶曰振振然矜之者何猶莫若我也何休曰震矜色自美之貌故彊晉收其請

隧之圖暴楚頓其覲鼎之志左氏傳晉侯朝王王享醴命之宥請隧弗許曰王章也未有代德而有二王叔父之所惡也又曰楚子伐陸渾之戎遂至于雒定王使王孫滿勞楚子問鼎之大小輕重焉杜預曰示欲逼周取天下也豈劉項之能闚關勝廣之敢號澤哉漢書沛公自武關入秦又曰羽至函谷關使當陽君擊關羽入至戲又曰勝廣爲屯長行至蘄西大澤鄉勝自立爲將軍廣爲都尉借使秦人因循周制雖則無道有與共弊覆滅之禍豈在曩日曩日謂土崩之禍也漢矯秦枉大啓侯王班固漢書表曰藩國大者夸州兼郡可謂矯枉過其正矣毛詩曰大啓爾宇爲周室輔境土踰溢不遵舊典東京賦曰規摹踰溢尚書曰舊典時式故賈生憂其危朝錯痛其亂漢書賈誼曰夫樹國固必相疑之勢下數被其殃上數爽其憂甚非所以安上而全下也又朝錯曰請諸侯之罪過削其支郡不如此宗廟不安也是以諸侯阻其國家之富憑其士

民之力阻恃也勢足者反疾土狹者逆遲六臣犯其弱綱七子衝其漏網漢書賈誼曰大抵彊者先反及淮陰王楚最彊則先反韓信倚胡則又反及貫高因趙資則又反陳豨兵精則又反彭越用梁則又反黥布用淮南則又反盧綰最弱最後反然誼言八而機言六者貫高非五等盧綰士入匈奴故不數之漢書曰景帝即位朝錯說上令削吳及書至吳王起兵誅漢吏二千石以下膠西膠東淄川濟南楚趙亦皆反也皇祖夷於黥徙西京病於東帝皇祖高祖也南都賦曰皇祖止焉史記曰淮南王黥布反高祖自往擊之布走高祖時爲流矢所中行道病史記曰荊王劉賈者不知何屬高祖立賈爲荊王淮南王黥布反東擊荊賈與戰不勝走富陵爲布軍所殺漢書曰賈稱從兄而機以爲皇祖蓋別有所見杜預左氏傳注曰夷傷也楚漢春秋曰下蔡亭長詈淮南王曰封汝爵爲千乘東南盡日所出尚未足黥徒羣盜所邪而反何也然黥當爲黔漢書曰吳王濞反削吳會稽豫章郡書至起兵反以袁盎爲太常使吳吳王聞盎來知其欲說笑而應曰我巳爲東帝尚誰拜不肯見盎是蓋過正之災而非建侯之累也矯枉過其正已見上文周易曰利用建侯行師然呂氏之難朝士外

顧宋昌策漢必稱諸侯漢書曰呂産呂禄自知背高皇帝約因作亂朱虚侯使人告兄齊王令發兵西太尉勃丞相平爲內應以誅諸呂齊王遂發兵又曰呂后崩大臣迎立代王郎中令張武曰以迎大王爲名實不可往宋昌曰群臣議非也內有朱虚東牟之親外畏吴楚淮南琅邪齊代之強故迎大王大王勿疑也逮至中葉忌其失節割削宗子有名無實天下曠然復襲亡秦之軌矣漢書曰諸侯小者淫荒越法大者睽孤横逆以害身喪國故文帝采賈生之議分齊趙景帝用朝錯之計削吴楚是以五侯作威不忌萬邦新都襲漢易於拾遺也五侯已見鮑明遠數詩尚書曰臣作福作威害于而家凶于而國漢書曰封王莽爲新都侯襲猶取也漢書梅福上書曰昔高祖舉秦如鴻毛取楚如拾遺光武中興篡隆皇統而猶遵覆車之遺轍養喪家之宿疾言光武猶遵師前漢之失也晏子春秋諺曰前車覆後車戒也尚書曰卿士有一於身家必喪僅及數世姦軌充斥

尚書曰寇賊姦宄軌與宄古字通左氏傳士文伯謂子產曰以政刑之不修寇盜充斥卒有彊臣專朝則天下風靡彊臣謂梁冀之屬也楚辭曰世從俗而變化隨風靡而成行一夫縱衡則城池自夷豈不危哉一夫謂董卓也漢書曰縱恣意衡古橫字在周之衰難與王室放命者七臣干位者三子左氏傳曰初王姚嬖于莊王生子頹子頹有寵蔿國爲之師及惠王即位取蔿國之圃以爲囿邊伯之宮近於王宮王取之王奪子禽祝跪與詹父田而收膳夫之秩故蔿國邊伯石速詹父子禽祝跪作亂因蘇氏秋五大夫奉子頹以伐王不克出奔溫蘇子奉子頹以奔衛衛師燕師伐周冬立子頹杜預曰石速士也不在五大夫之數又曰初甘昭公有寵於惠后惠后將立之未及而卒昭公奔齊襄王復之又通於隗氏王替隗氏頹叔桃子曰我實能使狄遂奉太叔以狄師伐周大敗周師王出適鄭處于氾杜預曰甘昭公王子太叔帶也又曰王子朝賓起有寵於景王王崩子朝因舊官百工之喪職秩者與靈景之族以作亂單子逆悼王于莊宮以歸杜預曰子朝景王之長庶子悼王

子猛也班固漢書述曰孝景莅政諸侯方命韋昭曰方放命不承天子之制七臣薦國邊伯詹父子禽祝跪及頹叔桃子賔起也王命論曰閻于天位爾雅曰干求也三子子頹叔帶子朝**嗣王委其九鼎**嗣王惠襄悼也凶族三子也史記曰秦取周九鼎寶器尚書曰肆予敢求爾于天邑商**凶族據其天邑鉦**征**鼙震於閫宇鋒鏑流乎絳闕**傳玄正都賦曰巍巍絳闕**然禍止畿甸害不覃及**毛詩曰覃及鬼方毛萇曰覃延也**天下晏然以治待亂**漢書難蜀父老曰及臻厥成天下晏如也淮南子曰靜以合躁治以待亂**是以宣王興於共和襄惠振於晉鄭**史記曰周人相與畔襲厲王王出奔于彘召公周公二相行政號曰共和共和十四年厲王死於彘二相乃共立宣王又曰惠王即位衛師燕師伐周立子頹鄭伯見虢叔曰盍納王乎虢公曰寡人之願也同伐王城鄭伯將王自圉門入虢叔自北門入殺王子頹及五大夫又曰天王出居于鄭避母弟之難也晉侯辭秦師而下次于陽樊右師圍溫左師逆王王入於王城取太叔于溫殺之杜預曰叔帶襄王

同母弟也豈若二漢階闥暫擾而四海已沸階闥暫擾謂王莽也孽臣朝入而九服夕亂哉孽臣董卓也范曄後漢書曰何進私呼卓入朝以脅太后卓至遂廢少帝爲弘農王遠惟王莽篡逆之事近覽董卓擅權之際億兆悼心愚智同痛左氏傳蘧啓彊曰孤與二三臣悼心失圖然周以之存漢以之亡夫何故哉豈世乏曩時之臣士無匡合之志歟聖主得賢臣頌曰齊侯設庭燎之禮故有匡合之功論語子曰管仲相桓公一匡天下又曰桓公九合諸侯蓋遠績屈於時異雄心挫於卑勢耳左氏傳劉子謂趙孟曰子蓋亦遠績禹功而大庇民乎阮瑀與孫權書曰大丈夫雄心能無憤發故烈士扼腕終委寇讎之手漢書曰燕齊之間方士瞋目扼腕中人變節以助虐國之桀漢書張博書曰公卿變節史記王歜謂燕將曰今爲君將是助桀爲暴也雖復時有鳩合同志以謀

王室漢書曰王莽居攝翟義心惡之遂與劉宇劉璜結謀舉義兵范曄後漢書曰董卓以尚書韓馥爲冀州刺史侍中劉岱爲兗州刺史馥等到官各舉義兵討卓然上非奧主下皆市人漢書曰翟義立劉信爲天子左氏傳曰蔡公召子干子晳將納之子干歸韓宣子問於叔向曰子干其濟乎對曰難恭王有寵子國有奧主呂氏春秋曰驅市人而戰之可以勝人之教卒也師旅無先定之班君臣無相保之志是以義兵雲合無救劫弑之禍范曄後漢書曰卓聞劉馥等兵起乃鴆殺弘農王文子曰用兵有五誅暴救弱謂之義漢書班彪曰假號雲合民望未改而已見大漢之滅矣漢書曰莽聞翟義起兵乃拜王邑爲虎牙將軍以擊義破之於是莽自謂大得天人之助遂即真矣漢書陳涉詐稱公子扶蘇從民望也或以諸侯世位不必常全公羊傳曰諸侯世位故國君爲一體也全或爲今非昏主暴君有時比迹故五等所以多亂唐子曰暴主闇君不可生殺范曄後漢書孔融薦謝該曰該實卓然

比迹前列今之牧守皆以官方庸能雖或失之其得固多故郡縣易以爲治夫德之休明黜陟日用左氏傳王孫滿曰德之休明尚書曰三載考績三考黜陟幽明長率連屬咸述其職禮記曰千里之外設方伯五國以爲屬屬有長十國以爲連連有帥尚書大傳曰古者諸侯之於天子五年一朝謂之述職述其職者述其所職也而滛昬之君無所容過左氏傳宋子魚曰又用諸滛昬之鬼何則其不治哉故先代有以之興矣苟或衰陵百度自悖尚書曰不役耳目百度惟貞鬻官之吏以貨準才則貪殘之萌皆如群后也安在其不亂哉故後王有以之廢矣且要而言之五等之君爲已思治民安已受其利故曰爲已郡縣之長爲利圖物物能利已乃始圖之故云爲利何以徵之葢企及進取仕子之常志企及進取奔競以招

譽禮記曰不至焉者企而及之史記蘇秦說燕王曰忠信者所以自爲也進取者所以爲人也修已安民良士之所希及修已安民積德以厚下論語子曰修已以安百姓尚書咎繇曰在安民孔安國論語注曰希少也夫進取之情銳而安民之譽遲鄭玄禮記注曰情實也銳猶疾也是故侵百姓以利已者在位所不憚安民譽遲不若侵之以利已鄭玄論語注曰憚難也損實事以養名者官長所夙夜也進取名速故損實事以求之列子曰范氏有子曰子華善養私名君無卒歲之圖且掩一時之志五等則不然知國爲已土衆皆我民民安已受其利國傷家嬰其病說文曰嬰繞也故前人欲以垂後後嗣思其堂構尚書曰若考作室子乃弗肯堂矧肯構爲上無苟且之心群下知膠固之義漢書王嘉上疏曰孝文時吏居官者或長子孫然後上下相望莫有苟且之意莊子曰待膠漆而固

者是侵其德者也范曄後漢書鄭泰曰以膠固之衆當解合之勢使其並賢居治則功有厚薄言八代同建五等而廢興殊迹者譬並賢居治而功有優劣也兩愚處亂則過有深淺言秦漢同立郡縣而脩短異期者譬兩愚居亂而過有輕重也然則八代之制幾可以一理貫八代謂五帝三王也然此八代異於辯亡各觀文立義也崔寔政論曰今既不能純法八代故宜叅以霸政論語曰吾道一以貫之秦漢之典殆可以一言蔽矣論語子曰詩三百一言以蔽之曰思無邪孔安國尚書傳曰蔽斷也

辯命論并序劉璠梁典曰峻字孝標辯命論蓋以自喻云

劉孝標孝標植根淄右流寓魏庭冒履艱危僅至江左負材矜地自謂坐致雲霄豈圖逡巡十稔而榮慙一命因茲著論故辭多憤激雖義越典謨而足杜浮競也

主上嘗與諸名賢言及管輅主上謂梁武帝也魏志曰管輅字公明平原人也舉

秀才弟辰謂輅曰大將軍待君意厚冀當富貴乎輅長嘆曰然天與我才明不與我年壽恐四十七八閒不見女嫁男娶婦也是歲八月爲少府丞明年二月卒年四十八歎其有奇才而位不達時有在赤墀之下豫聞斯議歸以告余漢書梅福上書曰願涉赤墀之塗說文曰墀塗地也禮天子赤墀余謂士之窮通無非命也莊子孔子謂子路曰聖人知窮之有命知通之有時臨大難而不懼聖人之勇也故謹述天旨因言其致云鄭玄禮記注曰致之言至也

臣觀管輅天才英偉珪璋特秀郭璞曰孫子荆上品狀王武子曰天才英博亮拔不群抱朴子曰故侍郎周生恭遠英偉名儒禮記曰珪璋特達抱朴子曰陸士龍士衡曠世特秀超古邈今實海內之名傑豈日者卜祝之流乎墨子曰墨子北之齊過日者日者曰帝今日殺黑龍於北方先生之色黑不可以北墨子不聽史記有日者列傳然則占候時日謂之日者司馬遷

書曰僕之先人文史星歷近乎卜祝之閒而官止少府丞年終四十八天之報施何其寡歟史記曰司馬遷曰天之報施善人何如哉然則高才而無貴仕饕餮而居大位自古所歎焉獨公明而已哉左氏傳楚叔伯曰夫有大功而無貴仕其人能靖者與有幾又曰縉雲氏有不才子貪于飲食冒于貨賄天下之人以比三凶謂之饕餮故性命之道窮通之數夭閼烏葛紛綸莫知其辯家語魯哀公問於孔子曰人之命與性何謂孔子對曰分於道謂之命形於一謂之性王肅曰分於道始得爲人也人各受陰陽剛柔之性故曰形於一也莊子曰風之積也不厚則其負大翼也無力故九萬里則風斯在下矣而後乃今培風背負青天而莫之夭閼者司馬彪曰夭折也閼止也言無有折止使不通者也封禪書曰紛綸葳蕤鄭玄儀禮注曰辯別也仲任蔽其源子長闡其惑范曄後漢書曰王充字仲任鄭玄論語注曰蔽塞也論衡曰凡人有生死壽夭之命亦有貴賤貧富之命命當貧賤雖富貴之猶涉患禍失其

富貴命當富貴雖貧賤之猶逢福善離其貧賤今言隨操行而至此命在末不在本也司馬遷字子長蒼頡篇曰闡開也史記或曰天道無親常與善人伯夷叔齊可謂善人而餓死七十子之徒仲尼獨薦顔淵爲好學然蚤夭盜跖日殺不辜肝人之肉音以壽終此其大較者也余甚惑焉至於鶡冠甕牖必以懸天有期鼎貴高門則曰唯人所召七略鶡冠子者蓋楚人也常居深山以鶡爲冠故曰鶡冠禮記孔子曰儒者蓬户甕牖論衡曰夫命懸於天吉凶在乎時吴都賦曰高門鼎貴漢書賈捐之曰石顯方鼎貴又于公曰少高大門令容駟馬高蓋車左傳閔子騫曰禍福無門惟人所召譊譊讙咋異端斯起蜀志曰孟光好公羊春秋而譏呵左氏每與來敏爭此二義常譊譊讙咋裴松之曰譊音奴交切讙音詡袁切咋音祖格切論語子曰攻乎異端蕭遠論其本而不暢其流子玄語其流而未詳其本李蕭遠作運命論言治亂在天故曰論其本郭子玄作致命由己論言吉凶由已故曰語其流嘗試言之曰莊子曰請嘗試言之天無爲以之清

地無爲以之寧杜預左氏傳曰嘗試之也夫通生萬物則謂之道生而無主謂之自然老子曰大道氾兮萬物得之以生而不辭功成而不有愛養萬物而不爲之主王弼曰萬物皆得道而生管子曰萬物以生萬物以成命之曰道老子曰天法道道法自然自然者物見其然不知所以然同焉皆得不知所以得莊子曰孔子觀於呂梁見一丈夫謂孔子曰吾長於水而安於水性也不知吾所以然命也張湛曰固然之理不可以智知知其不可知故謂之命也莊子曰天下誘然皆生而不知其所以生同焉皆得而不知其所以得也鼓動陶鑄而不爲功庶類混成而非其力周易曰鼓天下之動者存乎辭韓康伯曰爻辭也爻以鼓動効天下之動也莊子肩吾謂連叔曰藐姑射之山有神人居焉猶陶鑄堯舜也孰肯以物爲事典引曰沈浮交錯庶類混成生之無亭毒之心死之豈虔劉之志老子曰亭之毒之蓋之覆之王弼曰亭謂品其形毒謂成其質墜左氏傳呂相曰芟夷我農功虔劉我邊陲言殺也

之淵泉非其怒升之霄漢非其悅墜之淵泉鱗屬也升之霄漢羽族也言稟性不同非天之有悅怒也淮南子曰鳥魚生於陰屬於陽故魚遊於水鳥飛於雲夫鳥排虛而飛獸蹠實而走蛟龍水居虎豹山處天地之性也蕩乎大乎萬寶以之化確乎純乎一化而不易莊子曰形非道不生生非德不明蕩蕩乎忽然出勃然動萬物從之乎又曰夫道覆載萬物者也洋洋乎大哉庚桑楚曰夫春氣發而百草生正得秋而萬寶成又楚狂接輿謂肩吾曰夫聖人之治也治外乎正而後行確乎能其事者而已矣司馬彪曰確乎不移易又曰道流而不明純純常常乃比於狂又曰吾一受其成形而不化以待盡化而不易則謂之命命也又曰性不可易命不可變也者自天之命也呂氏春秋曰若命之不可易春秋元命苞曰命者天之命也所受於帝行正不過得壽命也定於冥兆終然不變祖台之論命曰存士壽夭感定冥初魏文帝典論曰夫生之必死天地所不能變鬼神莫能預聖哲不能謀西征賦曰生有脩短

之命位有通塞之遇鬼神莫之要聖哲弗能預觸山之力無以抗倒日之誠弗能感淮南子曰昔共工之力怒觸不周之山使地東南傾與高辛爭爲帝許慎曰昔共工古諸侯之強者也不周之山西北之山也陸機弔魏武文曰夫以迴天倒日之力而不能振形骸之內短則不可緩之於寸陰長則不可急之於箭漏淮南子曰聖人不貴尺之璧而重寸之陰漢書曰漏刻以百二十爲度韋昭曰舊漏晝夜共百刻哀帝有短祚之期故欲增之至德未能踰上智所不免孝經曰先王有至德要道論語子曰唯上智與下愚不移魏文帝典論曰夫生之必死賢聖所不能免是以放勛之世浩浩襄陵天乙之時焦金流石尚書曰放勛欽明又帝曰湯湯洪水方割蕩蕩懷山襄陵浩浩滔天史記天乙立是爲成湯呂氏春秋曰成湯之旱煎沙爛石楚辭曰十日並出流金鑠石文公躓其尾宣尼絶其糧傳子曰周文王子公旦有聖德謚曰文毛詩曰狼跋美周公也狼跋其胡載躓其尾毛萇曰躓跲也躓音致漢

書平紀曰追謚孔子曰宣尼公論語曰子在陳絶糧從者病莫能興**顏回敗其叢蘭冉耕歌其芣苢**家語曰顏回年二十九而髮白三十二而早死文子曰日月欲明浮雲蓋之叢蘭欲茂秋風敗之家語曰冉耕魯人字伯牛以德行著名有惡疾韓詩曰采苢傷夫有惡疾也詩曰采采芣苢薄言采之薛君曰芣苢澤寫也芣苢臭惡之菜詩人傷其君子有惡疾人道不通求已不得發憤而作以事興芣苢雖臭惡乎我猶采采而不已者以興君子雖有惡疾我猶守而不離去也**夷叔斃淑媛之言子輿困臧倉之訴**崔瑋七經曰三王行化夷叔隱已古史考曰伯夷叔齊者孤竹之末世孤竹君之二子也隱於首陽山采薇而食之野有婦人謂之曰子義不食周粟此亦周之草木也於是餓死曹植與楊脩書曰有南威之容乃可以論於淑媛傅子曰昔仲尼既歿仲弓之徒追論夫子言謂之論語其後鄒之君子孟子輿擬其體著七篇謂之孟子然子輿孟子之字也孟子曰魯平公將出嬖人臧倉曰有司未知所之敢請公曰將見孟子曰何哉孟子之後喪踰前喪君無見公曰諾樂正子春見孟子曰克告於君君將來見也嬖人有

臧倉者沮君君是以不果來孟子曰吾之不遇魯侯天也臧氏之子焉能使予不遇哉聖賢且猶若此而況庸庸者乎大戴禮孔子曰所謂庸人者口不能道善言而志不邑邑此可謂庸人也馮衍顯志賦曰獨慷慨以遠覽兮非庸庸之所識至乃伍員浮尸於江流三閭沈骸於湘渚史記曰子胥自剄死王乃取子胥尸盛以鴟夷之革浮之於江中楚辭漁父見屈原曰子非三閭大夫與漢書曰賈誼渡湘水爲賦以弔屈原楊雄反騷曰欽弔楚之湘纍纍音義曰諸不以罪死曰纍屈原赴湘死故曰纍也賈大夫沮志於長沙馮都尉皓髮於郎署漢書曰賈誼爲長沙王太傅誼既以適去意不自得又曰馮唐以孝著爲郎中署長事文帝帝輦過問曰父老何自爲郎君山鴻漸鍛殺羽儀於高雲敬通鳳起摧迅翮於風穴此豈才不足而行有遺哉東觀漢記曰桓譚字君山少好學徧治五經光武即位拜議郎詔會議雲臺上問譚曰吾以讖決之何如譚不應良久對曰臣生不讀讖問其故譚頗有所非

是上怒曰桓譚非法將去斬之譚叩頭流血乃貰由是
失旨遂不復轉遷出補六安太守丞之官意不樂道病
卒周易曰鴻漸于陸其羽可用爲儀許慎淮南子注曰
鍛羽殘羽也應璩與從弟書曰弋下高雲之鳥東觀漢
記曰馮敬通少有俶儻之志明帝以爲衍材過其實抑
而不用遂埳壈失志以壽終於家淮南子曰鳳皇之翔
至德也濯羽弱水暮宿風穴許慎曰風穴風所從出韓
詩外傳曰子路謂孔子曰夫子尚有遺行乎奚居之隱
也近世有沛國劉瓛瓛桓弟璡津並一時之秀士也蕭子
顯齊書曰劉瓛字子珪沛國人宋大明四年舉秀才少
篤學博通五經爲安成王撫軍行參軍公事免自此不
復仕永明初遇疾卒瓛弟璡字子瓛方軌正直文惠太
子召璡入侍東宮每上事輒削草尋署射聲校尉卒官
呂氏春秋曰舜耕於歷山秀士從之瓛君影切瓛則關西孔子通涉六經循循善
誘服膺儒行范曄後漢書曰楊震字伯起經明博覽無不窮究諸儒爲之語曰關西孔子楊伯起
論語顏淵曰夫子循循然善誘人禮記曰回之爲人也
得一善則拳拳服膺而不失之矣又禮記有儒行篇

璡則志烈秋霜心貞崑玉亭亭高竦不雜風塵范曄後漢書孔融論曰凜凜焉皜皜焉其與秋霜崑玉比質可也西京賦曰狀亭亭以岧岧郭璞遊仙詩曰高蹈風塵外皆毓德於衡門並馳聲於天地周易曰君子以振民毓德毛詩曰衡門之下可以棲遟而官有微於侍郎位不登於執戟相次殂落宗祀無饗荅客難曰官不過侍郎位不過執戟尚書曰帝乃殂落孔安國曰殂落死也因斯兩賢以言古則昔之玉質金相英髦秀達毛詩曰追琢其章金玉其相毛萇曰相質也又曰髦俊也皆擯斥於當年韞奇才而莫用司馬彪莊子注曰擯棄也馬融論語注曰韞藏也徼草木以共彫與麋鹿而同死楚辭曰願徼幸而有待兮宿莽與櫟草同死王逸曰將與百草俱殂落也論衡曰身與草木俱朽楚辭曰死日將至兮與麋鹿同坑膏塗平原骨填川谷堙滅而無聞者豈可勝道哉檄蜀文曰肝腦

塗中原膏液潤野草封禪書曰堙滅而不稱者不可勝數此則宰衡之與皁隸容彭之與殤子尚書曰冢宰掌邦治毛詩曰實維阿衡左右商王左氏傳曰人有十等士臣皁皁臣輿輿臣隸列仙傳曰容成公者自稱黃帝師見於周穆王能善補導之事髮白復黑齒落復生事與老子同亦云老子師又曰彭祖殷賢大夫歷夏至商末號年七百莊子南郭子綦曰天下莫大于秋毫之末而太山爲小莫壽于殤子而彭祖爲之夭猗頓之與黔婁陽文之與敦洽猗頓已見過秦論皇甫謐高士傳曰黔婁先生修清節不求進於諸侯及終曾參來弔曰何以爲諡妻曰以康爲諡曾子曰先生存時食不充虛衣不蓋形死則手足不斂傍無酒肉何樂於此而諡爲康哉淮南子曰不待脂粉西施陽文也許慎曰楚之好人也呂氏春秋曰陳有惡人焉曰敦洽讎麋推顙廣顏色如漆赭垂髮臨鼻長肘而盭陳侯見而甚悅之高誘曰醜而有德也咸得之於自然不假道於才智抱朴子曰聖人體天皆得之於自然莊子曰古之至人假道於仁託宿於義故曰死生有命富貴在

天其斯之謂矣論語子夏曰死生有命富貴在天然命體周流變化非一或先號後笑或始吉終凶或不召自來或因人以濟周易曰同人先號咷而後笑老子曰不召而自來傅子曰昔人知下相接之易故因人以致人交錯糾紛迴還倚伏非可以一理徵非可以一途驗而其道密微寂寥忽慌無形可以見無聲可以聞子虛賦曰交錯糾紛鷃冠子曰禍兮福之所倚福兮禍之所伏思玄賦曰北叟頗識其倚伏抱朴子曰鴑銳不可以一塗驗筝琴不可以膠柱調也鬼谷子曰即欲闔之貴密密之貴微西征賦曰寥廓忽恍文子曰道以無有為體視之不見其形聽之不聞其聲謂之幽冥呂氏春秋曰道也者視之弗見聽之弗聞不可為狀管子曰視之不見其形聽之不聞其聲而序其成謂之道必御物以效靈亦憑人而成象譬天王之冕旒任百官以司職言性命之道雖係于天然其來也必憑人而御物譬如天王冕旒而執契必因百官司職以立政文子曰德仁義禮四者聖人

之所以御萬物也而或者覩湯武之龍躍謂龕亂在神功聞孔墨之挺生謂英睿擅奇響成湯武王也周易曰見龍在田又曰或躍在淵墨子曰夏桀時天乃命湯於鑣宮有神來告曰夏德大亂往攻之予必使汝大戡之商王紂時周武王見三神曰予既沈漬殷紂於酒德往攻之予必使汝大戡之孔孔子墨墨翟蔡邕陳太丘碑曰元方季方皆命世挺生膺期特授視彭韓之豹變謂鷙猛致人爵見張桓之朱紱謂明經拾青紫彭彭越韓韓信易曰君子豹變其文蔚禮記曰鷙蟲攫搏不程其勇者鄭玄曰鷙蟲猛獸也孟子曰有天爵有人爵仁義忠信樂善不倦此天爵也公卿大夫此人爵也漢書曰張禹字子文善説論語令禹授太子遷光禄大夫賜爵關内侯范曄後漢書曰桓榮治歐陽尚書授太子爲太子少傅封關内侯禮記曰諸侯佩山玄玉而朱組綬蒼頡篇曰綬紱也漢書夏侯勝曰士病不明經經術苟明取青紫如俛拾地芥豈知有力者運之而趨乎莊子曰夫藏舟於壑藏山於澤謂之固矣然而夜半有力者負之而

走昧者不知故言而非命有六蔽焉爾論語子曰由汝聞六言六蔽矣乎然文雖出此蔽義則殊請陳其梗槩東京賦其梗槩如此夫䕯顔膩理哆𠹭許爲顣子六頞烏割形之異也楚辭曰䕯顔膩理遺視矊些王逸曰䕯緻也膩滑也淮南子曰哆𠹭籧篨戚施醜也說文曰哆張口也音侈通俗文曰𠹭口不正也去皮切史記唐舉見蔡澤曰先生魋顔蹙齃朝秀晨終龜鵠千歲年之殊也淮南子曰朝秀不知晦朔許慎曰朝生暮死蟲也生水上似蠶蛾養生要曰龜鵠壽千百之數性壽之物也聞言如響智昏菽麥神之辨也史記曰淳于髡說鄒忌畢趨出曰是人者吾語之微言五其應我若響之應聲是人必封不久矣左氏傳曰程滑殺厲公荀罃士魴逆周子于京師而立之周子有兄而無慧不能辨菽麥故不可立杜預曰菽大豆也豆麥殊形易別故以之爲癡者之候也同知三者定乎造化榮辱之境獨曰由人是知二五而未識於十其蔽一也淮南子曰大丈夫恬

然無爲與造化逍遥高誘曰造化天地也莊子曰定乎内外之分辨乎榮辱之境左氏傳叔興曰吉凶由人史記齊威王使人說越曰晉楚鬬越兵不起知二五而不知十也

龍犀日角帝王之表朱建平相書曰頟有龍犀入髮左角日右角月王天下也

河目龜文公侯之相孔叢子曰夫子適周見萇弘萇弘語劉文公曰孔子仲尼有聖人之表河目而隆顙是黄帝之形貌也王肅家語注曰河目上下匡平而長也范曄後漢書曰李固貌狀有奇表鼎角匿犀足履龜文後爲太尉

撫鏡知其將刑壓紐顯其膺録蜀志曰蜀郡張裕曉相術每舉鏡視面自知刑死未甞不撲之於地左氏傳曰初楚恭王無冢適有寵子五人無適立焉乃大有事於群望而祈曰請神擇五人主社稷乃徧以璧見於群望曰當璧而拜者神所立也與巴姬密埋璧於太室之庭使五人拜康王跨之靈王肘加焉子干子晳皆遠之平王弱抱而入再拜皆壓紐

星虹樞電昭聖德之符夜哭聚雲鬱興王之瑞春秋元命苞曰大星如虹下流華渚女節夢意感生朱宣宋均曰華渚渚名也朱宣少昊氏詩

含神務曰大電繞樞照郊野感符寶生黃帝漢高祖功臣頌曰彤雲晝聚素靈夜哭國語曰典王賞諫臣皆兆發於前期渙汗於後葉周易曰渙汗其大號渙散也若謂驅貔虎奮尺劍入紫微升帝道則未達窅冥之情未測神明之數其蔽二也尚書武王曰如虎如貔如熊如羆于商郊孔安國曰貔摯獸虎屬也史記高祖曰吾提三尺劍取天下此非天命乎薛綜西京賦注曰天有紫微宮王者象之曰紫微宮淮南子曰源道者測窅冥之深呂氏春秋曰窅乎冥莫知其情王命論曰神明之祚可得而妄處哉空桑之里變成洪川歷陽之都化爲魚鼈呂氏春秋曰有莘氏女子採桑得嬰兒于空桑之中獻之其君令烰人養之察其所以然曰其母居伊水之上孕夢有神告之曰臼出水而東東走毋顧明日視臼水出告其鄰東走十里而顧其邑盡爲水身因化爲空桑故命之曰伊尹淮南子曰歷陽淮南之縣名今屬九江郡歷陽中有老嫗常行仁義有兩諸生告過之謂曰此國當沒爲湖嫗視東城門閫有血便走上山勿反顧也自此嫗數

往視門門吏問之嫗對如其言東門吏殺雞以血塗門明日嫗早往視門有血便走上山國沒爲湖楚師屠漢卒睢息惟河鯁其流秦人坑趙士沸聲若雷震漢書曰項羽晨擊漢大戰彭城靈辟東睢水上大破漢軍多殺士卒睢水爲不流戰國策蔡澤謂應侯曰白起率數萬之師越韓魏而敗彊趙北坑馬服屠四十餘萬衆流血成川沸聲如雷使秦業帝白起之勢也論衡曰言有命者曰夫天下之大人民之衆一歷陽之都一長平之坑同命俱死未可怪也命當溺死故相聚於歷陽命當壓死故相積於長平火炎崑嶽礫石與琬琰俱焚嚴霜夜零蕭艾與芝蘭共盡尚書曰火炎崑岡玉石俱焚又曰引璧琬琰在西序傳玄鷹兎賦曰秋霜一下蘭艾俱落毛萇詩傳曰蕭蒿也雖游夏之英才伊顏之殆庶焉能抗之哉其蔽三也史記曰言偃吳人字子游夏子夏也伊伊尹也顏顏回也孟子曰得天下之英才而教育之易曰顏氏之子其殆庶幾乎王弼曰庶幾於知幾者也或曰明月之珠不能無纇夏

后之璜不能無考淮南子曰夏后氏之璜不能無考明月之珠不能無纇高誘曰考不平也纇瑕也故亭伯死於縣長相如卒於園令范曄後漢書曰崔駰字亭伯竇憲爲車騎將軍辟駰爲掾察駰高第出爲長岑長駰自以遠去不得意遂不之官而歸卒于家漢書曰相如拜爲孝文園令既病免家居茂陵而死才非不傑也主非不明也而碎結緑之鴻輝殘懸黎之夜色抑尺之量有短哉戰國策應侯謂秦王曰梁有懸黎宋有結緑而爲天下名器楚辭鄭詹尹曰尺有所短寸有所長若然者主父偃公孫弘對策不升第歷説而不入牧豕淄原見棄州部設令忽如過隙溘苦合死霜露其爲詬恥豈崔馬之流乎及至開東閤列五鼎電照風行聲馳海外寧前愚而後智先非而終是漢書主父偃齊國臨淄人也學長短縱横術家貧假貸無所得北遊燕趙中山皆莫

能厚客甚困乃上書闕下拜爲郎至中大夫偃曰大丈夫生不五鼎食死則五鼎亨耳又曰公孫引淄川人也家貧牧豕海上太常上對諸儒太常奏引第居下策天子擢引對爲第一後至丞相於是起客館開東閤以延賢士莊子曰賔旅於鄉里逐於州部又曰人生天地之閒若白駒之過隙楚辭曰寧溘死以流亡兮余不忍爲此態也漢書詔曰公孫引不幸罹霜露之疾説文曰訴恥也范曄後漢書吴漢謂臧宮曰將軍嚮者經虜城下震揚威靈風行電照九州春秋閻忠説皇甫嵩曰今將軍威德震本朝風聲馳海外

將榮悴有定數天命有至極而謬生妍蚩其蔽四也

應璩與曹元長書曰春生者繁華秋榮者零悴自然之數豈有恨哉孫子荆陟陽候詩曰三命皆有極

夫虎嘯風馳龍興雲屬

淮南子曰虎嘯而谷風至龍舉而景雲屬四子講德論曰風馳雨集

故重華立而元凱升辛受生而飛廉進

史記曰虞舜名曰重華左氏傳季孫行父曰昔高陽氏有才子八人蒼舒隤敳檮戭大臨尨降庭堅仲容叔達天下之民謂之八愷高辛氏有才子八人伯奮仲堪叔獻季仲

伯虎仲熊叔豹季貍天下之民謂之八元舜臣堯舉八愷使主后土舉八元使布五教于四方史記曰帝乙崩子辛立是爲帝辛天下謂之紂尚書曰祖伊恐奔告于受孔安國曰受紂也音相亂史記曰仲衍生蜚廉蜚廉生惡來父子俱以材力事殷紂然則天下善人少惡人多闇主衆明君寡莊子曰天下之善人少而不善人多法言曰聖君少庸君多杜篤弔比干文曰闇主之在上豈忠諫之是謀而薫蕕不同器梟鸞不接翼家語顏回曰聞薫蕕不同器而藏堯桀不共國而治以其類異也孫盛晉陽秋王夷甫論曰夫芝蘭之不與茨棘俱植鸞鳳之不與梟鵄同棲天理固然易在曉晤西都賦曰接翼側足是使渾胡本敦徒本檮桃杌兀踵武於雲臺之上仲容庭堅耕耘於巖石之下左氏傳太史克曰昔帝鴻氏有不才子掩義隱賊好行凶德醜類惡物頑嚚不友是與比周天下之人謂之渾敦顓頊氏有不才子不可教訓不知話言告之則頑舍之則嚚傲狠明德以亂天常天下之人謂之檮杌楚辭曰忽奔走以先後及前王之踵武東觀漢記曰

詔賈逵入講南宫雲臺使出左氏大義仲容庭堅八愷之二巳見上注法言曰谷口鄭子真不詘其節而耕於巖石之下**横**去**謂廢興在我無繫於天其蔽五也**漢書董仲舒對策曰治亂廢興在於己非天降命不可得反**彼戎狄者人面獸心宴安酖毒**戎狄謂魏也班固漢書贊曰夷狄之人被髪左衽人面獸心左氏傳管敬仲曰宴安酖毒不可懷也**以誅殺爲道德以蒸報爲仁義**漢書曰匈奴其俗寛則隨畜田獵禽獸爲生業急則人習戰攻以侵伐其天性也父死妻其後母兄弟死皆取其妻妻之小雅曰上淫曰蒸下淫曰報**雖大風立於青丘鑿齒奮於華野比於狼戾曾何足論**淮南子曰堯之時猰貐鑿齒九嬰大風封狶修虵皆爲害堯乃使羿誅鑿齒於疇華之澤殺九嬰於凶水之上繳大風於青丘之野上射十日而下殺窫窳斷修蛇於洞庭禽封豕於桑林高誘曰疇華南方地九嬰水火爲人害者北狄之地有凶水大風鷙鳥青丘東方封豕大彘桑林湯禱旱地戰國策張儀曰趙王狼戾無親**自金行不競**

天地板蕩左帶沸脣乘間電發金行謂晉也干寶搜神記曰程猗說石圖曰金者晉之行也左氏傳師曠曰吾驟歌北風又歌南風南風不競毛詩曰上帝板板毛萇曰杯晚切又曰蕩蕩上帝鄭玄曰蕩蕩法度廢壞之貌左帶左衽也尚書曰四夷左衽罔弗咸賴王元長勸給虜書啓曰息沸脣於桑墟然齊梁之間通以虜爲沸脣也魏志詔曰劉備孫權乘間作禍辨亡論曰電發荆南遂覆瀍洛傾五都東京賦曰泝洛背河左伊右瀍干寶晉紀愍帝詔曰群邪作逆傾盪五都居先王之桑梓竊名號於中縣毛詩曰維桑與梓必恭敬止漢書高紀詔曰秦徙中縣之人南方三郡與三皇競其萌黎五帝角其區宇韋昭漢書注曰萌民也孔安國尚書傳曰黎衆也東京賦曰區宇乂寧種落繁熾充仞神州范曄後漢書曰梁商上表曰匈奴種類繁熾不可殫盡子虛賦曰充仞其中不可勝記河圖曰崑崙東南地方千里名曰神州嗚呼福善禍淫徒虛言耳尚書湯曰天道福善禍淫降災于夏以彰厥罪豈非否泰相

傾盈縮遞運而汨骨之以人其蔽六也周易曰泰者通也物不可以終通故受之以否老子曰高下相傾淮南子曰孟春始嬴孟秋始縮高誘曰嬴長也縮短也孔安國尚書傳曰汨亂也然所謂命者死生焉貴賤焉貧富焉治亂焉禍福焉此十者天之所賦也死生有命已見上文論衡曰凡人有死生夭壽之命亦有貴賤貧富之命墨子曰貧富治亂固有天命不可損益呂氏春秋曰禍福之所自來衆人以爲命焉知其所由之也愚智善惡此四者人之所行也桓範世要論曰遇不遇命也善不善人也夫神非舜禹心異朱均才絓中庸在於所習舜禹二帝也淮南子曰性命可說不待學問而合於道堯舜文王也不可教以道不可喻以德者丹朱商均也夫上不及堯舜下不若商均此教訓之所喻也高誘曰丹朱堯子也商均舜子也廣雅曰絓止也胡卦切賈誼過秦曰陳涉材能不及中庸論衡曰中人之性在所習習善爲善習惡爲惡是以素絲無恒玄黄代起鮑魚

芳蘭入而自變言在所習也淮南子曰墨子見練絲而泣之爲其可以黃可以黑高誘曰閔其化也大戴禮曰與君子游苾乎如入蘭芷之室久而不聞則與之化矣與小人游臭乎如入鮑魚之肆久而不聞則與之化矣是故君子愼其所去就也故季路學於仲尼厲風霜之節尸子曰子路東鄙之野人孔子教之爲賢士王隱晉書曰應詹爲太守人歌之曰威若風霜恩如父母楚穆謀於潘崇成殺逆之禍左氏傳曰楚子欲立王子職而黜太子商臣商臣聞之告其師潘崇曰能事諸乎曰不能能行大事乎曰能以宮甲圍成王王縊穆王立潘崇太子師而商臣之惡盛業光於後嗣仲由之善不能息其結纓楚之後業皆商臣之子孫周易曰盛德大業至矣哉尚書曰在今後嗣王左氏傳曰衛渾良夫與太子入舍於孔氏之外圃欲刼孔悝而納太子季子曰太子無勇若燔臺半必舍孔叔大子聞之懼下召石乞盂黶敵子路以戈擊之斷纓子路曰君子死冠不免結纓而死杜預曰季子子路是也斯則邪正由於人吉凶在乎

命或以鬼神害盈皇天輔德周易曰鬼神害盈而福謙尚書曰皇天無親惟德是輔故宋公一言法星三徙呂氏春秋曰宋景公有疾司馬子韋曰熒惑守心心宋分野也君當移於相公曰相股肱也除心腹之疾而置之股肱可乎曰可移於民公曰民所以爲國無民何以爲君曰可移於歲公曰歲所以養民歲不登何以畜民子韋曰君善言三熒惑必退三舍延君命二十一年視之信廣雅曰熒惑謂之罰星或謂之執法殷帝自翦千里來雲呂氏春秋曰湯克夏四年天大旱湯乃以身禱於桑林於是翦其髮磨其手自以爲犧用祈福於上帝雨乃大至淮南子曰湯之時旱七年以身禱於桑林之祭而四海之雲湊千里之雨至若使善惡無徵未洽斯義因此而言則害盈輔德其由影響若以善惡猶命故未洽乎斯義毛萇詩傳曰洽合也且于公高門以待封嚴母掃墓以望喪漢書曰于定國父于公其閭門壞父老方共修之于公謂之曰少高大閭門令容駟馬高蓋車我理獄多陰德未嘗有所寃子孫必有興者至定國爲丞相封侯傳世又

曰嚴延年遷河南太守其母從東海來欲從延年臘到雒陽適見報囚母大驚畢正臘已謂延年曰天道神明人不可獨殺我不自意當老見壯子被刑戮也行矣去女東歸掃除墓地耳後歲餘果敗此君子所以自彊不息也言善惡有徵故君子庶幾自彊而不息也周易象曰天行健君子以自彊不息如使仁而無報奚爲修善立名乎斯徑廷定之辭也若必爲仁而無報何故修善而立名乎是不由命明矣或爲茲說者斯乃徑廷之言耳莊子肩吾問于連叔曰大有徑廷不近人情司馬彪曰徑廷激過之辭也夫聖人之言顯而晦微而婉幽遠而難聞河漢而不測此釋聖人之言顯晦難測也左氏傳君子曰春秋之稱微而顯志而晦婉而成章莊子市南宜僚見魯侯曰南越有邑焉名建德之國君曰彼其道幽遠而無人又肩吾問于連叔曰吾聞言於接輿大而無當往而不反吾驚怖其言猶河漢而無極司馬彪曰極崖也言廣若河漢無有崖也或立教以進庸怠或言命以窮性靈此釋不同之所由也積善

餘慶立教也鳳鳥不至言命也周易曰積善之家必有餘慶徐幹中論曰北海孫翺云積善餘慶誘民於善路耳論語子曰鳳鳥不至河不出圖吾已矣夫今以其片言辯其要趣何異乎夕死之類而論春秋之變哉毛萇詩傳曰蜉蝣渠畧也朝生夕死莊子曰蟪蛄不知春秋也且荆昭德音丹雲不卷周宣祈雨珪璧斯罄左氏傳曰有雲如衆赤鳥夾日飛三日楚子使問周太史太史曰其當王身乎若禜之可移於令尹司馬王曰除腹心之疾而寘諸股肱何益不穀不有大過天其夭諸有罪受罰又焉移之遂弗禜毛詩序曰雲漢仍叔美宣王也毛詩曰圭璧既卒寧莫我聽于叟種德不逮勛華之高延年殘獷未甚東陵之酷勛華已見上文說文曰獷不可附也古猛切莊子曰伯夷叔齊死名於首陽之下盜跖死利於東陵之上爲善一爲惡均而禍福異其流廢興殊其迹蕩蕩上帝豈如是乎毛詩曰蕩蕩上帝下民之辟詩云

風雨如晦鷄鳴不已此釋君子所以自彊也毛詩鄭風也鄭玄箋曰喻君子雖居亂世不變改其節度也故善人爲善焉有息哉尚書曰吉人爲善惟日不足家語孔子曰事君之難也焉可以息哉夫食稻粱進芻豢衣狐貉襲冰紈觀窈眇之奇儛聽雲和之琴瑟此生人之所急非有求而爲也論語子曰食夫稻韓詩外傳田饒謂魯哀公曰黃鵠啄君稻粱國語曰芻豢幾何論語子曰狐貉之厚以居漢書曰齊地織作冰紈長揚賦曰憎聞鄭衛窈眇之聲阮籍詠懷詩曰北里多奇儛周禮曰孤竹之管雲和之琴瑟修道德習仁義敦孝悌立忠貞漸禮樂之腴潤蹈先王之盛則此君子之所急非有求而爲也然則君子居正體道樂天知命公羊傳曰君子大居正莊子弇堈弔曰夫體道者天下之君子也郭象曰言體道者人之宗主也周易曰樂天知命故不憂明其無可奈何識其不由智力莊子

曰知不可奈何而安之若命唯有德者能之王命論曰不知神器有命不可以智力求逝而不召來而不距生而不喜死而不慼莊子曰予惡乎知說生之非或邪予惡乎知惡死之非弱喪而不知歸者邪瑶臺夏屋不能悅其神尸子曰人之言君天下者瑶臺九累而堯白屋楚辭曰冬有大夏王逸曰夏大屋也毛詩曰於我乎夏屋渠渠土室編蓬未足憂其慮土室編蓬已見非有先生論不充詘於富貴不遑遑於所欲禮記孔子曰儒有不隕穫於貧賤不充詘於富貴皇甫謐高士傳黔婁先生妻謂曾子曰先生不慼慼於貧賤不遑遑於富貴論語曰富與貴是人之所欲也豈有史公董相不遇之文乎司馬遷爲太史公故曰史公遷集有悲不遇賦法言曰災異董相李軌曰董相江都相董仲舒也仲舒集有士不遇賦

文選卷第五十四

賜進士出身通奉大夫江南蘇松常鎮太等處承宣布政使司布政使胡克家重校刊

文選卷第五十五

梁昭明太子撰

文林郎守太子右内率府録事參軍事崇賢館直學士臣李　善注上

論五

劉孝標廣絶交論一首

連珠

陸士衡演連珠五十首

論

廣絶交論

劉璠梁典曰：劉峻見任昉諸子西華兄弟等流離不能自振，生平舊交莫有收卹。西華冬月著葛布帔練裙，路逢峻，峻泫然矜之，乃廣朱公叔絶交論。到溉見其論，抵几

於地終身恨之

劉孝標

客問主人曰朱公叔絶交論爲是乎爲非乎此假言也爲是爲非疑而問之也范曄後漢書曰朱穆字公叔爲侍御史感俗澆薄慕尚敦篤著絶交論以矯之稍遷至尚書卒贈益州刺史主人曰客奚此之問奚何也何故有此問也未詳其意故審覆之也客曰

夫草蟲鳴則阜螽躍雕虎嘯而清風起欲明交道不可絶故陳四事以喻之毛詩曰喓喓草蟲趯趯阜螽鄭玄曰草蟲鳴則阜螽跳躍而從之異類相應也雕虎巳見思玄賦淮南子曰虎嘯而谷風至龍舉而景雲屬許慎曰虎陰中陽獸與風同類也故絪縕相感霧涌雲蒸嚶鳴相召星流電激元氣相感霧涌雲蒸以相應鳥鳴相召星流電激以相從言感應之遠也周易曰天地絪縕萬物化醇淮南子曰山雲蒸而柱礎潤毛詩曰伐木丁丁鳥鳴嚶嚶鄭玄云其鳴之志似於友道然曹植辯問曰游說之士星流電燿荅賓戲曰游說之徒風颺電激是以王陽登

則貢公喜罕生逝而國子悲此明良朋也良朋之道情同休戚故貢禹喜王陽之
登朝子產悲子皮之永逝也漢書曰王吉與貢禹爲友
世稱王陽在位貢禹彈冠言其趣舍同也罕生子皮國
子子產也左氏傳曰子產聞子皮卒哭
且曰吾以無爲爲善唯夫子知我也 且心同琴瑟言
鬱郁於蘭茝齒 道叶膠漆志婉孌於塤篪心和琴瑟則言香蘭
茝道合膠漆則志順塤篪言和順之甚也毛詩曰妻子
好合如鼓瑟琴曹子建王仲宣誄曰好和琴瑟鬱郁香
也上林賦曰芳芳漚鬱酷烈淑郁楚辭曰蘭茝幽而獨
芳周易曰同心之言其臭如蘭范曄後漢書曰陳重字
景公雷義字仲預重少與義友鄉里爲之語曰膠漆自
謂堅不如雷與陳班固漢書贊曰婉孌董公塤篪已見
鸚鵡賦 聖賢以此鏤金版而鐫盤盂書玉牒而刻鐘鼎聖賢
以良朋之道故著簡策而傳之太公金匱曰屈一人之
下申萬人之上武王曰請著金版墨子曰琢之盤盂銘
於鐘鼎傳於後世玉牒已見上 若乃匠人輟成風之妙巧伯子息流波

之雅引此言良朋之難遇也莊子曰莊子送葬過惠子之墓謂從者曰郢人堊墁其鼻端若蠅翼使匠石斲之匠石運斤成風斲之盡堊而鼻不傷郢人立不失容宋元君聞之召匠石曰嘗試爲寡人爲之匠石曰臣則嘗能斲之雖然臣質死久矣自夫子之死也吾無以爲質矣吾無與言也伯牙及雅引已見上文范張款款於下泉尹班陶陶於永夕范曄後漢書曰范式字巨卿少與張劭爲友劭字元伯元伯卒式忽夢見元伯呼曰巨卿吾以某日死當以某時葬永歸黃泉子未我忘豈能相及式怳然覺悟便服朋友之服數其葬日馳往赴之既至壙將窆而柩不進其母撫之曰元伯豈有望邪遂停柩移時乃見素車白馬號哭而來其母望之必范巨卿既至叩喪言曰行矣元伯死生各異永從此辭式執引柩乃前式遂留冢次修墳種樹然後乃去司馬遷書曰試欲効其款款之愚王仲宣七哀詩曰悟彼下泉人東觀漢記曰尹敏與班彪相厚每相與談常晏暮不食晝即至冥夜徹旦彪曰相與久語爲俗人所怪然鍾子期死伯牙破琴曷爲陶陶哉駱驛縱橫煙霏雨散巧麻所不知心計莫能

測駱驛縱横不絶也煙霏雨散衆多也魯靈光殿賦曰縱横駱驛各有所趣陸機列仙賦曰騰煙霧之霏霏
劇秦美新曰霧集雨散莊子曰巧厤不能得而況凡乎漢書曰桑弘羊雒陽賈人子以心計年十三侍中而朱
益州汨彝弈叙粤謨訓捶直切絶交游比黔首以鷹鸇媲
人靈於豺虎蒙有猜焉請辨其惑言朋友之義備在典謨公叔亂常道而絶
之故以爲疑也尚書曰彝弈倫攸叙又曰聖有謨訓家語孔子曰祁奚對平公云羊舌大夫信而好直其切也王
肅曰言其切直也爾雅曰丁丁嚶嚶相切直也列子曰公孫穆屏親昵絶交游司馬遷書曰交遊莫救視鷹
鸇豺虎貪殘而無親也黔首巳見過秦論左氏傳太史克曰見無禮於其君者誅之如鷹鸇之逐鳥雀爾雅曰
媲妃也尚書曰惟人萬物之靈杜夷幽求子曰不仁之人心懷豺虎長楊賦曰蒙切惑焉論語子張曰敢問崇
德辨惑主人听魚謹然而笑曰客所謂撫紘徽音未達燥濕
變響張羅沮澤不覿鴻鴈雲飛言朋友之道隨時盛衰醇則志叶斷金醨則昌

言交絶今以絶交爲惑是未達隨時之義猶撫紡者未知變響張羅者不覩雲飛謬之甚也上林賦曰亡是公听然而笑鄭玄禮記注曰撫以手按之也許慎淮南子注曰鼓琴循紡謂之徽也韓詩外傳曰趙遣使於楚臨去趙王謂之曰必如吾言辭時趙王方鼓琴使者因跪曰大王鼓琴未有如今日之悲也請記其處後將法焉王曰不可夫時有燥濕紡有緩急徽柱推移不可記也使者曰臣愚請借此以譬之何者楚之去趙二千餘里變改萬端亦猶紡不可記也難蜀父老曰鷦鵬已翔乎寥廓之宇而羅者猶視乎藪澤悲夫沮澤已見蜀都賦吴都賦曰雲飛水宿

蓋聖人握金鏡闡風烈龍驤蠖屈從道汙隆

言聖人懷明道而闡風教如龍蠖之驤屈蓋從道之汙隆也春秋孔録法曰有人卯金刀握天鏡雒書曰秦失金鏡鄭玄曰金鏡喻明道也春秋考異郵曰後雖殊世風烈猶合於持方宋均曰持方受命者名也班固漢書韓彭述曰雲起龍驤化爲侯王蠖屈已見潘正叔贈王元況詩禮記子思曰道隆則從而隆道汙則從而汙鄭玄曰汙猶殺也

日月聯璧贊亹亹之弘致雲飛電薄顯棣華之微

旨若五音之變化濟九成之妙曲此朱生得玄珠於赤水謨神睿而爲言日月聯璧謂太平也雲飛電薄謂褒亂也王者設教從道汙隆太平則明亹亹微妙之引致道褒則顯棣華權道之微旨然則隨時之義理非一塗也若五音之變化乃濟九成之妙曲今朱公叔絕交是得矯時之義此猶得玄珠於赤水謨神睿而爲言謂窮妙理之極也易坤靈圖曰至德之萌日月若聯璧周易曰定天下之吉凶成天下之亹亹者莫善於蓍龜王弼曰亹亹微妙之意也鄭玄周禮注曰致至也漢書高祖歌曰大風起兮雲飛揚淮南子曰陰陽相薄爲雷激而爲電論語曰棠棣之華偏其反而何晏曰逸詩也棠棣之華反而後合賦此詩以言權反而後至於大順也長笛賦曰五音代轉尚書曰簫韶九成鳳皇來儀莊子曰黃帝遊於赤水之北遺其玄珠乃使象罔求而得之司馬彪曰赤水水假名玄珠喻道也孔安國尚書傳曰謨謀也睿聖也至夫組織仁義琢磨道德驩其愉樂恤其陵夷此言良友每事相成道德資以琢磨仁義因之組織居憂共戚處樂同驩仲長統昌言曰道德

仁義天性也織之以成其物練之以成其情禮記曰如切如瑳道學也如琢如磨自修也白虎通曰朋友之交樂則思之患則死之陵夷已見五等論寄通靈臺之下遺迹江湖之上風雨急而不輟其音霜雪零而不渝其色斯賢達之素交歷萬古而一遇良朋款誠終始若一故寄通神於心府之下遺迹相忘於江湖之上也莊子曰萬惡不可內於靈臺司馬彪曰心爲神靈之臺也李陵書曰人之相知貴相知心莊子曰魚相忘於江湖人相忘於道術郭象曰各自足故相忘也今引江湖唯取相忘之義也不輟其音已見辨命論莊子曰天寒既至霜雪既降吾是以知松栢之茂也素雅素也萬古一遇難逢之甚也逮叔世民訛狙詐飈起谿谷不能踰其險鬼神無以究其變競毛羽之輕趨錐刀之末上明良朋此明損友也左氏傳叔向曰三辟之興皆叔世也毛詩曰民之訛言鄭玄曰訛僞也漢書曰狙詐之兵音義曰狙伺人之間隙也荅賓戲曰游説之徒風飈電激並起而救之莊子孔子曰凡人之心險

於山川難知於天董仲舒士不遇賦曰生不丁三代之盛隆兮丁三季之末俗鬼神不能正人事之變戾聖賢亦不能開愚夫之違惑葛龔集曰龔以毛羽之身戴丘山之施左氏傳叔向曰錐刀之末將盡爭之於是素交盡利交興天下蚩蚩鳥驚雷駭毛詩曰氓之蚩蚩廣雅曰蚩亂也崔寔正論曰秦時赭衣塞路百姓鳥驚無所歸淮南子曰月行日動電奔雷駭也然則利交同源派流則異較角言其略有五術焉廣雅曰較明也韓詩曰報我不術薛君曰術法也若其寵鈞董石權壓梁竇董賢石顯已見西京賦權猶勢也范曄後漢書曰梁冀字伯卓爲大將軍專擅威柄凶恣日積竇憲已見范曄宦者論雕刻百工鑪捶朱縻萬物吐漱興雲雨呼噏下霜露九域聳其風塵四海疊其燻灼雕刻鑪捶喻造物也覆載天地刻雕衆形而不爲巧尚書曰百工惟時莊子曰黃帝之忘其智皆在鑪捶之閒聲類曰爐火所居也李頤莊子音義曰捶排口鐵以灼火也范曄後漢書曰舉動迴山海呼吸

變霜露九域已見潘元茂九錫文爾雅曰聳懼也夏侯湛東方朔畫贊曰彷彿風塵用垂頌聲毛萇詩傳曰疊懼也西征賦曰當恭顯之任勢也燻灼四方震燿都鄙靡不望影星奔藉響川鶩雞人始唱鶴蓋成陰高門旦開流水接軫蔡伯喈郭林宗碑曰于時紳佩之士望形表而影附聆嘉聲而響和者猶百川之歸巨海鱗介之宗龜龍也周禮曰雞人凡國事爲期則告之時鄭玄曰象雞知時也劉楨魯都賦曰蓋如飛鶴馬似遊魚高門已見辨命論范曄後漢書明德馬后曰前過濯龍門上見外家問起居者車如流水馬如龍也皆願摩頂至踵隳膽抽腸約同要離焚妻子誓殉荆卿湛沈七族是曰勢交其流一也孟子曰墨子兼愛摩頂放踵趙岐曰放至也鄒陽上書曰見情素隳肝膽李顒詩曰焦肺枯肝抽腸裂膈鄒陽上書曰荆軻沈七族要離焚妻子豈足爲大王道哉富埒陶白貲巨程羅山擅銅陵家藏金穴出平原而聯騎居里閈而鳴鍾陶朱

公巳見過秦論程鄭巳見蜀都賦漢書曰白圭周人也樂觀時變天下言治生者祖白圭又曰成都羅裒貲至鉅萬又曰鄧通蜀郡人也文帝賜通蜀嚴道銅山得鑄錢鄧氏錢布天下揚雄蜀都賦曰西有鹽泉鐵冶橘林銅陵范曄後漢書曰光武帝郭皇后弟況爲大鴻臚數賞賜金錢京師號況家爲金穴連騎鳴鍾巳見西京賦應劭漢書注曰里門曰閈

則有窮巷之賔繩樞之士冀宵燭之末光邀潤屋之微澤魚貫鳧躍颯沓鱗萃分鴈鶩之稻粱霑玉斝之餘瀝

漢書曰陳平家貧負郭窮巷以席爲門過秦論曰陳涉甕牖繩樞之子戰國策曰甘茂去秦且之齊出關遇蘇子曰君聞夫江上之處女乎夫江上之處女有家貧而無燭者處女相與語欲去之家貧無燭者將去矣謂處女曰妾以無燭之故常先掃室布席何愛餘明之照四壁者處女以爲然留之今臣弃逐於秦出關願爲足下掃室布席幸無我逐也賈逵國語注曰邀求也禮記曰富潤屋德潤身貫魚巳見鮑昭出自薊北門行潘岳哀辭曰望歸瞥見鳧藻踴躍張衡羽獵賦曰輕車颯沓西京賦曰鳥集鱗萃魯連子曰君

鴈鶩有餘粟韓詩外傳田饒謂魯哀公曰黃鵠止君園池啄君稻粱説文曰笄玉爵也史記淳于髡曰親有嚴客持酒於前時賜餘瀝銜恩遇進款誠援青松以示心指白水而旌信是曰賄交其流二也陸士龍爲顧彥先贈婦詩曰銜恩非望始遇謂以恩相接也秦嘉婦詩曰何用叙我心惟思致款誠禮記曰其在人也如松柏之有心周松執友論曰推誠歲寒功標松竹左氏傳晉公子曰所不與舅氏同心者有如白水陸大夫宴喜西都郭有道人倫東國公卿貴其籍甚搢紳羨其登仙漢書曰高祖拜陸賈爲太中大夫陳平以錢五百萬遺賈爲食飲費賈以此遊公卿閒名聲籍甚音義曰狼籍甚盛也西征賦曰陸賈之優游宴喜范曄後漢書曰郭泰字林宗博通墳籍善談論游洛陽後歸鄉諸儒送之與李膺同舟而濟衆賓望之以爲神仙舉有道不應林宗雖善人倫不爲危言覈論東國洛陽也加以頷羌錦頤蹙頞涕唾流沫騁黃馬之劇談縱碧雞之雄辯解嘲曰蔡澤頷頤折頞涕唾流沫西揖強

秦之相而奪其位時也莊子曰惠施其言黃馬驪牛三辯者以此與惠施相應終身無窮司馬彪曰牛馬以二爲三兼與別也曰馬曰牛形之三也曰黃曰驪色之三也曰黃馬曰驪牛形與色之三也蜀都賦曰劇談戲論扼捥抵掌馮衍與鄧禹書曰衍以爲寫神輸意則聊城之說碧雞之辯不足難也王褒碧雞頌曰持節使者敬移金精神馬縹縹碧雞歸來歸來漢德無疆黃龍見兮白虎仁歸來歸來可以爲倫歸來翔兮何事南荒也

叙温郁則寒谷成暄論嚴苦則春叢零葉飛沈出其顧指榮辱定其一言

毛萇詩傳曰燠煖也郁與燠古字通也寒谷巳見顔延年秋胡詩王逸楚辭注曰嚴壯也風霜壯謂之嚴說文曰苦猶急也張升反論曰噓枯則冬榮吹生則夏落荀爽與李膺書曰任其飛沈與時抑揚莊子曰手撓顧指四方之民莫不俱至周易曰樞機之發榮辱之主

於是有弱冠王孫綺紈公子道不挂於通人聲未遒於雲閣攀其鱗翼丐其餘論附駔子朗驥之旄端軼歸鴻於碣石是曰談交其流三也

弱冠巳見辯士論漢書漂

毋謂韓信曰吾哀王孫而進食又曰班伯與王許子弟爲羣在於綺襦紈袴之間論衡曰夫能該一經者爲儒生博覽古今者爲通人應劭漢書注曰適好也應瑒釋賓曰子猶不能騰雲閣攀天衢楊子法言曰攀龍鱗附鳳翼巽子虛賦曰願聞先生之餘論說文曰駔壯馬也張敞集曰蒼蠅之飛不過十步託騏驥之尾乃騰千里之路何休公羊傳注曰軼過也淮南子曰馮遲大丙之御也過歸鴻於碣石也陽舒陰慘生民大情憂合驩離品物恒性西京賦曰人在陽時則舒在陰時則慘莊子曰藏天下於天下而不得所遯是恒物之大情也相煦以沫憂合也相忘江湖驩離也周易曰品物咸亨故魚以泉涸而呴沫鳥因將死而鳴哀莊子曰泉涸魚相與處於陸相呴以濕相濡以沫論語曾子曰鳥之將死其鳴也哀同病相憐綴河上之悲曲恐懼寘懷昭谷風之盛典吳越春秋曰伯嚭來奔於吳子胥請以爲大夫吳大夫被離承宴問子胥曰何見而信伯嚭乎子胥曰吾之怨與嚭同子聞河上之歌者乎同病相憐同憂相救驚翔之鳥相隨而集瀨下之水回

後俱流誰不愛其所近悲其所思者斯則斷金由於湫乎詩谷風曰將恐將懼寘予于懷隘刎頸起於苫蓋周易曰二人同心其利斷金左氏傳曰景公欲更晏子之宅曰子之宅湫隘囂塵漢書曰張耳陳餘相與爲刎頸之交左氏傳范宣子數戎子駒支曰乃祖吾離被苫蓋是以伍貟濯漑於宰嚭浦几張王撫翼於陳相是曰窮交其流四也言宰嚭由伍貟濯漑而縈顯嚭既貴而譖貟陳餘因張耳撫翼而奮飛餘既尊而襲耳故曰窮交也毛詩曰可以濯漑説文曰濯浣也毛萇詩曰漑灌也在於貧賤類乎涅滓糜之好爵同於濯漑史記曰伍子胥者楚人名貟楚王誅貟父奢子胥往吴闔廬既立得志以子胥爲行人楚又誅大臣伯州犂州犂之孫士奔吴亦以嚭爲大夫吴越春秋曰帛否來奔於吴王闔廬問伍子胥帛否何如人也伍子胥對帛否者楚州犂孫楚平王誅州犂否因懼出奔聞臣在吴而來吴王因子胥請帛否以爲大夫與之謀於國事史記曰闔廬死夫差既立以伯嚭爲太宰吴敗越於會稽大夫種厚幣遺吴太宰請和將許之子胥諫不聽太宰既與子胥有隙因讒子胥王乃

使賜子胥屬鏤之劒乃自刎左氏傳曰哀公會吳槖睪吳子使太宰嚭請尋盟然本或作伯喜或作帛否或作太宰嚭字雖不同其人一也班固漢書述曰張陳之交好如父子携手遯秦撫翼俱起馳騖之俗澆薄之倫無不操權衡秉纖纊衡所以揣其輕重纊所以屬其鼻息若衡不能舉纊不能飛雖顏冉龍翰鳳雛曾史蘭薰雪白阮子政論曰交遊之黨爲馳騖之所廢淮南子曰澆天下之淳許慎曰澆薄也漢書曰衡平也權重也衡所以任權而鈞物平輕重也鄭衆考工注曰稱錘曰權鄭玄尚書注曰稱上曰衡尚書曰厥篚纖纊說文曰揣量也儀禮曰屬纊以候氣運命論曰顏冉大賢魏志崔琰曰邴原張範所謂龍翰鳳翼習鑿齒襄陽記曰舊目諸葛孔明爲卧龍龐士元爲鳳雛曾曾參史史魚也莊子曰削曾史之行鉗楊墨之口魏都賦曰信陵之名蘭芬也葛龔薦郝彥文曰雪白氷折皦然曜世也舒向金玉淵海卿雲黼黻河漢言舒向之辭同於淵海也論衡曰儒世之金玉又曰劉子駿漢朝之智囊筆墨之淵海言卿雲之文類於

河漢也論衡曰繡之未刺錦之未織恒絲庸帛何以異
哉加五綵之巧施針縷之飾文章玄耀黼黻華蟲學士
有文章猶絲帛之有五色之巧也又曰漢諸儒作
書者以司馬長卿楊子雲河漢也其餘涇渭也 視若游塵遇
同士梗莫肯費其半菽罕有落其一毛 游塵土梗喻輕賤也左太沖詠
史詩曰視之若埃塵嵇含司馬誄曰命危朝露身輕游
塵莊子魏文侯曰吾所學者真土梗耳司馬彪曰梗土之
榛梗也漢書項羽曰歲飢人貧卒食半菽孟
子曰楊氏爲我拔一毛而利天下不爲也 若衡重錙
銖纖微影飄撇匹滅 雖共工之蒐慝驩兜之掩義南荆之
跋扈東陵之巨猾 錙銖巳見任彦升彈曹景宗文侯瑾箏
賦曰微風影擊泠氣輕浮左氏傳季
孫行父曰少昊氏有子靖譖庸回伏讒蒐慝杜預曰謂
共工也蒐慝隱慝惡也左氏傳季孫行父曰帝鴻氏有子
掩義隱賊好行凶德杜預曰謂驩兜也南荆謂楚也演連珠
曰南荆有寡務和之歌韓子莊周子謂楚莊王曰莊蹻爲盗
於境内吏不能禁西京賦曰睢盱跋扈東陵盗跖也
巳見任昉王儉集序東京賦曰巨猾間舋蹻其略切 皆

爲匍匐逶迤折枝舐痔金膏翠羽將其意脂韋便辟婢亦導其誠說文曰逶迤邪行去也史記曰蘇秦笑謂嫂何前踞而後恭嫂逶迤蒲服而謝曰見季子位高金多也孟子曰爲長者折枝語人曰吾不能是不爲也非不能也趙岐曰折枝案摩折手節解罷枝也莊子謂宋人曹商曰秦王有病召醫破癰潰痤者得車一乘舐痔者得車五乘子豈療其痔邪金膏巴見江賦漢書曰繇王閩侯亦遺江都王建犀甲翠羽毛詩序曰又實幣帛以將其厚意鄭玄曰將助也楚辭曰如脂如韋王逸曰柔弱曲也論語孔子曰損者三友友便僻損矣故輪蓋所游必非夷惠之室苞苴所入實行張霍之家謀而後動毫芒寡忒是曰量交其流五也禮記曰苞苴簞笥問人者鄭玄曰苞苴裹魚肉者也或以葦或以茅張張安世霍霍光也荅賓戲曰銳思毫芒之内凡斯五交義同賈古鬻故桓譚譬之於闤闠林回喻之於甘醴杜預左氏傳注曰賈買也鄭衆周禮注曰鬻賣也譚集及新論

並無以市喻交之文戰國策譚拾子謂孟嘗君曰得無怨齊士大夫乎孟嘗君曰然譚拾子曰富貴則就之貧賤則去之請以市喻市朝則滿夕則虛非朝愛市而夕憎之也求存故往亡故去願君勿怨然此以市喻交疑拾誤爲栢遂居譚上耳莊子林回曰君子之交淡若水小人之交甘如醴司馬彪曰林回人姓名也

夫寒暑遞進盛衰相襲或前榮而後悴或始富而終貧或初存而末亡或古約而今泰循環翻覆迅若波瀾周易曰寒往則暑來暑往則寒來盛衰已見琴賦說文曰襲因也說苑雍門周對孟嘗君曰臣之能令悲者先貴而後賤古富而今貧笙賦曰有始泰終約前榮後悴尚書大傳曰三王之統若循連環周則復始窮則反本陸機樂府詩曰休咎相乘躡翻覆若波瀾

此則殉利之情未嘗異變化之道不得一由是觀之張陳所以凶終蕭朱所以隙末斷焉可知矣言貪利情同譎詐殊道也范曄後漢書王丹曰交道之難未易言也張陳凶其終蕭朱隙其末故知全之者鮮矣

漢書蕭育字次君朱博字子元育少與博爲友故長安語曰蕭朱結綬王貢彈冠言相薦達也後育爲九卿博先至丞相與博有隙也而翟公方規規然勒門以箴客何所見之晚乎莊子曰規規然自失也漢書曰下邽翟公爲廷尉賓客亦復填門及廢門外可設爵羅後復爲廷尉賓客欲往翟公大署其門曰一死一生乃知交情一貧一富乃知交態一貴一賤交情乃見穀梁傳曰至城下然後知何知之晚也因此五交是生三釁杜預左氏傳注曰釁瑕隙也敗德殄義禽獸相若一釁也尚書曰侮慢自賢反道敗德史記衛平曰天有五色以辯白黑人民莫知辨也與禽獸相若也難固易攜讎訟所聚二釁也杜預左氏傳注曰攜離也名陷饕餮貞介所羞三釁也饕餮已見上漢書贊曰勢利之交古人羞之古人知三釁之爲梗懼五交之速尤毛萇詩傳曰梗病也又曰速召也故王丹威子以檟楚朱穆昌言而示絕有旨哉有旨哉有梁之初

淳風巳喪俗多馳競人尚浮華故叙叔世之交情刺當時之輕薄朱生示絶良會其宜重言之者歎美之至范曄後漢書曰王丹字仲回其子有同門生喪親家在中山白丹欲奔慰丹怒而撻之令寄縑以祠焉禮記曰夏楚二物收其威也鄭玄曰夏稻也楚荆也夏與檟古今字也呂言巳見王元長策秀才文孫綽子曰莊多寄言渾沌得宗罔象得珠旨哉言乎

近世有樂安任昉海内髦傑早綰銀黄夙昭民譽漢書上以書勑責楊僕曰懷銀黄垂三組夸鄉里左氏傳曰晉悼公即位六官之長皆民譽也遒文麗藻方駕曹王英跱俊邁聯横許郭類田文之愛客同鄭莊之好賢孫綽集序曰綽文藻遒麗方駕巳見西京賦曹王子建仲宣也魏志曰崔琰謂司馬朗子之弟剛斷英跱裴松之案跱或作特竊謂英特爲是辯士論曰武將連衡范曄後漢書曰許劭少峻名節好人倫多所賞識故天下言拔士者咸稱許郭史記曰孟嘗君名文姓田氏在薛招致諸侯賓客食客數千人漢書曰鄭當時字莊爲大司農每朝候上問說未嘗不言天下長者班固述曰莊之推賢於兹

爲德見一善則盱衡扼腕遇一才則揚眉抵掌雌黄出其脣吻朱紫由其月旦孟子曰舜聞一善言見一善行若决江河沛然莫之能禦盱衡已見魏都賦扼腕已見蜀都賦大戴禮曰孔子愀然揚眉戰國策曰蘇秦説趙王抵掌而言孫盛晋陽秋曰王衍字夷甫能言於意有不安者輒更易之時號口中雌黄東觀漢記曰汝南太守宗資等任用善士朱紫區别范曄後漢書曰許子將與從兄靖俱有高名好共覈論鄉黨人物月旦輒更品題故汝南俗有月旦評焉於是冠蓋輻湊衣裳雲合輜軿擊轊爲歲坐客恒滿蹈其閫閾若升闕里之堂入其隩隅謂登龍門之阪西都賔曰冠蓋如雲漢書曰郡國輻湊浮食者多解嘲曰天下之士雷動雲合范曄後漢書曰袁紹賔客所歸輜軿比轂填接街陌説文曰軿車前衣車後爲輜史記蘇秦曰臨菑之塗車轂相擊説文曰輜車軸端范曄後漢書孔融曰座上客恒滿鄭玄禮記注曰閫閾皆門限也闕里孔子所居也升堂入隩已見孔融薦禰衡表范曄後漢書曰李膺字元禮

獨持風裁士有被其容接者名爲登龍門至於顧眄增其倍價剪拂使其長鳴飄組雲臺者摩肩趨走丹墀者疊迹戰國策蘇代說淳于髡曰客有謂伯樂曰臣有駿馬欲賣之比三旦而立於市人莫與言願子還而視之去而顧之臣請獻一朝之費伯樂乃旋視之去而顧之一旦而馬價十倍又汗明說春申君曰夫驥服鹽車上太行中坂遷延負轅不能上伯樂遭之下車攀而哭之驥於是迎而鳴者何也彼見伯樂之知己今僕居鄙俗之日久矣君獨無湔拔僕也湔拔剪拂音義同也長鳴已見劉琨荅盧諶詩雲臺已見辯命論史記蘇秦說齊王曰臨菑之塗人肩相摩漢典職儀曰以丹漆地故稱丹墀吳都賦曰躍馬疊跡莫不締恩狎結綢繆想惠莊之清塵庶羊左之徽烈過秦論曰合從締交禮記曰賢者狎而敬之鄭玄曰狎習也近也李陵詩曰獨有盈觴酒與子結綢繆淮南子曰惠施死而莊子寢說言世莫可爲語也楚辭曰日聞赤松之清塵列士傳曰陽角哀左伯桃爲死友聞楚王賢往尋之道遇雨雪計不俱全乃并衣糧與角哀入樹中死應璩與

王將軍書曰雀鼠雖愚猶知徽烈及瞑目東粵歸骸洛浦繐帳猶懸門罕漬酒之彥墳未宿草野絕動輪之賓東粵謂新安昉死所也洛浦謂歸葬揚州也莊子曰夫差瞑目東粵楚詞曰歸骸舊邦莫誰語魏武遺令曰於臺堂上施六尺牀繐帳謝承後漢書曰徐穉字孺子前後州郡選舉諸公所辟雖不就有死喪負笈赴弔常於家預炙雞一隻一兩綿漬酒日中曝乾以裹雞徑到所赴冢隧外以水漬之使有酒氣升米飯白茅藉以雞置前醊酒畢留謁即去不見喪主禮記曰朋友之墓有宿草而不哭焉動輪范式也已見上文藐爾諸孤朝不謀夕流離大海之南寄命嶂癘之地諸孤昉子也劉璠梁典曰昉有子東里西華南客北叟並無術學墜其家業左氏傳晉獻公曰以是藐諸孤又趙孟曰朝不謀夕何可長也李陵與蘇武書曰流離辛苦幾死朔北之野范曄後漢書朱勃上書曰士人飢困寄命漏刻蔣子萬機論曰許文休東渡江乃在嶂氣之南梁典不言昉子遠之交桂今言大海之南者蓋言流離之甚也自昔把臂之英金蘭之

友曾無羊舌下泣之仁寧慕郈成分宅之德此謂到洽兄弟也劉孝標與諸弟書曰任既假以吹噓各登清貫任云亡未幾子姪漂流溝渠洽等視之攸然不相存贍平原劉峻疾其苟且乃廣朱公叔絕交論焉東觀漢記曰朱暉同縣張堪有名德每與相見常接以友道暉以堪宿成名德未敢安也堪至把暉臂曰欲以妻子託朱生堪後物故南陽饑暉聞堪妻子貧窮乃自往候視見其困厄分所有以賑給之歲送穀五十斛帛五疋以為常羊舌氏叔向也春秋外傳曰叔向見司馬侯之子撫而泣之曰自此父之死也吾蔑與比事君也昔者此其父始之我終之我始之夫子終之孔叢子曰郈成子自魯聘晉過于衛右宰穀臣止而觴之陳樂而不作酣畢而送以璧成子不辭其僕曰不辭何也成子曰夫止而觴我親我也陳樂不作告我哀也送我以璧託我也由此觀之衛其亂矣行三十里而聞衛亂作右宰穀臣死之成子於是迎其妻子還其璧闔宅而居之嗚呼世路險巇許宜一至於此太行孟門豈云嶃絕盧諶詩曰山居是所樂世路非我欲楚詞曰何周道之平易兮然蕪穢而險巇王逸

曰險巇猶顛危也孟門太行二山名也史記曰殷紂之國左孟門右太行也是以耿介之士疾其若斯裂裳裹足棄之長騖獨立高山之頂歡與麋鹿同群皦皦然絶其雰濁誠耻之也誠畏之也耿介之士峻自謂也韓子曰耿介之士寡而商賈之人多墨子曰公輸欲以楚攻宋墨子聞之自魯往裂裳裹足十日至郢曹植應詔詩曰弭節長騖郭象莊子注曰亢然獨立高山之頂楚詞曰高山崔巍兮水湯湯死日將至兮與麋鹿同坑論語子曰鳥獸不可與同群孔安國曰隱居山林是同群也范曄後漢書曰皦皦者易汙楚詞曰吸精氣而吐雰濁兮說文曰雰亦氛字

連珠

傅玄叙連珠曰所謂連珠者興於漢章之世班固賈逵傅毅三子受詔作之其文體辭麗而言約不指說事情必假喻以達其旨而覽者微悟合於古詩諷興之義欲使歷歷如貫珠易看而可悅故謂之連珠

演連珠五十首　陸士衡

劉孝標注

臣聞日薄星迴穹天所以紀物山盈川沖后土所以播氣天地所以施生日薄於天星迴於漢穹蒼所以紀陰陽之節在山則實在地則化所以散剛柔之氣也善日禮記曰季冬之月日窮于次月窮於紀星迴於天數將幾終歲且更始國語太子晉曰山土之聚也川氣之通也天地成而聚於高歸物於下疏爲川谷以道其氣也字書曰沖虛也鄭玄考工記注曰播散也五行錯而致用四時違而成歲夫五行四時佐天地造物者也然水火相殘金木相代而共成陶鈞之致春秋異候寒暑繼節而俱濟一歲之功也善曰莊子曰四時殊氣天不私故歲成五官殊職君不私故國治也是以百官恪居以赴八音之離明君執契以要克諧之會三才理通趣舍不異天地既然人理得不効之哉所以臣敬治其職膺金石之別響君執

契居中納鏗鏘之合韻善曰左氏傳閔子騫曰敬恭朝夕恪居官次老子曰聖人執左契而不責於人有德司契無德司徹尚書曰八音克諧呂氏春秋曰宮徵商羽角各處其處音皆調均而不可以相違此所以無不受也賢主之立官有似於此百官各處其職治其事以待主主無不安矣

臣聞任重於力才盡則困用廣其器應博則凶是以物勝權而衡殆形過鏡則照窮夫錙銖之衡懸千斤之重徑尺之鏡照尋丈之形用過其力傷其本性故在權則衡危於鏡則照暗也善曰勝或爲稱爾雅曰稱舉也一曰稱亦勝也吳録子胥曰越未能與我爭稱負也故明主程才以效業貞臣底力而辭豐由衡危鏡凶哲人所以爲戒故主則程其才而授官臣則辭其豐而致力此唐虞所以緝熙稷契所以垂美也善曰說文曰程品也廣雅曰効驗也王肅尚書注曰厎致也

臣聞髦俊之才世所希乏丘園之秀因時則揚是以大

人基命不擢才於后土明主聿興不降佐於昊蒼此章言賢人雖希而無世不有故亡邦三仁辭職隆周十亂入朝故明主之興非天地特爲生賢才在引而用之爲貴爾善曰毛萇詩傳曰髦俊也周易曰六五賁于丘園束帛戔戔王肅曰失位無應隱處丘園蓋象衡門之人道德彌明必有束帛之聘戔戔委積之貌也鄭玄曰秀士有德行道藝者也尚書曰王如不敢及天基命定命

臣聞世之所遺未爲非寶主之所珍不必適治是以俊乂之藪希蒙翹車之招金碧之巖必辱鳳舉之使言末代闇主崇神弃賢故俊乂無翹車之徵金碧有鳳舉之使也善曰毛萇詩傳曰適之也陳敬仲曰翹翹車乘招我以弓豈不欲往畏我友朋漢書曰或言益州有金馬碧雞之神可醮而致於是遣諫大夫王襃使持節而求之班固功德論曰朱軒之使鳳舉於龍堆之表

臣聞禄放於寵非隆家之舉官私於親非興邦之選是

以三卿世及東國多衰弊之政五侯並軌西京有陵夷之運寵謂五侯親謂三卿言三桓專魯而哀公見逐五侯用權而漢氏以亡善曰孔安國論語注曰放依也論語孔子曰政逮大夫四世矣三桓子孫微矣孔安國曰三桓謂仲孫叔孫季孫也東國謂魯也法言曰夷惠無仲尼西山之餓夫東國之黜臣漢書曰成帝悉封舅王譚王商王立王根王逢時列侯五人同日封故世謂之五侯廣雅曰軌迹也陵夷已見上文春秋命歷叙曰五德之運應録次相代也

臣聞靈輝朝覲稱物納照時風夕灑程形賦音是以至道之行萬類取足於世大化既洽百姓無匱於心言至道均被萬物取而咸足淳化普洽百姓用而不匱猶靈耀覲而品物納光清風流而百籟含響也善曰淮南子曰猶條風之時灑許慎曰灑猶汎也

臣聞頓網探淵不能招龍振綱羅雲不必招鳳是以巢

箕之叟不眄丘園之幣洗渭之民不發傅巖之夢古之隱人

結巢以居故曰巢父或言即許由也洗耳一說巢父也
記籍不同未能詳孰是又傅說築於傅巖而精通武丁
言巢許冥心長往故無發夢之符善曰頻猶整也說文
曰振舉也陸云洗渭而劉之意云洗耳據劉之意則以
洗渭爲洗耳乎呂氏春秋曰昔者堯朝許由於沛澤之
中曰請屬天下於夫子許由遂之箕山之下潁水之陽
琴操曰堯大許由之志禪爲天子由以其言不善乃
臨河而洗耳李陵詩曰許由不洗耳後世有何徵魏子
曰昔者許由之立身也恬然守志存已不甘祿位洗耳
不受帝堯之讓謙退之高也益部耆舊傳秦宓對王商
曰昔堯優許由非不弘也洗其兩耳皇甫謐逸士傳曰
巢父者堯時隱人也及堯讓位乎許由也由以告巢父
焉巢父責由曰汝何不隱汝光何故見若身揚若名令
聞若汝非友也乃擊其膺而下之由悵然不自得乃過
清泠之水洗其耳皇甫謐高士傳云巢父聞許由之爲
堯所讓也以爲汚乃臨池水而洗耳譙周古史考曰許
由堯時人也隱箕山恬泊養性無欲於世堯禮待之終
不肯就時人高其無欲遂崇大之曰堯將以天下讓許

由由恥聞之乃洗其耳或曰又有巢父與許由同志或曰許由夏常居巢故一號巢父不可知也凡書傳言許由則多言巢父者少矣范曄後漢書嚴子陵謂光武曰昔唐堯著德巢父洗耳士故有志何至相迫乎然書傳之說洗耳參差不同陸既以巢箕爲許由洗耳爲巢父且復水名不一或亦洗於渭乎

臣聞鑑之積也無厚而照有重淵之深目之察也有畔而眡視周天壤之際何則應事以精不以形造物以神不以器是以萬邦凱樂非悦鍾鼓之娛天下歸仁非感玉帛之惠鏡質薄而能照目形小而能視以其精明也故聖人以至精感人至神應物爲樂不假鍾鼓之音爲禮不待玉帛之惠此所感之至也善曰廣雅曰鑑謂之鏡莊子曰千金之珠在九重之淵又曰壺子曰吾示之以天壤司馬彪曰壤地也論語子曰禮云禮云玉帛云乎哉樂云樂云鍾鼓云乎哉

臣聞積實雖微必動於物崇虛雖廣不能移心是以都

人治容不悅西施之影乘馬班如不輟太山之陰美女之影不惑荒婬之人高山之陰不止不進之馬虛實之驗在茲也善曰治容已見陸機樂府詩潛夫論曰夫圖西施毛嬙可說於心而不若醜妻陋妾而可御於前也周易曰乘馬班如王肅曰班如盤桓不進也呂氏春秋曰審堂下之陰而知日月之行高誘曰陰晷影之候也

臣聞應物有方居難則易藏器在身所乏者時是以充堂之芳非幽蘭所難繞梁之音實縈紆所思此章言賢明有才不遇知者所以自古爲難芬芳之氣罕有而幽蘭豐其氣才明之術所希而賢人懷其術然則縈曲之紆無繞梁以盡妙不世之姿寡明時以取窮善曰劉云縈曲之紆謂紆被縈曲而不申者也言縈曲之紆思繞梁以盡妙以喻藏器之士候明時以効績鄭玄論語注曰方常也何休公羊傳曰充滿也周易曰君子藏器於身尸子曰繞梁之鳴許史鼓之非不樂也墨子以爲傷義是弗聽也

臣聞智周通塞不爲時窮才經夷險不爲世屈是以淩飇之羽不求反風燿夜之目不思倒日鳶鶻能飛不假風力鵂鶹夜見豈藉還曜此與聖人通塞而不窮夷險而不屈何以異哉善曰莊子曰鵲巢於高榆之顛巢折淩風而起淮南子曰鵂鶹夜撮蚤察毫末晝出瞑目而不見丘山言殊性也高誘曰鵂鶹謂之老莵鵂音休蚤音爪

臣聞忠臣率志不謀其報貞士發憤期在明賢是以柳莊黜殯非貪瓜衍之賞禽息碎首豈要先茅之田夫黜尸以明諫觸車以進賢並發之於忠誠豈有求而然哉善曰韓詩外傳曰昔衛大夫史魚病且死謂其子曰我數言蘧伯玉之賢而不能進彌子瑕不肖而不能退死不當居喪正堂殯我於室足矣衛君問其故子以父言聞於君乃召蘧伯玉而貴之彌子瑕退之徙殯於正堂成禮而後去可謂生以身諫死以尸諫然經籍唯有史魚黜殯非是柳莊豈爲書典散亡而或陸氏謬也左氏傳曰晉侯賞桓子狄臣千室亦賞士伯以瓜衍之縣曰吾獲狄土子之功

微子吾喪伯氏矣韓詩外傳曰禽息秦人知百里奚之賢薦之於穆公爲私而加刑焉公後知百里之賢乃召禽息謝之禽息對曰臣聞忠臣進賢不私顯烈士憂國不喪志奚陷刑臣之罪也乃對使者以首觸楹而死以上卿之禮葬之論衡曰傳言禽息薦百里奚繆公出當門仆頭碎首以達其友應劭漢書注曰繆公出當車以頭擊門而劉云觸車未詳其旨左氏傳曰襄公以再命命先茅之縣賞胥臣曰舉郤缺子之功也杜預曰先茅絶後故取其縣以賞胥臣也

臣聞利眼臨雲不能垂照朗璞蒙垢不能吐輝是以明哲之君時有蔽壅之累俊乂之臣屢抱後時之悲言譏人在朝君臣否隔明君時有蔽壅喻利眼臨雲而息照俊乂後時而屢歎喻朗玉蒙垢而掩輝善曰論衡曰日月猶人之有目任子云日月天下眼目而人不知德抱朴子云日月之蝕乃至於盡天何爲當故壞其眼目以行譴人乎尸子曰鄭人謂玉未理者爲璞

臣聞郁烈之芳出於委灰繁會之音生於絶絃是以貞

女要名於沒世烈士赴節於當年香以燔質而發芳紡以特絕而流響音喻貞女沒身而譽立烈士効節而名彰也善曰上林賦曰酷烈淑郁王逸楚辭注曰委棄也楚辭曰五音紛其繁會

臣聞良宰謀朝不必借威貞臣衛主脩身則足是以三晉之強屈於齊堂之俎千乘之勢弱於陽門之哭晏嬰立威於樽俎子罕慟哭於介夫終使晉人輟謀齊宋不撓良宰貞臣有効於斯者也善曰晏子春秋曰晉平公使范昭觀齊國政景公觴之范昭起曰願得君之樽爲壽公命左右酌樽以獻晏子命撤去之范昭不悅而起舞顧太師曰爲我奏成周之樂太師曰盲臣不習也范昭歸謂平公曰齊未可并吾欲試其君晏子知之吾欲犯其樂太師知之於是輟伐齊謀孔子聞曰善不出樽俎之間而折衝千里之外晏子之謂也禮記曰晉人之覘宋者反報於晉侯曰陽門之介夫死而子罕哭之哀而人說殆不可伐也孔子聞之曰善哉覘國乎史記曰韓哀侯魏武侯趙敬侯共滅晉參分其地故曰三晉陸氏從後通言爾非謂平公之日已有三晉之名也

臣聞赴曲之音洪細入韻蹈節之容俯仰依詠是以言

苟適事精麤可施士苟適道修短可命此言取其正事而已豈復係門閥乎婁敬一言漢以遷都醜女暫說齊以爲后亦猶鼓缶而會時搖頭而韻曲也善曰高誘呂氏春秋注曰適中適也

臣聞因雲灑潤則芬澤易流乘風載響則音徽自遠是以德教俟物而濟榮名緣時而顯此言物有因而易彰也善曰乘猶因也孔安國尚書傳曰載行也孫卿曰吾嘗順風而呼聲非加疾而聞者彰君子生非異也善假於物也

臣聞覽影偶質不能解獨指迹慕遠無救於遲是以循虛器者非應物之具翫空言者非致治之機此言爲事非虛立功須實故三章設而漢隆玄言流而晉滅此其驗也

臣聞鑽燧吐火以續湯谷之晷揮翮生風而繼飛廉之

功是以物有微而毗著事有瑣而助洪物有小而益大不可忽也若緹縈獻書而除肉刑此其例也善曰論語宰予曰鑽燧改火楚辭曰後飛廉使奔屬王逸曰飛廉風伯也

臣聞春風朝煦蕭艾蒙其温秋霜宵墜芝蕙被其凉是故威以齊物爲肅德以普濟爲弘春秋不以善惡殊其彫榮人君不以貴賤華其賞罰故詩云柔亦不茹剛亦不吐也善曰薛君韓詩章句曰煦暖也

臣聞巧盡於器習數則貫道繫於神人亡則滅是以輪匠肆目不乏奚仲之妙瞽叟清耳而無伶倫之察此言事在外則易致妙在內則難精奚仲巧見於器故輪工能繼其致也伶倫妙在其神故樂人不傳其術也善曰杜預左氏傳注曰肆極也世本曰奚仲作車尸子曰造車者奚仲也伶倫已見上文

臣聞性之所期貴賤同量理之所極卑高一歸是以准

月稟水不能加涼晞日引火不必增輝言物雖貴賤殊流高卑異級至其極也珠塗共歸雖方諸稟水於月而不加於水之涼陽燧取火於日不加於火之輝也善曰周禮曰司烜氏掌以夫遂取明火於日以鑒取明水於月以共祭祀之明齍明燭共明水鄭玄曰夫遂陽燧也鑒鏡屬也取水者世謂之方諸鄭司農曰夫發聲也明齍謂以明水滫瀡粢盛黍稷烜音燬

臣聞絕節高唱非凡耳所悲肆義芳訊非庸聽所善是以南荆有寡和之歌東野有不釋之辯商鞅言帝王之術而孝公以之睡此其義也善曰孔安國尚書傳曰肆陳也宋玉集楚襄王問於宋玉曰先生有遺行歟宋玉對曰唯然有之客有歌於郢中者其始曰下俚巴人國中屬而和者數千人既而陽春白雪含商吐角絕節赴曲國中唱而和之者彌寡吕氏春秋曰孔子行於東野馬逸食野人稼野人留其馬子貢說而請之野人終不聽於是鄙人馬圉乃復往說曰子耕東海至於西海吾馬何得不食子苗野人大悅解馬還之

臣聞尋煙染芬，薰息猶芳；徵音録響，操終則絶。何則？垂於世者可繼，止乎身者難結。是以玄晏之風恒存，動神之化已滅。周孔以禮樂訓世，故其迹可尋。倪惠以堅白爲辭，故其辯難繼。是以唐虞遠而淳風流存，蘇張近而解環易絶也。善曰：字書曰：薰，火煙上出也。曹植魏德論曰：玄晏之化，豐洽之政。尚書益曰：至誠感神。

臣聞託闇藏形，不爲巧密；倚智隱情，不足自匿。是以重光發藻，尋虛捕景；大人貞觀，探心昭忒。善曰：日月發輝，既尋虛而捕影，欲藏形而託暗，豈得施其巧密乎？以喻聖人正見，既探心而明惑，欲隱情而倚智，豈足自匿其事乎？善曰：鄧析子曰：藏形匿影。鬼谷子曰：藏形其有欲也，不能隱其情。重光，日也。尚書五行傳曰：明王踐位，則日儷其精，重光以見吉祥。説文曰：捕，取也。思玄賦曰：朝貞觀而夕化。應劭曰：貞，正也。易曰：天地之道，貞觀者也。仲長子昌言曰：探心測意，世加甚焉。

臣聞披雲看霄則天文清澄風觀水則川流平是以四族放而唐劭二臣誅而楚寧凶邪亂正亦由浮雲蔽天疾風激水故舜流四凶而朝穆穆楚戮費鄢而王道洽也善曰尚書舜流共工于幽州放驩兜于崇山竄三苗於三危殛鯀于羽山四罪而天下咸服小雅曰劭美也二臣費無極與鄢將師也巳見李蕭遠運命論

臣聞音以比耳爲美色以悅目爲歡是以衆聽所傾非假百里之操萬夫婉孌非俟西子之顔故聖人隨世以擢佐明主因時而命官物之企競由乎不足政之不治才不合時故也心苟自足不假美女之麗用會其朝不勞稷契之賢矣善曰楊雄荅客難曰工聲調於比耳張衡舞賦曰既娛心以悅目孟子曰西子蒙不潔則人皆掩鼻而過之趙歧曰西子古好女西施也

臣聞出乎身者非假物所隆牽乎時者非克己所勗是

以利盡萬物不能叡童昏之心德表生民不能救棲遑之辱善曰下愚由性非假物所移弊俗係時非克己能正是以放勛化被四表不華丹朱之心仲尼德冠生人不救棲遑之辱善曰漢劉向上疏曰雖有堯舜之聖不能化丹朱苔賓戲曰聖哲之洽棲棲遑遑孔席不煖墨突不黔

臣聞動循定檢天有可察應無常節身或難照是以望景揆日盈數可期撫臆論心有時而謬檢謂定檢不濫漫也此言晷景有節尺圭可以知其數深情難測淵識不能知其心故光武蔽於寵萌魏武失之張邈善曰趙岐孟子章指曰言循性守故天道可知妄改常心乖性命之指蒼頡篇曰檢法度也

臣聞傾耳求音眡優聽苦澄心徇物形逸神勞是以天殊其數雖同方不能分其感理塞其通則並質不能共

其休耳之與目同在於身而苦樂有殊不能相救良由造化屬其通七竅理其用也善曰莊子曰棄生以徇物又曰譬如耳目鼻口皆有所明不能相通猶百官衆技皆有所長時有所用也

臣聞遯世之士非受匏瓜之性幽居之女非無懷春之情是以名勝欲故偶影之操矜窮愈達故淩霄之節厲名則傳之不朽窮則身居萬全故謂之勝所以烈士貞女棄彼而取此也善曰周易曰遯世無悶王逸楚辭注曰遯隱也論語子曰吾豈匏瓜也哉焉能繫而不食禮記曰幽居而不淫漢書蒯通曰婦人有幽居守寡者毛詩曰有女懷春吉士誘之廣雅曰矜急也厲高也

臣聞聽極於音不慕鈞天之樂身足於蔭無假垂天之雲是以蒲密之黎遺時雍之世豐沛之士忘桓撥之君搖頭鼓缶秦之樂也秦人樂之此故不顧天帝之音故子路之惠政卓茂之仁恕豐沛之甄復三者自足其樂

矣豈復思時雍栢撥之治哉善曰身蔭旣足故無假垂天之雲垂天言雲之大也莊子曰北溟有魚名之曰鯤化爲鵬怒而飛翼若垂天之雲家語曰子路爲蒲宰夫子入其境而歎子貢執轡而問曰夫子未見由而三稱善何也曰吾入其境田疇甚易草萊甚辟此恭敬以信故其人盡力也入其邑墉屋甚嚴樹木甚茂此忠信以寬故其民不偷也至其庭甚閑此明察以斷其民不擾也密令卓茂巳見孔德璋北山移文尚書堯典曰黎民於變時雍豐沛謂漢也栢撥謂殷也毛詩曰玄王桓撥毛萇曰玄王契也或者以密爲宓子賤但子賤爲政雖則有聞以邑對姓恐文非體也

臣聞飛轡西頓則離朱與矇瞍收察懸景東秀則夜光與武夫匿耀是以才換世則俱困功偶時而並劭若運時來則賢明易典數逢澆季則愚聖一揆故堯在朝而舜登庸哀公居位而仲尼逐也善曰飛轡懸景皆謂日也日有御故云轡也頓猶舍也西頓謂巳夕也東秀謂旦明也廣雅曰秀出也愼子曰離朱之明韓詩曰矇瞍奏

公薛君曰無珠子曰矇珠子具而無見曰瞍大戴禮云日歸于西起明于東月歸于東起明于西鄒陽上書曰夜光之璧戰國策曰白骨疑象碔砆類玉

臣聞示應於近遠有可察託驗於顯微或可包是以寸管下傃天地不能以氣欺尺表逆立日月不能以形逃

寸管黄鍾九寸之律以灰飛所以辨天地之數即示近之義也以夏至立丈二表於陽城表觀其晷影以知日月之度斯所謂託驗於顯者也善曰司馬彪續漢書曰候氣之法爲室三重戸閉塗釁必周密布緹幔室中以木爲桉每律各一内庳外高從其方位加律上以葭灰抑其内端案歷而候之氣至者灰去其氣所動者其灰散人及風所動者其灰聚鄭玄禮記注曰傃猶向也周禮曰土圭之法測土深正日景以求地中日至之景尺有五寸謂之地中四時之所交也風雨之所會也陰陽之所和也

臣聞紡有常音故曲終則改鏡無畜影故觸形則照是

以虛己應物必究千變之容挾情適事不觀萬殊之妙常音謂君臣宮商之音夫絃節有恒清濁之聲難越對物有恒則應化之功不廣然明鏡無心物來斯照聖人乡同感至皆應是以滯有之與懷谿道難得而校也善曰文子曰事猶琴瑟每終改調淮南子曰鏡不設形故能形也高誘曰鏡不豫設人形貌清明以待人形形見則見之鵩鳥賦曰千變萬化未始有極淮南子曰隔而不通分爲萬殊

臣聞柷敔希聲以諧金石之和鼙鼓疎擊以節繁絃之契是以經治必宣其通圖物恒審其會夫道上環中理貴特會希發而節樂者鼙一柷之功也一契而御衆者聖人之能也善曰廣雅曰疎遲也

臣聞目無嘗音之察耳無照景之神故在乎我者不誅之於己存乎物者不求備於人言爲政之道恕己及物也耳目在身施之異

務不以通塞之故而誅之於己是以存乎物者豈求其備哉善曰杜預左氏傳注曰嘗試也論語周公曰無求備於一人孔安國尚書傳曰誅猶痛責之甚也

臣聞放身而居體逸則安肆口而食屬厭則充是以王鮪登俎不假吞波之魚蘭膏停室不思銜燭之龍此欲令各當其所而無企羨之心抑亦在鵬鷃之義也善曰杜預左氏傳注曰肆放也左氏傳閻沒汝寬曰及饋之畢願以小人之腹而爲君子之心屬厭而已鄭玄周禮注曰充猶足也周禮曰春獻王鮪劉邵趙都賦曰巨鼇冠山陵魚吞舟吸潦吐波氣成雲霧楚辭曰蘭膏明燭華容備王逸曰以蘭香練膏也楚辭曰日安不到燭龍何照王逸曰言天西北有幽冥無日之國有龍銜燭而照之也

臣聞衝波安流則龍舟不能以漂善曰楚辭曰衝風起兮橫波王逸曰衝隧也言及遇隧風大波涌起楚辭曰使江水兮安流淮南子曰龍舟鷁首天子之乘廣雅曰漂激也震風洞

六百三十

五下五

七口

發則夏屋有時而傾善曰法言曰吾不見震風能動聾聵也洞疾貌也楚辭曰夏屋廣大沙堂秀莊子云風謂蛇曰折大木飛大屋唯我也何則牽乎動則靜凝言舟牽乎水波靜而舟定故曰靜凝也善曰屋雖靜而爲動之所牽則靜止而爲動也鄭玄儀禮注曰凝止也自定之貌也係乎靜則動貞言屋係乎地風動而屋傾是動貞也善曰舟雖動而爲靜之所係則動正而爲靜也周易曰貞正也然此文勢與上句稍殊不可以文而害意也是以滛風大行貞女蒙冶容之悔淳化殷流盜跖挾曾史之情此謂物無常性惟化所珍故水本驚蕩風靜則安屋本貞堅風來則傾亦由貞專之女值滛奔之俗或有桑中之心凶虐之人被淳風之化當挾賢士之義善曰言舟本搖蕩流靜則安流爲水及風誤也悔當爲誨曾曾參史史魚

臣聞達之所服貴有或遺窮之所接賤而必尋是以江漢之君悲其墜屨少原之婦哭其亡簪言人居窮則志

篤處達則恩輕是以楚君施戀激三軍之澆俗少原流慟誚輕薄之頹風善曰賈子曰楚昭王與吳人戰軍敗走昭王士其踦屨已行三十步後還取之左右曰大王何惜於此昭王曰楚國雖貧豈無此一踦屨哉吾悲與之偕出而不與之偕反於是楚俗無相棄者韓詩外傳曰孔子出遊少原之野有婦人中澤而哭甚哀孔子怪之使弟子問焉婦人對曰向者刈蓍薪而亡吾蓍簪是以哀孔子曰刈蓍薪而亡蓍簪有何悲也婦人曰非傷亡簪吾所以悲者不忘故也

臣聞觸非其類雖疾弗應感以其方雖微則順是以商飆漂山不興盈尺之雲谷風乘條必降彌天之潤故暗於治者唱繁而和寡審乎物者力約而功峻商風漂蕩本無興雲之候暗君政亂不能懷百姓之心至谷風習習必陰必雨明主在上則天下自安也善曰毛詩曰習習谷風維風及雨毛萇詩傳曰乘升也洪範五行傳曰雲起於山而彌於天鄭玄周禮注曰彌徧也

臣聞煙出於火非火之和情生於性非性之適故火壯則煙微性充則情約是以殷墟有感物之悲周京無佇立之跡殷墟謂紂也周京幽王也棄性遂欲遂令身死國家爲墟故微子視麥秀而悲殷周大夫見禾黍而悲感者也善曰夫性者生之質情者性之欲故性充則國興情侈則國亂二王皆棄性而縱欲所以滅亡也或者以詩序云彷徨不忍去而疑佇立之跡然序又云盡爲禾黍豈得佇立哉

臣聞適物之技俯仰異用應事之器通塞異任是以鳥栖雲而繳飛魚藏淵而網沈賁鼓密而含響朗笛疏而吐音賢聖之道動合物宜隨俗汙隆用行其正取其濟物而已由求鳥必高其繳須魚必沈其網也善曰爾雅曰大鼓謂之鼖賁與鼖古字同鄭玄禮記注曰密之言閉也說文曰疏通也

臣聞理之所守勢所常奪道之所閉權所必開是以生

重於利故據圖無揮劒之痛義貴於身故臨川有投迹之哀善曰性命之道含靈所惜以利方生則生重利不以利喪生是理之所守道之所閑也以身方義則義貴身而以義棄身是勢之所奪權所必開也是以據圖無揮劒之痛以利輕於生臨川有投迹之哀以身輕於義文子曰左手據天下之圖而右手刎其喉愚者不爲身貴乎天下也死君之難者視死若歸義重於身故也天下大利也比身則小身所重也比義則輕臨川自投謂比人無擇也已見桓溫薦譙元彦表

臣聞通於變者用約而利博明其要者器淺而應玄是以天地之賾該於六位萬殊之曲窮於五絃事得其要雖寡而用博易之六爻該綜萬象琴之五絃備括衆聲善曰廣雅曰玄遠也小雅曰賾深也周易曰大明終始六位時乘五絃琴也蔡邕琴操曰伏羲氏作琴絃有五象五行

臣聞圖形於影未盡纖麗之容察火於灰不覩洪赫

之列是以問道存乎其人觀物必造其質此言令人尋本而棄末也善曰法言曰或問經難易曰其人存則易亡則難

臣聞情見於物雖遠猶疎神藏於形雖近則密是以儀天步晷而脩短可量臨淵揆水而淺深難察天布列象物所以知其度此即遠猶疎淵之積水人所不能測此即藏於器也善曰儀猶法象也鄭玄尚書大傳注曰步推也說文曰晷日景也慎子曰離朱之明察毫末於百步之外下於水尺而不能見淺深非目不明也其勢難覩也

臣聞虐暑熏天不減堅冰之寒涸陰凝地無累陵火之熱是以吞縱之強不能反蹈海之志漂鹵之威不能降西山之節言勢有極也虐暑涸陰之隆不能易火冰之性吞縱漂鹵之威不能移貞介之節善曰淮南子曰夫寒之與煖相反寒地坼水凝火弗爲衰其勢暴秦也見下文吞縱謂秦也六國爲縱而秦滅之故曰吞

縱過秦曰秦有并吞八荒之心史記曰魏將軍新垣衍說趙使尊秦秦爲帝魯連曰彼秦者棄禮義而上首功之國也即肆然而爲帝則連有蹈東海而死耳吾不忍爲之民尚書序曰武王伐殷尚書曰前徒倒戈攻于後以北血流漂杵過秦曰伏尸百萬流血漂櫓說文曰漂浮也史記曰武王伐紂伯夷叔齊叩馬諫曰以臣伐君可謂仁乎左右欲兵之太公曰此義人也扶而去之武王以平殷亂伯夷叔齊耻之隱於首陽山及餓且死作歌其辭曰登彼西山兮採其薇

臣聞理之所開力所常達數之所塞威有必窮是以烈火流金不能焚景沈寒凝海不能結風金爲火所流海爲寒所凝此是理開而常達也然則能流金而不能焚景能凝海而不能結風此理開而所窮也善曰高誘呂氏春秋注曰數術也

臣聞足於性者天損不能入貞於期者時累不能滛是

以迅風陵雨不謬晨禽之察勁陰殺節不凋寒木之心

夫冒霜雪而松栢不凋此由是堅實之性也天雖損無害也雞善伺晨雖陰晦而不輟其鳴此謂時累不能淫也善曰莊子曰孔子謂顏回曰無受天損易無受人益難淫猶侵也法言曰震風陵雨然後知夏屋帡幪李軌曰陵雨暴雨也帡莫經切幪莫公切

文選卷第五十五

賜進士出身通奉大夫江南蘇松常鎮太等處承宣布政使司布政使胡克家重校刊

文選卷第五十六

梁昭明太子撰

文林郎守太子右內率府録事叅軍事崇賢館直學士臣李　善注上

箴

銘

新漏刻銘一首

誄上

曹子建王仲宣誄一首

潘安仁楊荆州誄一首

楊仲武誄一首

箴

女史箴一首　張茂先

曹嘉之晉紀曰張華懼后族之盛作女史箴

茫茫造化二儀既分淮南子曰大丈夫恬然無爲與造化逍遥高誘曰造化天地周易曰易有太極是生兩儀散氣流形既陶既甄家語孔子曰地載神氣流形庶物無非教也漢書董仲舒曰泥之在鈞唯甄者之所爲如淳曰陶人作瓦器謂之甄在帝庖羲肇經天人

周易曰庖犧氏之王天下也始作八卦以通神明之德以類萬物之情也爰始夫婦以及君臣周易曰有天地然後有萬物有萬物然後有男女有男女然後有夫婦有夫婦然後有父子有父子然後有君臣家道以正王猷有倫周易曰家道正而天下定毛詩曰王猷允塞猷與猶古字通婦德尚柔含章貞吉周易曰坤至柔而動也剛妻道也又曰含章貞吉以時發也婉嫕淑慎正位居室漢書曰孝平王皇后爲人婉嫕有節操服虔曰嫕音翳桑之翳曹大家列女傳注婉柔和嫕深邃也毛詩曰淑慎爾止周易曰女正位乎內施衿結褵虔恭中饋儀禮曰女嫁母施衿結帨曰勉之敬之夙夜無違父母之誡毛詩曰親結其褵九十其儀毛萇曰褵婦人之幃也褵與離古字通也周易曰在中饋無攸遂肅慎爾儀式瞻清懿毛詩曰敬慎威儀又曰各敬爾儀樊姬感莊不食鮮禽衛女矯桓耳忘和音志厲義高而二主易心列女傳曰楚莊樊姬者楚莊王之夫人莊王初即位好狩

獵畢弋樊姬諫不止乃不食禽獸之肉三年王改又曰齊侯衛姬者衛侯之女齊桓公之夫人桓公好淫樂衛姬爲不聽鄭衛之聲曹大家曰衛國作淫泆之音衛姬疾桓公之好是故不聽以厲桓公也

玄熊攀檻馮媛趍進夫豈無畏知死不恡漢書曰孝元馮昭儀上幸虎圈鬬獸熊佚出圈攀檻欲上殿左右貴人傅昭儀皆走馮婕好直前當熊而立左右格殺熊上問何故當熊婕好曰猛獸得人而止妾恐至御座故身當之帝嗟嘆以此倍敬重焉

班妾有辭割驩同輦夫豈不懷防微慮遠漢書曰成帝遊於後庭欲與班婕好同輦載婕好辭曰妾觀古圖畫賢聖之君皆有名臣在側三代末主乃有嬖女今欲同輦得無近似乎

道罔隆而不殺物無盛而不衰長楊賦曰事罔隆而不殺物靡盛而不虧

日中則昃月滿則微周易曰日中則昃月盈則蝕毛詩曰彼月而微此日而微鄭玄曰謂不明也

崇猶塵積替若駭機

人咸知飾其容而莫知飾其性蔡邕女誡曰夫心猶首面一旦不脩飾則塵垢

穢之人心不修善則邪惡入之人盛飾其面而莫脩其心惑矣家語孔子曰容不可不飾也性之不飾或愆禮正斧之藻之克念作聖法言曰吾未見斧藻其德若斧藻其粢者尚書曰惟狂克念作聖出其言善千里應之周易子曰君子居其室出其言善則千里之外應之況其邇者乎居其室出其言不善則千里之外違之況其邇者乎苟違斯義則同衾以疑徐幹中論曰苟失其心同衾爲遠夫出言如微而榮辱由茲周易曰言行君子之樞機樞機之發榮辱之主勿謂幽昧靈監無象勿謂玄漠神聽無響無矜爾榮天道惡盈周易曰鬼神害盈而福謙無恃爾貴隆隆者墜楊雄解嘲曰炎炎者滅隆隆者絶鑒于小星戒彼攸遂毛詩序曰小星惠及下也詩曰嘒彼小星三五在東周易曰無攸遂王弼曰盡婦人之正義無所必遂也比心螽斯則繁爾類毛詩曰螽斯羽詵詵兮宜爾子孫振振兮驩不可以黷寵

不可以專國語司空季子謂文公曰男女不相及畏黷敬也黷則生怨怨亂毓災災毓滅性韋昭曰畏褻黷其類也漢書曰孝成趙皇后入宮寵少褻而女弟絕幸姊弟專寵十餘年卒皆無子也專實生慢愛極則遷致盈必損理有固然文子老子曰天道極即反盈即損日月是也魯連子譚子曰物之必至理固然也美者自美翩以取尤列子曰楊朱過宋東之於逆旅逆旅人有妾二人其一美其一惡惡者貴而美者賤楊子問其故逆旅小子對曰其美者自美吾不知其美也其惡者自惡吾不知其惡也冶容求好君子所讎周易曰慢藏誨盜冶容誨淫結恩而絕職此之由漢書曰王立與諸劉結恩左氏傳范宣子數諸戎曰言語漏洩職汝之由故曰翼翼矜矜福所以興太公金匱師尚父謂武王曰舜之居人上矜矜乎如履薄冰湯之居人上翼翼翼乎懼不敢息靖恭自思榮顯所期毛詩曰靖恭爾位好是正直女史司箴敢告庶姬毛萇詩傳曰古者后夫人必有女史彤管之法女史不記其

過其罪殺

封燕然山銘一首

并序范曄後漢書曰齊殤王子都鄉侯暢來弔國憂竇憲遣客刺殺暢發覺憲懼誅自求擊匈奴以贖死會南單于請兵北伐乃拜憲車騎將軍以執金吾耿秉爲副大破單于遂登燕然山刻石勒功紀漢威德令班固作銘

班孟堅

惟永元元年秋七月有漢元舅曰車騎將軍竇憲范曄後漢書曰孝和皇帝母梁貴人爲竇皇后所譖憂卒竇后養帝以爲己子即位改年曰永元又曰竇憲字伯度女弟立爲皇后竇憲稍遷侍中和帝即位太后臨朝寅亮聖皇登翼王室尚書曰三孤寅亮天地弼予一人登翼謂登用輔翼納于大麓惟清緝熙尚書曰納于大麓烈風雷雨弗迷毛詩曰維清緝熙文王之典乃與執金吾耿秉述職巡御治兵

于朔方范曄後漢書曰耿秉字伯初爲執金吾與竇憲北擊匈奴大破之左氏傳臧僖伯曰三年而治兵杜預曰三年而大習出曰訓兵鷹揚之校螭虎之士爰該六師毛詩曰惟師尚父時惟鷹揚史記曰武王乃作泰誓曰勗哉夫子尚桓桓如虎如貔如熊如羆徐廣曰此音訓並與上同也毛詩曰整我六師暨南單于東胡烏桓西戎氐羌侯王君長之羣驍騎十萬范曄後漢書曰南單于休蘭尸逐侯鞮單于屯屠河立時北虜大亂南單于將討并北庭上言願發國中諸部胡會虜北竇太后從之元戎輕武長轂四分毛詩曰元戎十乘以先啓行司馬彪續漢書曰輕車古之戰車孫吳兵法曰有巾有蓋謂之武剛車者先驅轂梁傳曰長轂五百乘范甯曰長轂兵車也雷輜蔽路萬有三千餘乘漢書楊雄河東賦曰奮電鞭驂雷輜勒以八陣莅以威神雜兵書八陣者一曰方陣二曰圓陣三曰牝陣四曰牡陣五曰衝陣六曰輪陣七曰浮沮陣八曰鴈行陣玄甲耀日朱旗絳天漢書曰發屬玄甲李

陵與蘇武書曰雷鼓動天朱旗翳日遂凌高闕下雞鹿漢書曰遣將軍衛青出雲中至高闕臣瓚曰山名也范曄後漢書曰竇憲與南匈奴萬騎出朔方雞鹿塞經磧鹵絕大漠說文曰鹵西方鹹地也漢書曰衛青復將六將軍絕漠臣瓚曰沙土曰漠直度曰絕也斬溫禺以釁鼓血尸逐以染鍔范曄後漢書曰匈奴其大臣次左右日逐王次左右溫禺鞮王皆單于子弟次第當爲單于者也其異姓大臣左右骨都侯次左右尸逐骨都侯左傳智罃曰不以釁鼓也然後四校橫徂星流彗埽蕭條萬里野無遺寇於是域滅區殫反旆而旋考傳驗圖窮覽其山川遂踰涿邪跨安侯乘燕然范曄後漢書曰度遼將軍鄧鴻與後諸軍皆會涿邪山又曰南單于上言北單于創刈南兵遯逃遠去依安侯河西躡冒頓之區落焚老上之龍庭漢書曰頭曼單于有太子曰冒頓冒頓以鳴鏑射殺頭曼遂自立爲單于冒頓死子稽粥立號曰老上單于又曰匈奴正

月諸長小會單于庭祠五月大會龍城祭其先天地鬼神蘢音龍將上以攄高文之宿憤光祖宗之玄靈祖高祖也宗太宗文帝也史記曰高祖自將擊韓王信遂至平城爲匈奴所圍七日又文紀曰匈奴攻朝那塞殺北都尉徐廣曰姓孫也下以安固後嗣恢拓境宇振大漢之天聲甘泉賦曰天聲起兮勇士厲茲可謂一勞而久逸暫費而永寧也漢書楊雄上疏曰以爲不一勞者不久佚不暫費者不永寧乃遂封山刊石昭銘盛德其辭曰刊石削石即謂立銘也鑠王師兮征荒裔毛詩曰於鑠王師遵養時晦勦凶虐兮截海外毛詩曰相土烈烈海外有截夐其邈兮亘地界封神丘兮建隆嵑說文曰碣立石也嵑與碣同熙帝載兮振萬世尚書曰有能奮庸熙帝之載

座右銘一首

崔子玉范曄後漢書曰崔瑗字子玉涿郡人也早孤銳志好學盡能傳其父業舉茂才爲汲令遷濟北相疾卒

無道人之短無說己之長施人慎勿念受施慎勿忘戰國策唐雎謂信陵君曰人之有德於我不可忘也吾之有德於人不可不忘也世譽不足慕唯仁爲紀綱隱心而後動謗議庸何傷劉熙孟子注曰隱度也周易曰君子安其身而後動易其心而後語呂氏春秋曰內反於心不慙然後動也無使名過實守愚聖所臧越絕書范子曰名過實者滅聖人不使名過實家語孔子曰聰明睿智守之以愚功被天下守之以讓在涅貴不淄曖曖內含光論語子曰不曰堅乎磨而不磷不曰白乎涅而不淄晏子春秋仲尼曰星之昭昭不如月之曖曖周易曰含弘光大品物咸亨柔弱生之徒老氏誡剛強老子曰人生也柔弱其死也堅強萬物草木生也柔脆其死也枯槁故堅強者死之

徒柔弱者生之徒也又曰柔弱勝剛強河上公曰柔弱者久長剛強者先亡也行行鄙夫志悠悠故難量論語曰閔子侍側誾誾如也子路行行如也子曰若由也不得其死然鄭玄曰行行剛強貌慎言節飲食知足勝不祥周易曰君子以慎言語節飲食老子曰知足不辱行之苟有恒久久自芬芳郭璞三蒼曰苟誠也

劒閣銘一首

張孟陽臧榮緒晉書曰張載父收爲蜀郡太守載隨父入蜀作劒閣銘益州刺史張敏見而奇之乃表上其文世祖遣使鐫石記焉

巖巖梁山積石峩峩楊雄益州箴曰巖巖岷山古曰梁州毛萇詩傳曰巖巖積石貌也遠屬荊衡近綴岷嶓尚書曰荊及衡陽惟荊州孔安國曰北據荊山南及衡山之陽也尚書曰岷嶓既藝孔安國曰岷山嶓冢皆山名也南通邛僰蒲北北達襃斜漢書

音義服虔曰邛蜀都西部也僰夷名也梁州記曰萬石城泝漢上七里有褒谷口南口曰褒北口曰斜狹

過彭碣高踰嵩華劉淵林蜀都賦注曰岷山都安縣有兩山相對立如闕號曰彭門孔安國尚書注曰碣石海畔山也惟蜀之門作固作鎮是曰劍閣壁立千仞

酈元水經注曰小劍戍北去大劍三十里連山絕險飛閣相通故謂之劍閣也窮地之險極路之峻周易曰地險山川丘陵也西都賦曰臨峻路而啓扉世濁則逆道清斯順閉由往漢開自有晉閉由劉備故曰往漢開自鍾會故曰有晉也鍾會之伐蜀雖在魏朝政由晉王故歸功於晉也秦得百二并吞諸侯齊得十二田生獻籌漢書田肯賀上曰陛下得韓信又治秦中持戟百萬齊得十二此所謂東西秦也矧茲狹隘土之外區一人荷戟萬夫趑趄陳琳爲曹洪荅文帝書曰一夫揮戟萬人不得進廣雅曰趑趄難行也形勝之地匪親勿居漢書田肯曰秦形勝之國也齊有琅邪之饒非親子

弟莫可使王齊也

昔在武侯，中流而喜山河之固，見屈吳起。興實在德，險亦難恃。洞庭孟門，二國不祀。史記曰：魏武侯浮西河而下，中流，顧而謂吳起笑曰：美哉乎河山之固，此魏國之寶也。吳起對曰：在德不在險。昔三苗氏左洞庭而右彭蠡，恃此險也，德義不修，禹滅之。夏桀之居，左河濟，右太華，伊闕在其南，羊腸在其北，修政不仁，湯放之。殷紂之國，左孟門，右太行，常山在其北，大河經其南，修政不德，武王殺之。由此觀之，在德不在險。若君不修德，舟中之人盡爲敵國。武侯曰：善。

自古迄今，天命匪易。尚書曰：爾亦弗知天命不易。

憑阻作昏，鮮不敗績。左氏傳曰：凡師大崩曰敗績。杜預曰：喪其功績也。

公孫既滅，劉氏銜璧。范曄後漢書曰：公孫述爲導江卒正，假稱蜀都太守，自立爲天子。漢使吳漢伐之，述死，吳漢盡滅公孫氏。蜀志曰：後主諱禪，先主子也。魏使鄧艾伐之，後主輿櫬自縛詣壘門。左氏傳曰：楚子圍許，僖公面縛銜璧。

覆車之軌，無或重跡。晏子春秋諺曰：前車覆，後車戒。范曄後漢書陳忠上疏曰：覆車之軌

其迹不遠勒銘山阿敢告梁益

石闕銘一首

陸佐公劉璠梁典曰陸倕字佐公吴郡人少篤學善屬文起家議曹從事遷太子中舍人後仕至太常卿詔使爲漏刻石闕二銘冠絶當世賜以束帛朝野榮之

昔在舜格文祖禹至神宗周變商俗湯黜夏政尚書帝曰舜汝陟帝位正月上日受終於文祖又帝曰禹惟汝諧正月朔旦受命于神宗墨子曰紂之亂武王理之當此之時時不渝而人不易上變政而人改俗尚書曰湯既黜夏命復歸于亳雖革命殊乎因襲揖讓異於干戈而晷緯冥合天人啓甚史臣克明俊德大庇生民其揆一也舜禹揖讓也湯武干戈也言揖讓干戈之道雖殊而用賢愛仁之義爲一也周易曰湯武革命順乎天而應乎人論衡曰漢力勝周多矣舜以司徒受堯禪文王百里爲西伯武王襲文

王皆有因緣力易爲也孔叢子曾子謂孔子曰舜禹揖讓湯武用師非相詭此乃時也三國名臣序贊曰揖讓之與干戈說文曰晷日影也緯五星也易乾鑿度曰五緯順軌四時和栗西都賦曰天啓之心人惎之謀尚書曰克明俊德以親九族左傳鄭子駟曰以待強者而庇民焉孟子曰先聖後聖其揆一也在齊之季昏虐君臨威侮五行怠棄三正吴均齊春秋曰東昏侯蕭寶卷高宗子高宗崩太子即位左傳子囊曰赫赫楚國而君臨之書曰有扈氏威侮五行怠棄三正刑酷然炭暴踰膏柱民怨神怒衆叛親離蹐地無歸瞻烏靡託六韜曰紂患刑輕乃更爲銅柱以膏塗之加於然炭之上使有罪者緣焉滑跌墮火中紂與妲己笑以爲樂名曰炮烙之刑鄭玄尚書五行傳注曰民怨神怒左氏傳衆仲曰州吁阻兵而安忍衆叛親離難以濟矣毛詩曰謂天蓋高不敢不跼謂地蓋厚不敢不蹐又曰瞻烏爰止于誰之屋於是我皇帝拯之乃操斗極把鉤陳翼百神禔是支萬福我皇梁武帝也斗極天下之所取法鉤陳兵衛之象故王者把

操焉長楊賦曰高祖順斗極運天關樂汁圖曰鉤陳後宫也服虔漢書音義曰紫宫外營陳星毛萇詩傳曰翼敬也禮記曰禮行於郊百神受職焉漢書曰司馬相如難蜀父老曰遐邇一體中外禔福毛詩曰樂只君子萬福攸同

龍飛黑水虎步西河雷動風驅天行地止

謂舉義旗以伐齊也何之元梁典曰齊明帝崩遺詔授高祖雍州刺史永元二年十一月高祖擁南康王寶融以主號令以高祖督前鋒三年十二月義旗發自襄陽己酉撥京師東都賦曰龍飛白水陳孔璋爲袁紹檄豫州曰雷震虎步並集雩庭尚書曰黑水西河惟雍州沈約宋書曰元嘉中割荆州之襄陽爲雍州西京賦曰千乘雷動萬騎龍趨楊修許昌宫賦曰晻曖低徊天行地止

命旅致屯雲之應登壇有降火之祥龜筮協從人祇響附

命旅誓衆也登壇祭天也杜篤論都賦曰大漢開基高祖有勳斬白蛇屯黑雲尚書帝命驗曰太子發渡河中流火流爲烏其色赤鄭玄曰以魚燎於天有火自上復于下至于王屋流爲烏尚書曰詢謀僉同鬼神其依龜筮叶從吴質魏都賦曰英雄響附

穿胷露頂之

豪箕坐椎髻之長，莫不援旗請奮，執銳爭先。博物志曰：昔禹平天下，會諸侯於會稽之野，防風後至，殺之。夏德盛，二龍降之，使范成克御之，以行域外。旣周，南經防風之神，見禹，使怒而射之，有迅雷，二龍升去。二臣恐，以刃自貫其心死。禹哀之，乃拔其刃，療以不死之草，皆生，是爲穿匈人，去會稽萬五千里。范曄後漢書西域傳論曰：自兵威之所讋服，財賂之所懷誘，莫不露頂肘行，東向而朝。漢書曰：高祖使陸賈賜尉佗印，爲南越王。賈至，尉佗魋結箕踞見賈。豪士賦序曰：援旗誓衆，奮於阡陌之上。趙充國頌：請奮其旅，于罕之羌。漢書：陳餘說陳涉曰：將軍被堅執銳，以誅暴秦。楚辭曰：矢之墜兮士爭先。夏首憑固，庸岷負阻。協彼離心，抗茲同德。楚辭曰：過夏首而西浮。王逸曰：夏首，水口也。孔安國尚書傳曰：庸，國名也。岷，山名也。尚書曰：受有億兆夷人，離心離德。予有亂臣十人，同心同德。帝赫斯怒，秣馬訓兵。嚴鼓未通，兇渠涅首。毛詩曰：王赫斯怒，爰整其旅。左氏傳子重曰：秣馬利兵。又趙宣子曰：訓卒利兵。軍戰令曰：嚴鼓一通，步騎士悉嚴。然鼓一曲爲一通。

尚書曰殲厥渠魁張温表曰臨去武昌庶得涯首闕下引舸連軸巨艦接艫鐵馬千羣朱旗萬里吳都賦曰引舸連軸巨艦接艫鐵馬鐵甲之馬范曄後漢書公孫瓚與子書曰厲五千鐵騎於北隰之中陳琳爲袁紹檄豫州曰胡馬之千羣朱旗巳見上文折簡而禽盧九傳檄以下湘羅兵不血刃士無遺鏃而樊鄧威懷巴黔厎定魏略王陵密欲立楚王彪司馬宣王自討之陵自縛歸罪遥謂太傅曰卿直以折簡召我我不當至邪太傅曰以卿非肯逐折簡者也盧盧江九九江二郡名也伏滔正淮曰盧九之間流溺兵死者十而七八焉漢書韓信曰三秦可傳檄而定湘羅二水名也孫卿子曰舜伐有苗禹伐共工湯伐有夏文王伐崇武王伐紂遠方慕義兵不血刃過秦論曰秦無亡矢遺鏃之費而天下諸侯巳困矣尚書曰大邦畏其力小邦懷其德尚書曰震澤厎定於是流湯之黨握炭之徒守似藩籬戰同枯朽六韜曰紂之卒握炭流湯者十八人以牛爲禮過秦論曰蒙恬北築長城而守藩籬班固漢書贊曰

漢獨收孤秦之弊鑴金石者難爲
功摧枯朽者易爲力其勢然也
華車近次師營商牧
華夷士女冠蓋相望扶老攜幼一旦雲集壺漿塞野
簞食盈塗
鄭玄周禮注曰兵車革路也左氏傳曰凡
師過信爲次尚書曰王至于商郊牧野左
氏傳曰孔子曰夷不亂華尚書曰惟其士女篚厥玄黄
昭我周王漢書曰天子遣使冠蓋相望於道覆案梁事
又淮南王上書曰越必攜幼扶老以歸聖德西都賦曰
雲集霧散孟子曰葛伯不祀湯往征之其君子實玄黄
于篚以迎君子小人簞
食壺漿以迎小人也
似夏民之附成湯殷士之窺周
武安老懷少伐罪吊民農不遷業市無易賈
尚書中
候曰天
乙在薄夏桀迷惑諸鄰國襁負歸湯帝王世紀曰商容
及殷人觀周軍之入見武王至殷人曰是吾新君也容
曰然聖人爲海内討惡見惡不怒見利不喜顔色相副
是以知之論語曰老者安之少者懷之尚書曰奉辭伐
罪孟子曰湯始征　自葛誅其君弔其民吕氏春秋曰
曰桀爲無道湯立爲天子夏人大悦農不去疇商不變

肆八方入計四隩奉圖羽檄交馳軍書狎至一日二日非止萬機河圖龍文曰鎮星光明八方歸德漢書曰張蒼領圭郡國上計者又曰嚴助願奉三年計如淳曰助自欲入奉之也尚書曰四隩既宅范曄後漢書曰光武平河北吴漢與諸將奉圖書上尊號漢書息夫躬曰軍書交馳而輻湊羽檄重迹而狎至尚書曰兢兢業業一日二日萬機而尊嚴之度不僭於師旅淵默之容無改於行陣討如投水思若轉規策定帷幄謀成几案曾未浹辰獨夫授首班固漢書贊曰成帝臨朝淵默尊嚴若神可謂穆穆天子之容矣李康運命論張良及其遭漢祖其言也如以石投水莫之逆也范曄後漢書曰朱勃上疏訴馬援寃曰謀如涌泉勢如轉規又光武詔曰將軍鄧禹與朕謀謨帷幄决勝千里仲長子昌言曰運籌於几案之前而所制者乃百代之後左氏傳君子曰莒恃其陋不修其城郭浹辰之間而楚克其三都杜預曰浹辰十二日也梁典曰永元三年十二月丙寅張齊殺東昏于含德殿其夜以黄油裹首縋而下尚書曰獨夫受洪

惟作威鍾士季檄蜀文曰蜀侯見禽於秦公孫述授首於漢

乃焚其綺席棄彼寶衣歸琁臺之珠反諸侯之玉

六韜曰紂時婦人以文綺爲席衣以綾紈者三千人又曰武王伐紂蒙寶衣投火而死帝王世紀曰王命歸琁臺之珠玉說苑曰武王大敗殷人上堂見玉曰誰之玉曰諸侯之玉即取而歸於諸侯天下聞之曰王廉於財

指麾而四海隆平下車而天下大定拯茲塗炭救此橫流功均天地明並日月

新序劉向曰先王之所以指麾而四海賓服者誠德之至也孝經鉤命決曰俱在隆平優劣殊流禮記曰下車而封夏后之後於杞封殷之後於宋尚書曰一戎衣天下大定又曰有夏昏德民墜塗炭孟子曰當堯之時鴻水橫流汎濫於天下漢書曰德配天地明並日月

於是仰叶三靈俯從億兆受昭華之玉納龍叙之圖

春秋元命苞曰造起天地鑄演人君通靈之貺交錯同瑞劉琨勸進表曰億兆攸歸曾無與二尚書大傳曰堯得舜推而尊之贈以昭華之玉春秋元命苞曰堯游河渚赤龍負圖以出

圖赤如綈狀龍沒圖在楊雄覈靈賦曰大易之始河序龍馬雒貢龜書類帝禋宗光有神尚書曰肆類于上帝又曰禋于六宗國語富辰器升中以祀羣望攝袂而朝諸夏謂王曰光有天下而和寧百姓老子曰天下神器不可爲也爲者敗之禮記曰升于中天而鳳凰降左氏傳曰乃大有事于羣望漢書徐樂上書曰南面負扆攝袂而揖王公陛下之所服也論語子曰夷狄之有君不如諸夏之亡也布教都畿班政方外謀協上策刑從中典周禮曰正月之吉始和布教於邦國都鄙袁淑謝中丞章曰懸法象闕班政甸衛東觀漢記段熲上疏曰先零東羌討之難破降爲上策戰爲下計周禮曰大司寇掌三典以佐王二曰刑平國用中典也南服緩耳西覊反舌劒騎穹廬之國同川共穴之人杜篤論都賦曰連緩耳瑣雕題呂氏春秋曰善爲君者蠻夷反舌皆服德厚也高誘曰夷狄語言與中國相反因謂反舌一說南方有反舌國舌本在前末到向喉故曰反舌也漢書曰匈奴力能彎弓盡爲甲騎其長兵則弓矢短兵則刀鋋漢書烏孫公主歌曰穹廬爲室兮旃爲墻杜篤論都

賦曰同穴裘褐之域共川鼻飲之國莫不屈膝交臂厥角稽顙鑿空萬里攘地千都幕南罷鄣河西無警喻巴蜀文曰交臂受事屈膝請和孟子曰武王之伐殷也百姓若崩厥角趙岐曰厥角叩頭以額角厥地禮記孔子曰拜而後稽顙漢書曰通西北國張騫鑿空蘇林曰鑿開空通也戰國策蔡澤謂應侯曰公孫鞅爲秦攘地千里漢書曰驃騎封於狼居胥山匈奴遠逃而漠南無王庭漢書武帝謂狄山曰使居一障閒蒼頡曰障小城也漢書晉文公攘戎狄居於西河圁洛之閒圁音銀謝承後漢書曰祝良爲梁州刺史歷年無警於是治定功成邇安遠肅忘茲鹿駭息此狼顧禮記曰王者功成作樂治定制禮尚書曰柔遠能邇鹽鐵論曰以賢人爲兵聖人爲守則中國無狗吠之警而邊境無鹿駭狼顧之憂也乃正六樂治五禮改章程創法律周禮曰保氏掌諫王而養國子以道乃敎之六樂鄭玄曰六樂雲門大咸大韶大夏大護大武尚書曰修五禮孔安國五禮吉凶軍賓嘉也漢書曰高祖令張蒼定章程又曰蕭何次律令韓信申

軍法置博士之職而著録之生若雲開集雅之館而款關之學如市漢書曰武帝初置五經博士范曄後漢書曰張興稍遷至博士弟子自遠至者著録且萬人司馬彪續漢書曰負書來學雲集京師劇秦美新曰遥集乎文雅之囿翱翔乎禮樂之場史記曰由余款關請見三輔黃圖曰元始中起明堂列槐樹數百行朔望諸生持經書及當郡所出物於此賣買號槐市興建庠序啓設郊丘一介之才必記無文之典咸秩漢書曰平帝立學官鄉曰庠聚曰序禮記曰立春之日天子迎春於東郊周禮曰冬至於地上之圜丘若樂六變天神皆降尚書秦穆公曰如有一介臣又曰稱秩元祀咸秩無文於是天下學士靡然向風人識廉隅家知禮讓班固漢書贊曰公孫引以治春秋爲丞相封侯天下學士靡然嚮風矣禮記曰儒有砥礪廉隅論語子曰能以禮讓爲國乎何有敎臻侍子化洽期門區宇乂安方面静息役休務簡歲阜民和漢書曰呼韓邪遣子右賢

王銖婁渠堂入侍漢書曰武帝與北地良家子期諸殿門故有期門之號范曄後漢書曰樊準上疏曰明帝即位自期門羽林介胄之士悉令通孝經匈奴遣伊秩訾王來入就學東京賦曰區宇乂寧思和求中方面四方面也仲長子昌言曰五位以正方面孫楚客主言曰晉主聖明方面割地長楊賦曰休力役賈逵國語注曰阜厚也左氏傳季梁曰民和而神降之福

歷代規摹前王典故莫不芟夷翦截允執厥中

史記曰高祖雖日不暇給規摹弘遠矣東觀漢記東平王蒼上疏曰事過典故孔安國尚書序曰芟夷煩亂翦截浮辭尚書帝曰允執厥中

以爲象闕之制其來已遠

春秋設舊章之教經禮垂布憲之文

左氏傳曰司鐸火季桓子命藏象魏曰舊章不可忘也禮記曰經禮三百曲禮三千鄭玄曰禮經謂周禮也周禮曰太宰以正月之吉懸治象之法於象魏使萬民觀治象鄭玄曰吉朔日也象魏闕也周禮曰布憲中士二人

戴記顯游觀之言

周史書樹闕之夢

禮記戴聖所傳故號戴記曰昔者仲尼與於蜡賓事畢出遊於觀之上喟

然而嘆周書曰文王至自商至程太姒夢見商之庭北荒生棘太子發取周庭之梓樹之於闕間化爲松柏明月西極流精神異經曰西北荒中有二金闕高百丈金闕銀盤圓五十丈二闕相去百丈上有明月珠徑三丈光照千里十洲記曰崑崙山有三角其角一正東有墉城有流精之闕西王母所治也海岳黃金河庭紫貝史記曰三神山傳在海中黃金白銀爲宮闕楚辭曰魚鱗屋兮龍堂紫貝闕兮珠宮王逸曰言河伯所居以紫貝作闕也蒼龍玄武之製銅雀鐵鳳之工三輔舊事曰未央宮東有蒼龍闕北有玄武闕魏文帝歌曰長安城西有雙圓闕上有一雙銅爵一鳴五穀生再鳴五穀熟薛綜西京賦注曰圓闕上作鐵鳳凰令張兩翼舉頭敷尾或以聽窮省冤或以布化懸法李尤闕銘曰悉心聽省乃無窮冤布化懸法已見上文或以表正王居或以光崇帝里尚書王曰表正萬邦周易曰王居無咎正位也桓子新論曰昔周公光崇周道澤被四表蜀都賦曰崤函有帝皇之宅河洛爲王者之里也晉氏浸弱宋歷威夷

禮經舊典寂寥無記鴻規盛烈湮没罕稱乃假天闕於牛頭託遠圖於博望有欺耳目無補憲章漢書曰浸弱微滅也韓詩曰周道威夷左氏傳曰以繼好息民謂之禮經東都主人曰雅子頗識舊典司馬相如美人賦曰上宮閑館寂寥參至虛封禪書曰湮滅而不稱不可勝數山謙之丹陽記曰大興中議者皆言漢司徒義興許彧墓二闕高壯可徙施之王茂弘弗欲後陪乘出宣陽門南望牛頭山兩峯即曰此天闕也豈煩改作帝從之今出宣陽望此山良似闕沈約宋書曰孝武大明七年博望梁山立雙闕禮記曰仲尼祖述堯舜憲章文武乃命審曲之官選明中之士陳圭置臬魚列瞻星揆地興復表門草創華闕周禮曰或審曲面勢明中謂四時昏明各有中星也尚書考靈耀曰冬至日月在牽牛一度求昏中者取六項加三旁蠡順除之鄭玄曰晝行十二項中正而分之左右各六項也蠡猶羅也昏中在日前故言順數也明中在日後故言却也周禮曰土圭之法測土深正日影以求地中又曰匠人建國

求地中置槷以懸視其影鄭玄曰槷古文臬假借字也周禮曰晝參諸日中之影夜考之極星以正朝夕東觀漢記博士等議曰陛下除殘去賊興復祖宗西京賦曰正紫宮於未央表嶢闕於閶闔論語曰裨諶草創之西都賦曰樹中天之華闕封冠山之朱堂於是歲次天紀月旅太簇天紀星紀也左氏傳梓慎曰歲在星紀而淫於玄枵杜預曰歲星也星紀斗牛之次也漢書曰太簇位在於寅正月也皇帝御天下之七載也搆茲盛則與此崇麗方且趨以表敬觀而知法劉璠梁典曰天監七年正月戊戌詔曰昔晉氏青蓋南移日不暇給而兩觀莫築懸法無所今禮盛化光役務簡便可營建象闕以表舊章於是選匠量功鐫石爲闕窮極壯麗冠絶古今奇禽異羽莫不畢備漢書曰萬石君過宮門闕必下車趨列女傳衛靈公夫人曰妾聞禮下公門式路馬所以廣敬也物覩雙碣之容人識百重之典周易曰聖人作而萬物覩西京賦曰圓闕竦以造天若雙碣之相望徐幹七喻曰豐屋廣夏崇闕百重作範垂訓赫矣壯乎鄒正釋譏曰創制作範匪

時不立家語南宮敬叔曰孔子作春秋垂訓後嗣曹府君陳寔誄曰赫矣陳君

爰命下臣式銘盤石其辭曰

惟帝建國正位辨方周營洛涘漢啓岐梁

此言建國立都不恒一所故洛涘岐梁咸爲帝宅也周禮曰惟王建國辨方正位周周成王也尚書序曰召公既相宅周公往營成周作洛誥蔡邕祝禊文曰自求多福在洛之涘漢漢高祖也西京賦曰岐梁汧雍陳寶鳴雞在焉

居因業盛文以化光爰有象闕是惟舊章

帝王所居因功業而後盛禮文之德由政化而益光也周易曰後得主而有常含萬物而化光

青蓋南洎黃旗東指懸法無闕藏書弗紀

言帝祚南遷王綱弛紊懸法藏書咸皆廢紀青蓋晉也虞預晉書王導上言曰迴青蓋以反上京司馬彪續漢書曰皇子皆朱班輪青蓋黃旗謂吳也司馬德操與劉恭嗣書曰黃旗紫氣恒見東南終成天下者揚州之君子臧榮緒晉書曰孫氏無闕大晉南都亦不暇立門闕遂廢矣藏書則淡日歛

而藏之見下句大人造物龍德休否建此百常興茲雙起周易曰飛龍在天大人造也莊子孔子曰夫造物者爲人司馬彪曰造物謂道也周易曰龍德而正中者也又否卦曰九五休否王弼曰居尊位能休否道者也張景陽七命曰表以百常之闕雙起猶雙立也魯靈光殿賦曰崇墉岡連以嶺屬朱闕巖巖以雙立偉哉偃蹇壯矣巍巍旁映重疊上連翠微王逸楚辭注曰偃蹇高貌也何晏論語注曰巍巍者高大之稱也重疊宮觀之多者也七命曰重殿疊起交綺對幌蜀都賦曰鬱氛氳以翠微布教方顯浹日初輝懸書有附委篋知歸布教已見上文周禮曰正月乃懸治象之法于象魏使萬民觀治象浹日而斂之懸書則懸法也委篋則藏書也重用之故變文耳鬱崛魚勿重軒穹隆反宇形聳飛棟勢超浮柱甘泉賦曰洪臺崛其獨出西都賦曰重軒三階穹隆見下句西京賦曰反宇業業何禎許都賦曰景福鬱抗以雲起飛棟鳥企而翼舒甘泉賦曰抗浮柱之飛榱兮神莫莫而扶傾色法上圓

製模下矩，周望原隰，俛臨煙雨。上圓天也，下矩地也。緐欽建章鳳闕賦曰：上規圓以穹隆，下矩地而繩直。望原隰臨煙雲，言其高也。前寘四會，却背九房。北通二轍，南湊五方。王逸楚辭注曰：寘，列也。陸機洛陽記曰：有銅駝二枚，在宮之南四會道頭。鄭玄禮記注曰：却，返也。東京賦曰：復廟重屋，八達九房。則明堂之制也。鄭玄禮記注曰：天子廟及路寢，皆如明堂制也。然路寢在門北，故云却背也。暑來寒往，地久天長。神哉華觀，永配無疆。周易曰：寒往則暑來，暑往則寒來。老子曰：天長地久。毛詩曰：申錫無疆。集云：盤石鬱崛，重軒穹隆，色法上圓，製模十四字是至尊所改也。

新刻漏銘一首　并序

陸佐公　劉璠梁典曰：天監六年，帝以舊漏乖舛，乃勑負外郎祖暅治之。漏刻成，太子中舍人陸倕爲文。司馬彪續漢書曰：孔壺爲漏，浮箭爲刻，下漏數刻，以考中星，昏明星焉。

夫自天觀象昏旦之刻未分治歷明時盈縮之度無準周易曰古者庖犧氏之王天下也仰則觀象於天俯則觀法於地五經要義曰昏闇也旦明也日入後漏三刻爲昏日出前漏三刻爲明周易曰君子以治歷明時淮南子曰孟春始贏孟秋始縮高誘曰贏長也縮短也挈壺命氏遠哉義用周禮曰挈壺氏下士六人鄭玄曰壺盛水器也挈壺水以爲漏也揆景測辰徼叫宮戒井守以水火分茲日夜揆景測辰謂晝夜漏也徼宫謂徼巡其宫也衛宏漢舊儀曰晝漏盡夜漏起宫中衛宫城門擊刀斗周廬擊木柝周禮曰挈壺氏掌壺以令軍井凡喪事懸壺以哭皆以水火守之分以日夜鄭司農曰挈壺以令軍井謂爲軍穿井井成挈壺懸其上令軍中衆皆望見知此下有井也壺所以盛飲故以壺表井也鄭玄曰以水守壺者爲沃漏也以火守壺者夜視刻數也分以日夜者異晝夜漏也而司歷士官疇人廢業孟陬殄滅攝提無紀左氏傳仲尼曰今火猶西流司歷過也漢書曰三代既沒五霸之末史官喪紀疇人

子弟分散如淳曰宗業世世相傳爲疇漢書曰孟陬殄滅攝提失方音義曰正月爲孟陬歷紀廢絶閏餘乖錯不與正歲相值謂之殄滅攝提星名隨斗杓所指建十二月若歷誤春三月當指辰而乃指巳是爲失方衛宏載傳呼之節較而未詳霍融叙分至之差詳而不密衛宏漢舊儀曰夜漏起宮中宮城門傳五伯官直符行衛士周廬擊木柝讙呼備火司馬彪續漢書曰太史令霍融上言漏刻率九日增減一等不與天相應或時差至二刻半不如夏歷密也陸機之賦虛握靈珠孫綽之銘空擅崑玉陸機孫綽皆有漏刻銘曹子建與楊德祖書曰人人自謂握靈蛇之珠家家自謂抱荆山之玉新序固乘曰珠產江漢玉產崑山引度遺篇承天垂旨王隱晉書曰李充字引度集有漏刻銘沈約宋書曰宋太祖頗好歷數太子率更令何承天私撰新法元嘉二十年上表詔付外詳之有司奏承天歷術令施行布在方冊無彰器用禮記哀公問政子曰文武之道布在方冊左氏傳臧僖伯曰山林川澤之實器用之資譬彼

春華同夫海棗春華言其文麗海棗譬其無實苔賓戲曰擒藻如春華晏子春秋曰齊景公謂晏子曰東海之中有水赤其中有棗華而不實何也晏子曰昔者秦穆公乘舟理天下黄布裹蒸棗至海而捐其布破黄布故水赤蒸棗故華不實公曰吾佯問子對曰嬰聞佯問者佯對也寧可以軌物字民作範垂訓者乎左氏傳曰隱公將如棠觀魚臧僖伯諫曰君將納民於軌物者也講事以度軌量謂之軌取材以章物采謂之物不軌不物謂之亂政周書成王曰朕不知字民之道𦗟問伯父作範垂訓已見上文且今之官漏出自會稽蕭子雲東宮雜記曰天監六年上造新漏以臺舊漏給官漏銘云咸和七年會稽山陰令魏丕造即會稽內史王舒所獻漏也積水違方導流乖則陸機刻漏賦曰積水不過一鍾導流不過一筐也六日無辨五夜不分淮南子曰冬至子午夏至卯酉冬至加三日則夏至之日也歲遷六日終而復始高誘曰遷六日今年以子冬至後年以午冬至衛宏漢舊儀曰晝夜漏起省中用火中黄門持五夜甲夜乙夜丙夜丁夜戊夜也歲躔閹茂月次姑洗爾雅曰太歲在戌曰

閹茂禮記曰季春之月律中姑洗皇帝有天下之五載也樂遷夏諺禮變商俗孟子夏諺曰吾王不游吾何以休尚書曰商俗靡靡利口惟賢業類補天功均柱地列子曰昔女媧氏煉五色之石以補其闕斷鼇之足以立四極其後共工氏與顓頊爭為帝怒而觸不周之山折天柱絕地維也河海夷晏風雲律呂禮斗威儀曰君乘土而王其政太平則河濂海夷十洲記曰天漢三年西國王使獻靈膠四兩吉光毛裘受以付庫使者曰常占東風入律十旬不休青雲干呂連月不散意者閻浮有好道之君我王故搜奇蘊而貢神香步天材而請猛獸乘毛車以濟弱水于今十三年矣坐朝晏罷每旦晨興呂氏春秋曰上稱三皇五帝之業以諭其意蚤朝晏罷以告制兵者也尚書大傳曰帝猶反側晨興辟四門來仁賢屬傳漏之音聽雞人之響周禮曰雞人掌大祭祀夜呼旦以叫百官集云雞人二字是沈約所改作也以為星火謬中金水違用左氏傳張趯曰火中寒暑乃退鄭玄毛詩箋曰火星中寒暑退陸機漏刻銘曰寤蟾蜍之栖月識金水之相緣時乖啓閉箭異錙銖

左氏傳曰凡分至啓閉必書雲物爲備故也鄭玄禮記注曰八兩爲錙漢書曰二十四銖爲兩也爰命日官草創新器左氏傳曰天子有日官諸侯有日御於是俯察旁羅登臺升庫周易曰仰則觀於天文俯以察於地理史記曰黃帝順天地之紀旁羅日月星辰左氏傳曰公既視朔遂登觀臺以望而書禮也又曰宋衛陳鄭皆火梓慎登大庭之庫以望之曰宋衛陳鄭也則于地四參以天一言壺用金而漏用水也漢書曰天以得一生水地以得四生金也建武遺壼咸和餘舛司馬彪續漢書霍融曰四分施於建武咸和漏刻即上魏丕所造也金筒方員之制飛流吐納之規金則壺也而形方筒則引水者而形員孫綽漏刻銘曰乃制妙器挈壺氏銓累筒三階積水成川陸機漏刻銘曰口納胸吐水無滯咽變律改經一皆懲革蔡邕律歷志曰凡歷所革以變律呂相生至六十也天監六年太歲丁亥十月丁亥朔十六日壬寅漏成進御以考辰正晷

測表候陰陸機集志議曰考正三辰審其所司是謂天紀綱也測表候陰謂土圭也不謬圭撮無乖黍絫漢書曰夫推歷生律制器量多少者不失圭撮權輕重者不失黍絫應劭曰圭自然之形陰陽之始也四圭曰撮十黍一絫十絫一銖又可以校運筭之睽合辨分天之邪正漢書曰造漢太初歷治歷者方士唐都巴郡落下閎與焉都分天部而閎運筭轉歷也察四氣之盈虛課六歷之踈密爾雅曰春爲發生夏爲長嬴秋爲收成冬爲安寧四氣和爲通正漢書曰史記有黃帝顓頊夏商周及魯曰歷漢興張蒼用顓頊歷比於六歷踈闊中最爲微近又曰淳于陵渠覆太初歷晦朔弦望皆最密也永世貽則傳之無窮赫矣煥乎無得而稱也昔嘉量微物盤盂小器猶其昭德記功載在銘典周禮栗氏爲量其銘曰嘉量既成以觀四國永啓厥後茲器惟則七略曰盤盂書者其傳言孔甲爲之孔甲黃帝之史也書盤盂中爲誡法或於鼎名曰銘蔡邕銘論曰德非此族不在銘典

況入神之制與造化合符孫綽子曰藝妙者以入神造化巳見上文論語比考讖曰君子上達與天合符成物之能與坤元等契周易曰乾知太始坤作成物又曰至哉坤元萬物資生勳倍楹席事百巾机蔡邕銘論曰武王踐祚咨于太師而作席机楹杖雜銘又曰黃帝有巾机之法孔甲有盤盂之戒寧可使多謝曾水有陋昆吾郭象莊子注曰不可多謝堯舜而推之爲兄也蔡邕銘論曰昔召公作誥先王賜朕鼎出于武當曾水呂尚作周太師而封于齊其功銘于昆吾之野西都賔亭曰有陋洛邑之義金字不傳銀書未勒者哉崔玄山瀨鄉記曰老子母碑老子把持仙籙玉簡金字編以白銀紀善綴惡劉人本觀書賦曰玉牒石記銀書金字奥矣不窮邈乎昭備乃詔小臣爲其銘曰集曰銘一字至尊所改勅書辭曰故當云銘

一暑一寒有明有晦周易曰日月運行一寒一暑莊子曰消息滿虛一晦一明日改月化

也神道無跡天工罕代莊子老聃謂孔子曰夫神生於道其來無迹其去無方尚書曰無曠庶官天工人其代之乃置挈壺是惟熙載氣均衡石晷正權槪呂氏春秋曰仲春日夜分鈞衡石角斗桶正權概高誘曰角平升桶權概皆令均等也世道交喪禮術銷亡莊子曰世喪道矣道喪世矣世與道交相喪也毛詩序曰禮義消亡遽遷水火爭倒衣裳水火巳見上文毛詩曰東方未明顛倒衣裳挈刀舛次聚木乖方漢書曰李廣行無部曲不擊刁斗自衛孟康曰以銅作鐎受一斗晝炊飯食擊持行夜周禮挈壺氏曰凡軍事懸壺以序聚欜鄭玄曰謂擊欜兩木相敲行夜時也爰究爰度時惟我皇毛詩曰維彼四國爰究爰度方壺外次圓流內襲洪殺殊等高卑異級陸機漏刻賦曰擬洪殺於漏鍾順卑高而爲級靈虬承注陰蟲吐噏孫綽漏刻銘曰靈虬吐注陰蟲承瀉倏往忽來鬼出神入呂氏春秋曰倏忽往來而莫知其方淮南子曰並應無窮

鬼出神入微若抽繭逝如激電陸機漏刻賦曰形微獨繭之絲逝若垂天之電耳不輟音眼無留眄銅史司刻金徒抱箭張衡漏水轉渾天儀制曰蓋上又鑄金銅仙人居左壺爲胥徒居右壺皆以左手抱箭右手指刻以別天時早晚履薄非兢臨深罔戰授受靡愆登降弗爽毛詩曰戰戰兢兢如臨深淵如履薄氷衛宏漢舊儀曰夜漏起中黄門持五夜相傳授籍田賦曰挈壺掌升降之節惟精惟一可法可象尚書曰惟精惟一允執厥中孝經曰作事可法左氏傳北宫文子謂衛侯曰有儀可象謂之儀月不遁來日無藏往分以符契至猶影響周易曰月往則日來杜預左氏傳注曰分春秋分也至冬夏至也袁彥伯三國名臣序贊曰若合符契尚書曰惠迪吉從逆凶惟影響合昏暮卷蓂莢晨生周處風土記曰合昏槿也葉晨舒而昏合田俅子曰堯爲天子蓂莢生於庭爲帝成歷也尚辨天意猶測地情詩氾歷樞曰靈臺參天意周易曰聖人觀其所感而天地萬物之情可見矣况我

神造通幽洞靈陸機漏刻賦曰來象神造猶鬼之變配皇等極爲世作程呂氏春秋曰後世以爲法程高誘曰程度也曹植列女傳頌曰尚卑貴禮來世作程

誄上

王仲宣誄一首 并序　曹子建

建安二十二年正月二十四日戊申魏故侍中關內侯王君卒嗚呼哀哉皇穹神察哲人是恃如何靈祇殲我吉士毛詩曰彼蒼者天殲我良人誰謂不庸早世即冥范曄後漢書桓帝詔曰遭家不造先帝早世誰謂不傷華繁中零史記華陽夫人姊說夫人曰不以繁華時樹本存亡分流夭遂同期莊子曰雖有夭壽相去幾何又曰聖也者遂於命也朝聞夕沒先民所思論語曰朝聞道夕死可也毛詩曰先民有作何用誄德表之素旗鄭司農周禮注曰誄謂積累生時德行儀禮士喪禮曰爲銘各以其物鄭玄曰銘明旌也雜帛

爲物大夫士之所建也以死者不可别故以其旌旗識之楊雄元后誄曰著德太常注諸旒旍何以贈終哀以送之孝經曰哀以送之遂作誄曰

猗歟侍中遠祖彌芳公高建業佐武伐商史記曰魏之先畢公高與周同姓武王伐紂而高封於畢也爵同齊魯邦祀絕亡流裔畢萬勳績惟光晉獻賜封于魏之疆天開之祚末冑稱王史記曰公高苗裔曰畢萬事晉獻公滅魏封畢萬爲大夫卜偃曰萬滿數也魏大名也以是始賞天開之矣國稱陳留風俗記曰浚儀縣魏之都也魏滅晉獻公以魏封大夫畢萬後世文侯初盛至子孫稱王是爲惠王然以稱王因氏焉楚詞曰伊伯庸之末冑也厥姓斯氏條分葉散世滋芳烈揚聲秦漢會遭陽九炎光中矇漢書曰陽九厄日初入百六陽九音義曰易稱所謂陽九之厄百六之會者也典引曰蓄炎上之烈精蔡邕曰謂大漢之盛德也中矇謂遭王莽之亂也

說文曰曚不明也世祖撥亂爰建時雍世祖謂光武皇帝也公羊傳曰撥亂反正
莫近於春秋尚書曰黎民於變時雍三台樹位履道是鍾春秋漢含孳曰三公象五
嶽在天法三能台能同周易曰履道坦坦寵爵之加匪惠惟恭自君二祖
爲光爲龍張璠漢紀曰王龔字伯宗有高名於天下順帝時爲太尉暢字叔茂名在八俊靈帝時爲
司空魏志曰㯋曾祖父龔祖父暢皆爲漢三公毛詩曰既見君子爲龍爲光毛萇曰龍寵也僉曰休哉
冝翼漢邦或統太尉或掌司空百揆惟叙五典克從尚書
曰納于百揆百揆時叙又曰愼徽五典五典克從天静人和皇敎遐通伊君顯
考弈葉佐時魏志曰㯋父謙爲大將軍何進長史入管機密朝政以治張衡
四愁詩序曰久處機密出臨朔岱庶績咸熙㯋父無傳其官未詳尚書曰庶績咸熙
君以淑懿繼此洪基既有令德材技廣宣強記洽聞

幽讚微言孔叢子萇弘曰仲尼洽聞強記博物不窮周易曰幽贊於神明而生蓍論語讖曰子夏六十人共撰仲尼微言也文若春華思若涌泉春華已見上文東觀漢記朱敦理馬援曰謀如涌泉勢如轉圜發言可詠下筆成篇魏志粲善屬文舉筆便成無所改定時人常以爲宿搆何道不洽何藝不閑棊局逞巧博弈惟賢魏志曰粲觀人圍碁局壞粲爲復之碁者不信以帊蓋局使更以他局爲之用相比不誤一道其強記默識如此論語子曰不有博弈者乎爲之猶賢乎已皇家不造京室隕顛毛詩曰閔予小子遭家不造宰臣專制帝用西遷宰臣董卓也帝獻帝也魏志曰董卓以山東豪傑並起恐懼不寧初平元年二月乃徙天子都長安君乃羈旅離此阻艱翕然鳳舉遠竄荆蠻魏志曰粲以西京擾亂乃之荆州依劉表左氏春秋陳敬仲曰羈旅之臣杜預注曰羈寄也旅客也崔琦七蠲曰飄然鳳舉軒爾龍騰毛詩曰蠢爾蠻荆身窮志達居鄙行鮮振冠南

嶽濯纓清川盛弘之荆州記曰襄陽城西南有徐元直宅其西北八里方山山北際河水山下有王仲宣宅故東阿王誄云振冠南嶽濯纓清川集本清或爲淸誤也潛處蓬室不干勢權列子曰北宮子庇其蓬室若廣廈之蔭也我公奮鉞耀威南楚我公魏太祖也荆人或違陳戎講武禮記曰乃命將帥講武習射御君乃義發筭我師旅魏志曰劉表卒粲勸表子琮令降太祖高尚霸功投身帝宇栢譚陳便宜曰所謂霸功者法度明正百官修治威令流行者也傳幹後漢王命敘曰世祖攘亂復帝宇斯言旣發謀夫是與斯言謂琮降也毛詩曰謀夫孔多是用不售是與伊何響我明德投戈編鄀若稽顙漢北漢書南郡有編鄀縣我公實嘉表揚京國金龜紫綬以彰勳則魏志曰太祖辟粲爲丞相掾賜爵關內侯漢舊儀曰列侯黃金龜鈕又曰金印紫綬勳則伊何勞謙靡已周易曰勞謙君子有終吉憂世忘家殊略卓峙

史記穰苴曰將命之日則忘其家趙岐孟子章指曰憂國忘家乃署祭酒與君行止魏志曰後遷軍謀祭酒周易曰時止則止時行則行筭無遺策畫無失理孟子曰計及下者無遺策東觀漢記魯恭上疏曰舉無遺策動不失其中我王建國百司儁乂周禮曰維王建國尚書曰俊乂在官君以顯舉秉機省闥戴蟬珥貂朱衣皓帶魏志曰魏國建拜粲侍中蔡邕獨斷曰侍中常侍皆冠惠文加貂附蟬也入侍帷幄出擁華蓋劉歆遂初賦曰奉華蓋於帝側榮曜當世芳風晻藹漢書曰韋玄成繼父相位封侯榮當世焉禰衡顏子碑曰秀不實振芳風也嗟彼東夷東夷謂吳憑江阻湖騷擾邊境勞我師徒光光戎路霆駭風徂君侍華轂輝輝王塗漢書劉向上封事曰今王氏一姓乘朱輪華轂者二十三人蔡邕劉寬碑曰統艾三事以清王塗也思榮懷附望彼來威言仲宣思念寵榮志在懷附異類望彼吳國畏威而來也漢書曰王

尊懷來徼外蠻夷歸附其威信也如何不濟運極命衰寢疾彌留吉往凶歸嗚呼哀哉魏志曰建安二十一年從征吳二十二年春道病卒尚書王曰病日臻既彌留翩翩孤嗣號慟崩摧蔡邕袁成碑曰呱呱孤嗣含哀長慟發軫北魏遠迄南淮經歷山河泣涕如頹楚辭曰登山長望中心悲怨彼青青泣如頹哀風興感行雲徘徊游魚失浪歸鳥忘栖嗚呼哀哉吾與夫子義貫丹青丹青二色名言不渝也好和琴瑟分過友生毛詩曰妻子好合如鼓瑟琴又曰矧伊人矣不求友生庶幾遐年攜手同征如何奄忽棄我夙零感昔宴會志各高厲予戲夫子金石難弊人命靡常吉凶異制毛詩曰天命靡常春秋保乾圖曰利害同門吉凶異域此驩之人孰先殞越左氏傳齊侯曰小白恐殞越于下何寤夫子果

乃先逝又論死生存亡數度春秋考異郵曰吉凶有數存亡有象子猶懷疑求之明據儻獨有靈游魂泰素列子曰泰素者質之始也我將假翼飄飄高舉超登景雲要子天路孝經援神契曰德至山陵則景雲出西京賦曰美往昔之喬松要羨門乎天路喪柩既臻將反魏京靈轜迴軌白驥悲鳴説文曰轜喪車也李陵詩曰轅馬顧悲鳴五步一彷徨虛廓無見藏景蔽形孰云仲宣不聞其聲梁商誄曰孰云忠侯不聞其音延首歎息雨泣交頸嗟乎夫子永安幽冥人誰不沒達士徇名莊子曰小人徇財君子徇名天下皆然不獨一人也生榮死哀亦孔之榮嗚呼哀哉論語子貢曰夫子其生也榮其死也哀

楊荊州誄一首并序

潘安仁

維咸寧元年王隱晉書咸寧武帝年號夏四月乙丑晉故折衝將軍荆州刺史東武戴侯滎陽楊史君薨嗚呼哀哉楊肇已見懷舊賦夫天子建國諸侯立家左氏傳師服曰吾聞國家之立也天子建國諸侯立家是以人服事其上而下無覬覦也選賢與能政是以和禮記曰選賢與能講信修睦周賴尚父殷憑太阿太阿阿衡謂伊尹也毛詩曰惟師尚父時惟鷹揚又曰實維阿衡實左右商王矯矯楊侯晉之爪牙毛詩曰矯矯武臣又曰予王之爪牙忠節克明茂績惟嘉尚書曰予懋乃德嘉乃丕績將宏王略肅清荒遐降年不永玄首未華尚書曰降年有永有不永范曄後漢書樊准上疏曰故朝多皤皤之良華首之老銜恨沒世命也奈何嗚呼哀哉范曄後漢書東海王彊上疏曰銜恨黃泉論語子曰君子疾沒世而名不稱焉自古在昔有生必死法言曰有生者必有死有始者必有終自然之道也

身沒名垂先哲所韙東征賦曰唯令德爲不朽身既沒而名猶存也行以號彰德以述美周禮曰謚者行之迹號者功之表也蔡邕郭有道碑曰德音猶存亦賴之見述也敢託旒旗爰作斯誄旒旗已見上文其辭曰

邈矣遠祖系自有周昭穆繁昌枝庶分流族始伯喬氏出楊侯漢書曰楊雄其先出自有周伯喬者以支庶食菜於晉之楊因氏焉不知伯喬與周何別也楊在河汾之間周衰而楊氏或稱侯號曰楊侯弈世丕顯允迪大猷尚書曰公稱丕顯德毛詩曰秩秩大猷聖人莫之天猒漢德龍戰未分左氏傳曰天而既猒周德矣周易曰龍戰于野其血玄黃伊君祖考方事之殷左氏傳曰鄢陵之戰楚子使工尹襄問郤至以弓曰方事之殷有韎韋而跗注者君子也杜預云殷盛也鳥則擇木臣亦簡君左氏傳仲尼曰鳥則擇木家語孔子曰君擇臣而任之臣亦擇君而事之投心魏朝策名委身

左氏傳狐突曰策名委質貳乃辟也奮躍淵塗跨騰風雲荅賔戲曰振拔洿塗跨騰
風雲或統驍騎或據領軍潘岳楊肇碑序曰肇驍騎府君之嫡孫領軍肅侯之嗣子賈弼
之山公表注曰楊佾字仲義驍騎將軍生暨字休先領軍將軍篤生戴侯茂德繼期纂
戎洪緒克構堂基毛詩曰纂戎祖考尚書曰若考作室子弗肯堂矧肯構弱冠味
道無競惟時弱冠已見上文桓譚荅楊雄書曰子雲勤味道腴毛詩曰無競惟烈孝實蒸
蒸友亦怡怡尚書曰克諧以孝蒸蒸乂弗格姦怡怡已見上文多才豐藝強記
洽聞尚書周公曰不若旦多才多藝洽聞強記已見上文目睇毫末心筭無垠慎子
曰離朱之明察秋毫之末荅賔戲曰研桑心計於無垠草隸兼善尺牘必珍漢書曰陳
遵善書與人尺牘主皆藏去以爲榮也足不輟行手不釋文翰動若飛紙
落如雲學優則仕乃從王政論語子夏曰仕而優則學學而優則仕左氏傳子産

謂子皮曰僑聞學而後入政未聞以政學者也散璞發輝臨軹止作令肇碑曰嘉平初除軹令漢書河內郡有軹縣化行邑里惠洽百姓越登司官肅我朝命肇碑曰肇遷治書侍御史惟此大理國之憲章肇碑曰肇兼統大理之任漢書曰廷尉秦官掌刑辟景帝中六年更名大理君莅其任視民如傷左氏傳逢滑曰國之興也視人如傷庶獄明慎刑辟端詳尚書周公曰庶獄庶慎聽參皐呂稱侔于張尚書帝曰咎繇蠻夷猾夏寇賊姦宄汝作士惟明克允又序曰呂命穆王訓夏贖刑作呂刑漢書曰于定國爲廷尉其決疑平法務在哀鰥寡罪從輕朝廷稱之又曰張釋之爲廷尉周亞夫見釋之持議平乃結爲親友繇此天下稱之攺授農政于彼野王肇碑曰除野王典農中郎將魏略曰典農中郎將太祖置秩比二千石漢書河內郡野王縣倉盈庾億國富兵彊毛詩曰我倉既盈我庾惟億新序曰孫叔敖相楚國富兵彊煌煌文后鴻漸晉室君以兼資參

戎作弼肇碑曰文后歷數在躬爲叅軍周易曰鴻漸于陸其羽可用爲儀漢書華陰守丞嘉上疏曰朱雲兼資文武用錫土宇曆茲顯秩青社白茅亦朱其紱肇碑曰五等初建封東武子毛詩曰錫爾土宇歸章尚書緯曰天子社東方青南方赤西方白北方黑上冒以黄土將封諸侯各取方土苴以白茅以爲社毛萇詩傳曰諸侯赤韍韍與紱古今字同魏氏順天聖皇受終魏志曰陳留王奉皇帝璽綬策禪位于晉嗣王周易曰湯武革命順乎天尚書曰正月上日受終于文祖烈烈楊侯實統禁戎肇碑曰皇祖之始典戎武衛司管閶闔清我帝宮晉宮閣銘曰洛陽城閶闔門漢書曰東牟侯興居先清宮應劭曰天子行幸所至先案行清靜殿中以虞非常苛慝不作穆如和風國語內史過曰神亦往焉觀其苛慝毛詩曰穆如清風謂督勳勞班命彌崇肇碑曰以清宮勳勞進封東武伯説文曰督察也茫茫海岱玄化未周毛詩曰洪水茫茫尚書曰海岱及淮惟徐州蔡邕陳留太守頌曰玄化洽矣

滔滔江漢疆埸分流毛詩曰滔滔江漢南國之紀尚書曰江漢朝宗于海孔安國曰二水經此州而入海也秉文兼武時惟楊侯既守東莞官乃牧荊州肇碑曰領東莞相荊州刺史漢書琅邪有東莞屬徐州也折衝萬里對揚王休肇碑曰加折衝將軍晏子春秋孔子曰不出樽俎之閒而折衝千里之外晏子之謂也毛詩曰虎拜稽首對揚王休

聞善若驚疾惡如讎國語楚藍尹亹謂子西曰夫闔廬聞一善言若驚得一士若賞謝承後漢書曰張儉清絜中正疾惡若讎示威示德以伐以柔左氏傳倉葛曰德以柔中國刑以威四夷又曰伐叛刑也柔服德也二者立矣吳夷凶侈僞師畏逼將乘讎釁席卷南極班固高紀述乘釁而運席卷三秦繼褰糧盡神謀不忒楊肇伐吳而敗已見辨亡論下君子之過引曲推直如彼日月有時則食左氏傳曰晉師歸桓子請死晉侯欲許之士貞子諫曰夫其敗也如日月之食焉何損於明

負執其咎功讓其力毛詩曰誰敢執其咎亦既旋旆爲法受黜左氏傳孔子曰趙宣子古之良大夫也爲法受惡退守丘塋杜門不出漢書曰王陵杜門不朝請游目典墳縱心儒術祁祁搢紳升堂入室毛詩曰采蘩祁祁封禪書曰雜搢紳先王之畧術論語子曰由也升堂矣未入於室也靡事不咨無疑不質毛萇詩傳曰訪問於善爲咨咨事爲諏漢書曰張竦居貧好事者從之質疑問事位貶道行身窮志逸毛詩曰我位孔貶毛萇傳曰貶墜也論語子曰道之將行也與命也弗慮弗圖乃寢乃疾毛詩曰昊天疾威弗慮弗圖楚辭曰寢疾而日愁昊天不弔景命其卒嗚呼哀哉毛詩曰不弔昊天蔡邕楊公誄曰功成化洽景命有順子囊佐楚遺言城郢史魚諫衛以尸顯政左氏傳曰楚子囊還自吴卒將死遺言謂子庚必城郢君子謂子囊忠君薨不忘增其名將死不忘衛社稷可不謂忠乎韓詩外傳曰昔衛大夫史魚病且死謂其子曰我

數言蘧伯玉之賢而不能進彌子瑕不肖而不能退死不當居喪正堂殯我於室足矣衛君問其故子以父言聞君召蘧伯玉而貴之子瑕退之徙殯於正堂也伊君臨終不忘忠敬寢伏牀蓐念在朝廷朝達厥辭夕殞其命聖王嗟悼寵贈衮禭誄德策勳考終定謚肇碑曰肇薨天子愍焉遣謁者祠以少牢謚曰戴侯漢書曰列侯薨大行奏謚誄策應劭曰賜與謚及哀策誄文也君肇辟慟懷邦族揮淚孤嗣在疚寮屬含悴毛詩曰煢煢在疚赴者同哀路人增欷嗚呼哀哉余以頑蔽覆露重陰國語張老謂趙文子曰先王覆露子也韋昭曰覆露潤也仰追先考執友之心禮記曰見父之執不謂之進不敢進不謂之退不敢退俯感知己識達之深晏子春秋越石父曰士者申乎知己也承諱忉怛涕淚霑襟楚辭曰泣歔欷而沾襟豈忘載奔憂病是沈在疾不

省於亡不臨舉聲增慟哀有餘音嗚呼哀哉

楊仲武誄一首并序　潘安仁

楊綏字仲武滎陽宛陵人也中領軍肅侯之曾孫荆州刺史戴侯之孫（肅侯楊暨也戴侯楊肇也並已見上文）東武康侯之子也（康侯楊潭也）八歲喪父其母鄭氏光禄勳密陵成侯之元女（賈弼之山公表注曰鄭袤爲司空密陵元侯生默爲光禄勳密陵成侯默女適滎陽楊潭潭生仲武成侯或爲元侯誤也漢書音義服虔曰元長也）操行甚高恤養幼孤以保乂夫家而免諸艱難（尚書周公曰巫咸保乂王家）戴侯康侯多所論著又善草隸之藝子以妙年之秀（曹子建自試表曰終軍以妙年使越）固能綜覽義旨而軌式模範矣雖舅氏隆盛而孤貧守約心安陋巷

體服菲薄余甚奇之論語子曰回也在陋巷人不堪其憂又曰禹菲飲食馬融曰菲薄也若乃清才儁茂盛德日新周易曰日新之謂盛德吾見其進未見其已也論語子謂顏淵曰吾見其進也未見其止也旣藉三葉世親之恩而子之姑余之伉儷焉左氏傳曰已不能庇其伉儷而亡之又不能字人之孤而殺之將何以終遂誓施氏往歲卒於德宮里陸機洛陽記曰德宮里名也喪服同次綢繆累月苟人必有心此亦欵誠之至也不幸短命論語孔子對哀公曰有顏回者不幸短命死矣春秋二十九元康九年夏五月己亥卒嗚呼哀哉乃作誄曰伊子之先弈葉熙隆惟祖惟曾載揚休風顯考康侯無祿早終左氏傳子產曰公孫段無祿早世不獲久享君德名器雖光勳業未融篤生吾子誕茂淑姿克岐克嶷知章知

微毛詩曰克岐克嶷以就口食周易曰君子知微知章鉤深探賾味道研機周易曰探賾索隱鉤深致遠又曰夫易聖人之所以極深而研機也匪直也人邦家之輝毛詩曰匪直也人秉心塞淵又曰樂只君子邦家之光子之遺閔曾未齓髫鄭玄周禮注曰齓毀齒也埤蒼曰髫髦也如彼危根當此衝猋德之休明靡幽不喬言德之休明無有處幽而不遷喬也左氏傳王孫滿曰德之休明毛詩曰出自幽谷遷于喬木弱冠流芳雋聲清劭韶爾舅惟榮爾宗惟瘁幼秉殊操違豐安匱撰録先訓俾無隕墜舊文新藝罔不必肆潘楊之穆有自來矣矧乃今日慎終如始老子曰慎終如始則無敗事爾休爾戚如實在己新序曰晉襄公之孫周爲晉國休戚不倍本也視予猶父不得猶子論語曰顏回死門人欲厚葬之子曰回也視予猶父也予不得視猶子也敬亦既篤

愛亦既深雖殊其年實同厥心日昃景西望子朝陰如何短折背世湮沈嗚呼哀哉尚書曰六極一曰凶短折孔安國曰短未六十折未三十也寢疾彌留守茲孝友彌留巳見上文毛詩傳曰善父母爲孝善兄弟爲友臨命忘身顧戀慈母哀哀慈母痛心疾首毛詩曰哀哀父母生我劬勞左氏傳呂相絕秦曰諸侯痛心疾首暱就寡人嗷嗷叫同生悽悽諸舅莊子曰我嗷嗷隨而哭之春蘭擢莖方茂其華荆寶挺璞將剖于和含芳委耀毀璧摧柯言德業之美類於蘭玉始含芳而積耀遽毀璧而摧柯言早夭也太玄經曰破璧毀珪逢不幸也嗚呼仲武痛哉奈何德宮之艱同次外寢惟我與爾對筵接枕自時迄今曾未盈稔姑姪繼隕何痛斯甚嗚呼哀哉披帙散書屢覩遺文有造有寫或

草或眞執玩周復想見其人紙勞于手涕沾于巾張衡四愁詩曰側身北望涕沾巾龜筮既襲埏隧既開尚書曰乃卜三龜一習吉又曰卜不襲吉孔安國曰襲因也聲類曰埏墓隧也痛矣楊子與世長乖朝濟洛川夕次山限歸鳥頡頏行雲徘徊毛詩曰燕燕于飛頡之頏之臨穴永訣撫櫬盡哀毛詩曰臨其穴惴惴其慄杜預左氏傳注曰櫬棺也遺形莫紹增慟余懷魂兮往矣梁木實摧嗚呼哀哉往矣已見上文禮記曰孔子早作負手曳杖逍遥於門歌曰泰山其頽乎梁木其壞乎鄭玄曰太山衆山所仰梁木衆木所放也

文選卷第五十六

賜進士出身通奉大夫江南蘇松常鎮太等處承宣布政使司布政使胡克家重校刊

文選卷第五十七

梁昭明太子撰

文林郎守太子右内率府録事叅軍事崇賢館直學士臣李善注上

誄下

哀上

潘安仁哀永逝文一首

夏侯常侍誄一首 并序

潘安仁

夏侯湛字孝若譙人也少知名弱冠辟太尉府臧榮緒晉書曰湛早有名譽爲太尉掾賢良方正徵仍爲太子舍人尚書郎野王令臧榮緒晉書曰湛舉賢良對策拜郎中進補太子舍人轉尚書郎出宰野王令漢書曰何武賢良方正徵也中書郎南陽相臧榮緒晉書曰湛除中書侍郎出補南陽相又曰秦王柬武帝第三子也初封南陽王後徙封秦王家艱乞還毛詩曰未堪家多難余又集于蓼頃之選爲太子僕未就命而世祖崩世祖武皇帝也穀梁傳曰天高曰崩厚曰崩尊曰崩天子之崩以尊也其崩何以在人上故曰崩天子以爲散騎常侍從班列也天子惠帝也春秋四十有九元康元年夏五月壬辰寢疾卒

于延喜里第嗚呼哀哉乃作誄曰
禹錫玄珪實曰文命尚書曰禹錫玄圭告厥成功又曰文命敷于四海史記曰夏禹名曰文命克明克聖光啓夏政尚書曰克明又曰克齊聖廣淵左氏傳宋向戌曰以偪陽光啓寡君其在于漢邁勳惟嬰漢書曰夏侯嬰爲太僕常奉車從擊項籍思引儒業小大雙名班固漢書述曰世宗曄曄思引祖業漢書曰夏侯勝字長公少好學從夏侯始昌受尚書又曰勝從父兄子建字長卿自師事勝又曰由是尚書有大小夏侯之學顯祖曜德牧兖及荊王隱晉書曰夏侯威字季權歷荊兖二州刺史史記祭公謀父曰先王曜德不觀兵父守淮岱治亦有聲王隱晉書曰威次子莊淮南太守毛詩曰文王有聲英英夫子灼灼其雋飛辯摛藻華繁玉振孔融薦禰衡表曰飛辯騁辭班固荅賓戲曰摛藻如春華孟子曰集大成也者金聲而玉振如彼隨和發彩流潤淮南子曰隨侯之珠

和氏之璧得之而富失之而貧禮記孔子曰夫玉溫潤而澤仁也如彼錦繢列素點絢論語子夏問曰巧笑倩兮美目盼兮素以爲絢兮何謂也子曰繢事後素鄭玄曰繢畫文也人見其表莫測其裏尚書大傳孔子謂子夏曰子見其表未見其裏法言曰或問聖人表裏曰威儀文辭表也德行忠信裏也徒謂吾生文勝則史論語子曰文勝質則史心照神交唯我與子莊子子綦曰其寐也魂交論語子謂顏回曰唯我與爾有是夫且歷少長逮觀終始孝經曰夫孝始於事親中於事君終於立身子之承親孝齊閔參漢書武帝詔曰孝子順孫願自竭以承其親論語子曰孝哉閔子騫禮記公明儀問曾子曰夫子可以爲孝乎曾子曰君子之所謂孝者先意承志諭父母於道參直養者安能爲孝乎子之友悌和如瑟琴毛詩曰妻子好合如鼓瑟琴事君直道與朋信心論語柳下惠曰直道而事人又子夏曰與朋友交言而有信雖實唱高猶賞爾音宋玉對問曰曲

彌高者其和彌寡曹植求自試表曰或有賞音而識道　弱冠厲翼羽儀翔升禮記曰人生二十曰弱冠呂氏春秋曰征鳥厲疾周易曰鴻漸于陸其羽可用爲儀　公弓既招皇輿乃徵左氏傳陳敬仲曰詩曰翹翹車乘招我以弓范曄後漢書曰侯瑾州郡累召公車有道徵也　内贊兩宮外宰黎蒸典引曰巡靖黎蒸　忠節允著清風載興胡廣書曰建鴻德流清風　泱央彼樂都寵子惟王左氏傳延陵季子曰泱泱乎大風也哉南都賦曰於顯樂都　設官建輔妙簡邦良用取喉舌相爾南陽尚書帝曰龍命汝作納言孔安國曰納言喉舌之官毛詩曰出納王命王之喉舌　惠訓不倦視民如傷左氏傳祁奚曰惠訓不倦叔向有焉又逢滑曰國之興也視之如傷　乃眷北顧辭禄延喜孟子注德厚受禄德薄辭禄也　余亦偃息無事明時呂氏春秋田贊曰偃息之義則未之識　疇昔之遊二紀于茲左氏傳羊斟曰疇昔之羊子爲政孔安國尚書傳曰十二年曰紀

班白攜手何歡如之禮記曰班白者不提挈毛詩曰惠而好我攜手同行居吾語汝衆實勝寡論語子曰由居吾語汝慎子曰衆之勝寡必也人惡雋異俗疵文雅孔安國尚書傳曰疵病也大戴禮曰天子不知文雅之辭少師之任執戟疲楊長沙投賈曹子建楊德祖書曰楊子雲先朝執戟之臣耳漢書曰賈誼爲長沙王太傅誼旣以讁去意不自得無謂爾高恥居物下子乃洗然變色易容史記曰觀范雎之見王者羣臣莫不洒然變色易容者慨焉嘆曰道固不同論語子曰道不同不相爲謀爲仁由己匪我求蒙論語顏淵問仁孔子曰克己復禮爲仁爲仁由己而由人乎哉周易曰童蒙求我匪我求童蒙誰毀誰譽何去何從論語孔子曰吾之於人誰毀誰譽楚辭曰此執吉執凶何去何從莫涅匪緇莫磨匪磷論語子曰不曰堅乎磨而不磷不曰白乎涅而不緇予獨正色居屈志申尚書曰正色率下雖不爾以猶致其身論語周公

謂魯公曰不使大臣怨乎不以又子夏曰事君能致其身獻替盡規媚茲一人國語史黯謂趙簡子曰夫事君者諫過而賞善薦可而替否獻能而進賢毛詩曰媚茲一人應侯順德讜言忠謀世祖是嘉漢書成帝曰久不見班生今日復聞讜言聲類曰讜善言也將僕儲皇奉鑾承華漢書曰太子家有僕上林賦曰孫叔奉轡漢舊儀有承華廄先朝末命聖列顯加尚書曰道揚末命入侍帝闈出光厥家我聞積善神降之吉周易曰積善之家必有餘慶左氏傳季梁曰於是乎民和而神降之福宜享遐紀長保天秩尚書曰天秩有禮自我五禮有庸哉如何斯人而有斯疾論語伯牛有疾子曰斯人也而有斯疾也曾未知命中年隕卒嗚呼哀哉論語子曰五十而知天命中年猶中身也尚書曰文王受命惟中身唯爾之存匪爵而貴孫卿子曰君子無爵而貴無祿而富甘食美服重珍兼味臧榮緒晉書曰湛族爲盛門性

頗豪侈甘食美服窮滋極珍臨終遺誓永錫爾類毛詩曰孝子不匱永錫爾類
斂以時襲殯不簡器藏槩緒晉書曰湛將沒遺命小棺薄斂不修封樹禮記曰延陵季子
適齊長子死其斂以時服漢書曰衣禪複爲襲誰能拔俗生盡其養孰是養生
而薄其葬漢書曰楊王孫家業千金厚自奉養生亡所不致及病且終曰吾欲贏葬淮南子曰節財
薄葬簡服生爲淵哉若人縱心條暢班固楊雄述曰淵哉若人實好斯文傑操明
達困而彌亮柩輅既祖容體長歸周禮小喪供柩輅鄭玄曰柩輅載柩
車也周禮曰喪祝掌大喪祖飾棺乃載鄭玄曰祖爲行始也家語曰顓孫師有容體資質存亡永訣
逝者不追鄭玄毛詩箋云往矣訣別之辭論語子在川上曰逝者如斯夫望子舊車覽
爾遺衣幅抑失聲迸涕交揮禮記曰內人行哭失聲家語公父文伯卒敬姜
曰二三婦無揮涕蔡邕陳仲弓碑曰巖藪知名失聲揮涕非子爲慟吾慟爲誰嗚呼

哀哉論語曰顔淵死子哭之慟從者曰子慟矣子曰非夫人之爲慟而誰爲日往月來暑退寒襲周易曰日往則月來月往則日來寒往則暑來暑往則寒來左氏傳張趯曰火中寒暑乃退孔安國尚書傳曰襲因也零露沾凝勁風淒急慘爾其傷念我良執禮記曰見父之執不謂之進不敢進不謂之退不敢退適子素館撫孤相泣毛詩曰適子之館兮撫孤羊舌氏叔向也已見廣絶交論前思未弭後感仍集賈逵國語注曰弭忘也積悲滿懷逝矣安及嗚呼哀哉

馬汧督誄一首并序

潘安仁臧榮緒晉書曰汧督馬敦立功孤城爲州司所枉死於囹圄岳誄之

惟元康七年秋九月十五日晉故督守關中侯扶風馬君卒嗚呼哀哉初雍部之内屬羌反未弭而編户之氏

又肆逆焉傳暢晉諸公讚曰惠帝元康五年武庫火北地盧水胡蘭羌因此爲亂推齊萬年爲主杜預左氏傳注曰弭息也漢書呂后曰諸將與帝爲編户民雖王旅致討終於殄滅毛詩曰王旅嘽嘽而蜂蠆有毒驟失小利左氏傳臧文仲曰君無謂邾小蜂蠆有毒況國乎俾百姓流亡頻於塗炭毛詩曰人卒流亡尚書曰有夏昏德民墜塗炭建威喪元於好畤州伯宵遁乎大谿王隱晉書曰解系爲雍州刺史又曰朝廷以周處忠烈欲遣討氏乃拜爲建威將軍又曰周處解系與賊戰于六陌軍敗周處死之孟子曰勇士不忘喪其元左氏傳曰秦師夜遯若夫偏師裨將之殞首覆軍者蓋以千數左氏傳韓子曰彘以偏師陷子罪大矣漢書曰大將軍霍去病裨將侯者九人漢書谷永上書曰齊胥客隕首公門以報恩施史記齊使人說越曰韓之攻楚覆其軍殺其將剖符專城紆青拖墨之司奔走失其守者相望於境東觀漢記韋彪上議曰二千石皆以選出京師剖符典千里古樂府日出東南隅曰三十侍中郎四十專城居解嘲曰紆青拖紫朱丹其

轂漢書比六百石以上銅印墨綬云剖符專城則青墨是也墨或爲紫非秦隴之僭鞏更爲魁鞏姓也更名也漢書曰羌煎鞏降東觀漢記曰羌什長鞏便然更蓋其種也尚書曰殲厥渠魁既巳襲汧而館其縣左氏傳曰凡師輕曰襲杜預曰掩其不備子以眇爾之身介乎重圍之裏率寡弱之衆據十雉之城十雉言小也羣氏如蝟毛而起四面雨射城中城中鑿穴而處負戶而汲漢書賈誼曰高帝功臣反者如蝟毛而起東觀漢記曰上入昆陽二公環昆陽城積弩射城矢如雨下城中負戶而汲木石將盡樵蘇乏竭芻蕘罄絕漢書李左車曰樵蘇後爨師不宿飽晉灼曰樵取薪也蘇取草也毛詩曰詢于芻蕘毛萇曰芻蕘薪采者也於是乎發梁棟而用之罥的以鐵鑠機關既縱礧而又升焉言以鐵鑠繫木爲機關既縱之以礧敵而又收上焉漢書曰匈奴乘隅下礧石又曰高城深塹具藺石如淳曰藺石城上礧石也杜篤論

都賦曰一卒舉礧千夫沈滯然礧與壘並同力對切爨陳焦之麥柹孚廢梠呂桷角之松說文曰柹削柹也梠楣也桷榱也用能薪芻不匱人畜取給青煙傍起歷馬長鳴古詩曰朱火然其中青煙颺其間司馬彪莊子注曰皂歷也凶醜駭而疑懼乃闕掘地而攻子命穴浚塹窴其壺鐳雷瓶甀武以偵恥令之墨子曰若城外穿地來攻者宜於城內掘井以薄城幕罌穴內井使聰耳者伏罌而聽審知穴處鑿內迎之東觀漢記曰使先登偵之言虜欲去然偵廉視也方言曰甀罌也將穿響作內焚穬古猛火薰之潛氐殲焉崔寔四人月令曰四月可糶穬注曰大麥之無皮毛者曰穬潛氐謂潛攻之氐也久之安西之救至竟免虎口之厄王隱晉書曰齊萬年帥羌胡圍涇陽遣安西將軍夏侯駿西討氐羌莊子孔子曰丘幾不免虎口哉全數百萬石之積文契書於幕府漢書音義曰衛青征匈奴大克獲帝就拜大將軍於幕中府因曰幕府聖朝疇咨進

以顯秩殊以幢蓋之制幢蓋將軍刺史之儀也兵書曰軍主長服赤幢東觀漢記曰段熲爲并州刺史曲蓋朱旗而州之有司乃以私隸數口穀十斛考訊吏兵以櫝楚之辭連之禮記曰夏楚二物以收其威鄭玄曰夏槄也楚荊也夏與櫝古今字通大將軍屢抗其疏干寶晉紀曰梁王肜爲征西大將軍曰彰固守孤城獨當羣寇管子曰民無耻不可以固守以少禦衆載離寒暑莊子曰晉之善戰者牛丑以寡擊衆臨危奮節保穀全城而雍州從事忌彰勳効極推小疵周易曰悔吝者言乎其小疵也非所以褒獎元功宜解彰禁劾何戴假授言請解禁劾而假授之以官也說文曰劾法有罪也詔書遝許而子固已下獄發憤而卒也朝廷聞而傷之策書曰皇帝咨故督守關中侯馬彰忠勇果毅率厲有方固守

孤城危逼獲濟寵秩未加不幸喪亡朕用悼焉今追贈牙門將軍印綬祠以少牢王隱晉書贈馬郭詔曰今追贈牙門將軍印綬祠以少牢魂而有靈嘉茲寵榮范曄後漢書曰和帝追謚梁竦詔曰魂而有靈嘉斯寵榮然絜士之闕穢其庸致思乎言絜士之闕已穢其庸致思以求生乎家語曰孔子登於豐山而嘆曰於斯致思無不至矣若乃下吏之肆其噤害則皆妬之徒也楚辭曰口噤閉而不言然則口不言心害之爲噤害也廣雅曰妬害也嗟乎妬之欺善抑亦貿首之讎也言嫉妬之徒欺此善士抑亦同彼貿首之讎也戰國策甘茂謂楚王曰魏氏聽甘茂與樗里疾貿首之讎也語曰或戒其子愼無爲善言固可以若是悲夫淮南子曰人有嫁其子而教之曰爾行矣愼無爲善善曰不爲善將爲不善邪應之曰善且猶弗爲況不善乎此全其天器者也高誘曰器猶性也昔乘丘之戰縣玄賁奔父甫

御魯莊公馬驚敗績賁父曰他日未嘗敗績而今敗績是無勇也遂死之圉人浴馬有流矢在白肉公曰非其罪也乃誄之禮記曰魯莊公及宋人戰于乘丘縣賁父御馬驚敗績公墜縣賁父曰他日不敗績而今敗績是無勇也遂死之圉人浴馬有流矢在白肉公曰非其罪也遂誄之士之有誄自此始也鄭玄曰白肉股裏

漢明帝時有司馬叔持者白日於都市手劒父讎視死如歸亦命史臣班固而為之誄公羊傳曰仇牧聞宋萬殺君手劒而叱之何休曰手劒持拔劒也呂氏春秋管子曰三軍之士視死如歸然則忠孝義烈之流慷慨非命而死者綴辭之士未之或遺也班固漢書贊曰自孔子後綴文之士衆矣天子既已策而贈之微臣託乎舊史之末敢闕其文哉乃作誄曰

知人未易人未易知史記曰侯嬴曰人固未易知知人亦未易嗟茲馬生位末名卑西戎猾夏乃奮其奇尚書曰蠻夷猾夏孔安國曰猾亂也保此汧城救我邊危彼邊奚危城小粟富子以眇身而裁其守兵無加衛墉不增築嫈嫈群狄豺虎競逐左氏傳富辰諫王曰狄固貪惏王又啓之說文曰杜林說卜者黨相詐驗爲嫈力南切漢書張耳陳餘述曰據國爭權還爲豺虎又曰魏其武安之屬競逐於京師聱更恣睢潛跱官寺呂氏春秋曰在上無道倨傲荒惡恣睢自用也楚辭曰意恣睢以指摘史記李斯曰獨行恣睢之心漢書任横攻官寺東觀漢記曰象林蠻夷攻燔官寺齊萬虓呼交闞呼檻震驚台司毛詩曰進厥虎臣闞如虓虎又曰震驚徐方春秋漢含孳曰三公在天法三台聲勢沸騰種落煽扇熾謝承後漢書曰匈奴詰張奐降聲勢猛烈毛詩曰百川沸騰風俗通曰諸羌種落熾盛大爲邊害旌旗電舒戈矛林

植彤珠星流飛矢雨集彤珠星流謂治鐵以灌敵司馬兵法曰火攻有五斯爲一焉漢書曰鑪中鐵銷散如流星矢如雨見上文惴惴士女號天以泣爾雅曰惴惴懼也尚書曰號泣於旻天爨麥而炊負户以汲累卵之危倒懸之急說苑曰晉靈公造九層臺孫息聞之求見曰臣能累十二博棊加九雞子其上公曰子作之孫息以棊子置下加九雞子其上公曰危哉孟子曰當今之時萬乘之國行仁政人悅之猶解倒懸馬生爰發在險彌亮毛詩曰賦政于外四方爰發精冠白日猛烈秋霜戰國策康睢曰聶政之刺韓傀也白虹貫日申鑒曰人主怒如秋霜稜威可厲懦夫克壯漢書武帝報李廣曰威稜憺乎鄰國孟子曰聞伯夷之風者懦夫有立志毛詩曰克壯其猷霑恩撫循寒士挾纊左氏傳曰楚子伐蕭申公巫臣曰師人多寒王巡三軍拊而勉之三軍之士皆如挾纊蠢蠢犬羊阻衆陵寡漢名臣奏曰太尉應劭等議以爲鮮甲隔在漠北犬羊爲羣韓詩外傳曰強不

陵弱衆不暴寡潛隧窋攻九地之下司馬兵法曰善守者藏於九地之下善攻者動於九天之上愜愜窮城氣若無假王逸楚辭曰愜愜小息畏罹息禍者也魏明帝善哉行曰假氣游魂馬魚爲伍昔命懸天今也惟馬論衡曰夫命懸於天吉凶存於時惟此馬生才博智贍解嘲曰雖其人之贍智哉字書曰贍足也偵恥命以瓶壺劇靈結以長塹徐爰射雉賦注曰劇割也說文曰塹坑也七豔切鍤未見鋒火以起焰薰尸滿窟棓穴以歛廣雅曰棓棰也蒲溝切木石匱竭萁稈空虛瞯然馬生傲若有餘左氏傳晉邊吏讓鄭曰今執事瞯然援兵登埤杜預曰瞯然勁忿貌也瞯與瞷同下板切孔融薦禰衡表曰臨敵有餘罥的梁爲礌柿廢松爲芻守不乏械歷有鳴駒哀哀建威身伏斧質鄭玄周禮注曰質木椹也悠悠烈將覆軍喪器戎釋我徒顯誅我帥以生易

死疇克不二漢書公孫玃說梁王曰昔宋人立公子突以活其君非義也春秋記之爲其以生易死以存易士聖朝西顧關右震惶分我汧庾化爲寇糧實賴夫子思謩模彌長蔡邕趙歷碑曰加以思謀深長逵於從政孔安國尚書傳曰謩謀也咸使有勇致命知方論語子路曰千乘之國攝乎大國之閒加之以師旅因之以饑饉由也爲之比及三年可使有勇且知方也又子張曰士見危致命我雖末學聞之前典莊子曰末學古之人有之東京賦曰所謂末學膚受十世宥能表墓旌善左氏傳曰宣子因叔向祁奚聞之而見宣子曰夫謀而鮮過叔向有焉社稷之固也猶將十世宥之以勸能者今一不免其身以弃社稷不亦惑乎尚書曰封比干之墓賈逵國語注曰旌表也思人愛樹甘棠不翦左氏傳君子曰詩云蔽芾甘棠勿翦勿伐召伯所茇思其人猶愛其樹也矧乃吾子功深疑淺兩造未具儲隸蓋鮮尚書曰兩造具備師聽五

辭孔安國曰兩謂囚證也造至也兩至具備衆聽其入五刑之辭孰是勳庸而不獲免猾哉部司其心反側斷善害能醜正惡直鄭玄毛詩箋曰惡直醜正牧人逶迤自公退食國語里華曰且夫君也者將牧人而正其邪毛詩曰逶迤逶迤自公退食毛萇詩傳曰逶迤行可蹤迹也聞織鷹揚曾不戢翼言聞織必殞若鷹之揚若不戢翼而少留也毛詩曰惟師尚父時惟鷹揚又曰鴛鴦在梁戢其左翼忘爾大勞猜爾小利方言曰猜恨也苟莫開懷于何不至言人不開懷以相容則瑕釁于何而不至慨慨馬生琅琅高致說文曰慷慨壯士不得志也廣雅曰琅琅堅也發憤囹圄沒而猶眡鳴呼哀哉左氏傳曰荀偃伐齊卒視不可含欒懷曰主苟終所不嗣事于齊有如河乃瞑受含安平出奇破齊克宁史記曰田單者齊諸田疏屬也燕破齊田單東保即墨燕引兵圍即墨田單乃收城中得千餘牛爲絳繒衣畫以五采龍文束兵刃其角而灌脂束葦於尾燒其端鑿城

數十穴夜縱牛壯士五千人隨其後牛尾熱怒而奔燕燕軍夜大驚尾炬火光明炫燿燕軍視之皆龍文所觸盡死傷五千人因銜枚擊之燕軍大敗駭走齊人遂夷殺其將騎刼而齊七十餘城皆復為齊襄王封田單號曰安平君太史公曰兵善者出奇無窮

張孟運籌危趙獲安戰國策曰智伯從韓魏兵以攻趙圍晉陽決晉水以灌之襄子謂張孟談曰士大夫病吾不能守矣孟談於是陰見韓魏之君曰今智伯率二君而伐趙趙亡則君次之二君曰我知其然即與張孟談陰約三軍與之期曰夜遣人入晉陽趙氏殺守隄之吏而決水灌智伯智伯軍救水而亂韓魏翼而擊之襄子將卒犯其前大敗智氏軍而擒智伯智伯身死國亡地分為三漢書高祖曰運籌策於帷幄之中

汧人賴子猶彼談單如何吝嫉搖之筆端吝嫉謂有司貪吝嫉妬也論衡曰文吏搖筆考跡民事韓詩外傳曰避文士之筆端

傾倉可賞矧云私粟狄隸可頒況曰家僕周禮有蠻隸夷隸鄭玄曰征蠻夷所獲也頒頒賦也頒與班古字通

剔子雙龜貫以三木為督守及關中侯故雙龜

也。司馬遷荅任少卿書曰：魏其，大將也，衣赭，關三木。功存汧城，身死汧獄。凡爾同圍，心焉摧剝。扶老攜幼，街號巷哭。嗚呼哀哉！戰國策曰：薛人扶老攜幼，迎孟嘗君。劉紹聖賢本紀曰：子產卒，國人哭於巷，婦人泣於機。明明天子，旌以殊恩。毛詩曰：明明天子，令聞不已。光光寵贈，乃牙其門。司勳頒爵，亦兆後昆。周禮曰：凡有功者，祭于大蒸，司勳詔之。尚書曰：垂裕後昆。死而有靈，庶慰冤魂。嗚呼哀哉！

陽給事誄一首　并序

沈約宋書曰：永初三年，索虜嗣自率衆至方城，虜悉力攻滑臺城，東北崩壞，王景度出奔。景度司馬陽瓚堅守不動，衆潰，抗節不降，爲虜所殺。少帝追贈給事中。尚書令傅亮議：瓚家在彭城，宜即以入臺絹一百匹、粟三百斛賜給。文士顏延年爲之誄焉。

顏延年

惟永初三年十一月十一日宋故寧遠司馬濮陽太守彭城陽君卒嗚呼哀哉沈約宋書曰高祖即位改元曰永初郡國記有東郡濮陽郡瓚少稟志節資性忠果奉上以誠率下有方朝嘉其能故授以邊事永初之末佐守滑臺東郡圖經曰滑臺城即鄭之廩延值國禍荐臻王略中否潘岳陽肇誄曰將宏王畧獯虜間釁劘摩剥司兖沈約宋書曰司州漢之司隸校尉也武帝北平關洛置司州居虎牢又曰兖州後漢居山陽武帝平河南居滑臺幽并騎弩屯逼鞏華洛物理論曰幽州之騎冀州之弓勁悍之上列營緣戍相望屠潰關中詩曰列營基跱屠謂誅殺其人也漢書曰攻潁川屠之左氏傳曰凡民逃其上曰潰瓚奮其猛鋭志不違難立乎將卒之間以緝華裔之衆緝會聚也左氏傳孔子曰裔不謀夏夷不亂華

罷困相保堅守四旬上下力屈受陷勍寇史記李左車謂韓信曰情見力屈欲戰不拔左氏傳公子魚曰勍敵之人隘而不成列杜預曰勍強也士師奔擾棄軍爭免而瓚誓命沈城佻達彫身飛鏃毛詩曰佻佻公子毛萇傳曰獨行貌也兵盡器竭斃于旗下非夫貞壯之氣勇烈之志豈能臨敵引義以死徇節者哉非有先生論曰引義以正身景平之元朝廷聞而傷之有詔曰故寧遠司馬濮陽太守陽瓚滑臺之逼厲誠固守投命徇節在危無撓左氏傳曰師徒撓敗杜預曰撓敗也古之烈士無以加之可贈給事中振卹遺孤以慰存亡鄭玄禮記注曰振收也追寵既彰人知慕節河汴之閒有義風矣逮元嘉廓祚聖神紀物光昭茂緒旌録舊勳苟有概於

貞孝者實事感於仁明東觀漢記曰章帝壯而仁明末臣蒙固側聞至訓敢詢諸前典而爲之誄其辭曰

貞不常祐義有必甄鄭玄尚書緯注曰甄表也處父勤君怨在登賢左氏傳曰晉蒐于夷舍二軍使狐射姑將中軍趙盾佐之陽處父至自溫改蒐于董易中軍陽子成季之屬也故黨于趙氏且謂趙盾能曰使能國之利也賈季怨陽子之易其班杜預曰本中軍帥易以爲左也使續鞫居殺陽處父穀梁傳曰晉將與狄戰使狐夜姑爲中軍將盾佐之陽處父曰不可古者君之使臣也使仁者佐賢者不使賢者佐仁者今盾賢夜姑仁其不可襄公曰諾公謂夜姑曰吾使汝佐盾矣處父主境上之事夜姑使人殺之苫夷致果題子行間左氏傳曰苫越生子將待事而名之陽州之役獲焉名之曰陽州杜預曰苫夷也說文曰題名也漢書衞青曰非臣待罪行間之意忠壯之烈宜自爾先舊勳雖廢邑氏遂傳左氏傳呂相絕秦曰我襄公未忘君之舊勳又衆仲曰胙之以土而命之氏邑亦如之杜預曰取其舊邑之稱

以爲族也公羊傳曰其稱劉何以邑氏惟邑及氏自溫徂陽左氏傳劉子單子謂晉郤至曰襄王勞文公而賜之溫狐氏陽氏先處之狐續既降晉族弗昌言狐射姑續鞫居誅處父之後在晉之族不復昌盛也左氏傳曰賈季使續鞫居殺陽處父杜預曰狐射姑賈季也之子之生立績宋皇毛詩曰之子于征拳猛沈毅溫敏肅良管子曰子之鄉有拳勇秀出者毛萇詩傳曰拳力也戰國策鞠武曰田光先生者其知深其慮沈如彼竹柏負雪懷霜孫子曰貞人在冬則松竹在火則玉英如彼騑駟配服驂衡服服馬也衡車衡也言翼賛宋朝如彼騑之爲駟乃配服而參衡也服謂中央兩馬夾轅者在服之左曰驂右曰騑四馬曰駟邊兵喪律王略未恢周易曰師出以律失律凶也廣雅曰略法也函陝堙阻瀍洛蒿萊朔馬東騖胡風南埃毋丘儉在幽州詩曰芒山邈悠悠但見胡地埃路無歸轊衛野有委骸漢書王恢曰轊車相望又高祖令曰士卒從軍死者爲櫝歸其縣應劭曰櫝小棺也服虔曰轊與櫝古字通司馬彪續漢書順帝詔曰死則委

尸原野帝圖斯艱簡兵授才寔命陽子佐師危臺憬彼危臺在滑之垧周衛是交鄭翟是爭交黨與也毛詩曰憬彼淮夷史記鄭入滑滑聽命已而反與衛於是鄭伐滑周襄王使伯犕請滑鄭文公不聽襄王請而囚伯犕王怒與翟伐鄭不尅昔惟華國今實邊亭憑巘結關負河縈城金柝夜擊和門晝扃金謂刁斗也衛宏漢舊儀曰晝漏盡夜漏起城門擊刁斗周廬擊木柝周禮曰大閱以旌爲左右和之門范曄後漢書章帝詔永平之末城門晝閉說文曰扃外閉之關也料敵猒難時惟陽生楊子雲趙充國頌曰料敵制勝子曰將要於折衝猒難決勝而已唐涼冬氣勁塞外草衰李陵荅蘇武書云涼秋九月塞外草衰逿矣獷虜乘障犯威尚書王曰逿矣西土之人漢書曰上遺狄山乘障蒼頡曰障小城也鳴驥横厲霜鏑高翬漢書曰息夫躬絶命辭曰鷹隼横厲又曰冒頓乃作爲鳴鏑音義曰箭鏑也西京賦

曰游鷁高翬薛綜曰翬猶飛也軼我河縣俘我洛畿左氏傳呂相曰迭我殽地入我河縣俘我王官迭與軼古字通攢鋒成林投鞍爲圍東京賦曰戈矛若林漢書韓安國曰高皇帝圍於平城匈奴至者投鞍高如城者數所翳翳窮壘嗷嗷羣悲師老變形地孤援闊左氏傳晉軍吏曰楚師老矣卒無半菽馬實柑巨炎秣漢書項羽曰歲飢民貧卒食半菽公羊傳曰楚莊王圍宋子反窺宋城見華元華元曰易子而食析骸而炊子反曰吾聞圍者柑馬而秣之使肥者應客何子之情何休曰以木銜其口守未焚衝攻已濡褐左氏傳曰公侵齊攻廩丘之郛主人焚衝或濡馬褐以救之烈烈陽子在困彌達周易曰困窮而通勉慰痍傷拊巡饑渴左氏傳曰子反令軍吏察夷傷杜預曰夷亦傷也力雖可窮氣不可奪禮記曰儒者身可危也而志不可奪也孫子兵法曰三軍可奪氣將軍可奪心義亶邊疆身終鋒栝嗚呼哀哉劉熙釋名曰矢末曰栝賁父殞

節魯人是志汧督効貞晉策攸記貴父汧督已見上文皇上嘉悼思存寵異于以贈之言登給事毛詩曰何以贈之路車乘黄疏爵紀庸恤孤表嗣漢書滕公謂楚令尹曰縣布上疏爵而貴之疏分也嗟爾義士沒有餘喜嗚呼哀哉

陶徵士誄一首 并序

顔延年何法盛晉中興書曰延之爲始安郡道經尋陽常飲淵明舍自晨達昏及淵明卒延之爲誄極其思致

夫璿玉致美不爲池隍之寶山海經曰升山黄酸之水出焉其中多琁玉説文曰璇亦璿字桂椒信芳而非園林之實春秋運斗樞曰椒桂連名士起宋均曰桂椒芬香美物也山海經曰招摇之山多桂又曰琴鼓之山多椒豈其深而好遠哉蓋云殊

性而已故無足而至者物之藉也言物以希爲貴也藉資藉也韓詩外傳曰晉平公游於河而樂曰安得賢士與之樂此也舡人蓋胥跪而對曰夫珠出於江海玉出於崑山無足而至者由主君之好也士有足而不至者蓋君主無好士之意也何患無士乎隨踵而立者人之薄也言人以衆爲賤也薄賤薄也戰國策齊宣王曰百世一聖若隨踵而生也此亦不以文而害意若乃巢高之抗行夷皓之峻節皇甫謐逸士傳曰巢父者堯時隱人也莊子曰堯治天下伯成子高立爲諸侯堯授舜舜授禹伯成子高弃爲諸侯而耕史記曰伯夷叔齊孤竹君之子也隱於首陽山三輔三代舊事曰四皓秦時爲博士辟於上洛熊耳山西禰衡書曰訓夷皓之風故巳父老堯禹錙銖周漢范曄後漢書曰郅惲謂鄭敬曰子從我爲伊呂乎將爲巢許乎而父老堯舜乎禮記孔子曰儒有上不臣天子下不事諸侯雖分國如錙銖有如此者鄭玄曰雖分國以祿之視之輕如錙銖矣而緜世浸遠光靈不屬東觀漢記曰上賜東平王蒼書曰歲月鶩過山陵浸

遠令魯國孔氏尚有仲尼車輿冠履明德盛者光靈遠也至使菁華隱没芳流歇絶不其惜乎雖今之作者人自爲量論語子曰作者七人而首路同塵輟塗殊軌者多矣老子曰和其光而同其塵陸機俠邪行曰將遂殊塗軌要子同歸津豈所以昭末景汎餘波陸機詩曰惆悵懷平素豈樂于茲同豈宴棲末景游豫躡餘蹤尚書曰餘波入于流沙有晉徵士尋陽陶淵明南岳之幽居者也禮記曰儒有幽居而不淫弱不好弄長實素心左氏傳郤芮對秦伯曰夷吾弱不好弄長亦不改禮記曰有哀素之心鄭玄曰凡物無飾曰素學非稱師文取指達在衆不失其寡處言愈見其默少而貧病居無僕妾范曄後漢書曰黃香家貧內無僕妾井臼弗任藜菽不給列女傳曰周南大夫之妻謂其夫曰親操井臼不擇妻而娶母老子幼就養勤匱禮記曰事親左右就養無

方遠惟田生致親之議，追悟毛子捧檄之懷。韓詩外傳曰：齊宣王謂田過曰：吾聞儒者親喪三年，君之與父孰重？田過對曰：殆不如父重。王忿曰：則曷爲去親而事君？田對曰：非君之土地無以處吾親，非君之祿無以養吾親，非君之爵無以尊顯吾親。受之於君，致之於親。凡事君者，亦爲親也。宣王悒然無以應之。范曄後漢書曰：廬江毛義，字少卿，家貧以孝稱。南陽人張奉慕其名，往候之。坐定而府檄適到，以義守令。義捧檄而入，喜動顏色。奉者，志尚之士，心賤之，自恨來，固辭而去。及義母死，去官行服，數辟公府，爲縣令，進退必以禮。後舉賢良，公車徵，遂不至。張奉歎曰：賢者固不可測，往日之喜，爲親屈也。初辭州府三命，後爲彭澤令。道不偶物，棄官從好。孫盛晉陽秋曰：嵇康性不偶俗。論語子曰：從吾所好。遂乃解體世紛，結志區外。左氏傳季文子曰：四方諸侯，其誰不解體？嵇康幽憤詩曰：世務紛紜。蔡伯喈郭林宗碑曰：翔區外以舒翼。定迹深棲，於是乎遠。灌畦鬻蔬，爲供魚菽之祭。閑居賦曰：灌園鬻蔬，供朝夕之膳。公羊傳齊大夫陳乞曰常之母有魚菽之祭織絇劬緯蕭以充糧粒之費穀梁傳曰甯喜出奔晉織絇邯鄲終身不言衛鄭玄儀禮注曰絇狀如刀衣屨頭也莊子曰河上有家貧恃緯蕭而食者司馬彪曰蕭蒿也織蒿為薄心好異書性樂酒德劉劭集有酒德頌簡棄煩促就成省曠張茂先荅何劭詩曰恬曠苦不足煩促每有餘殆所謂國爵屏貴家人忘貧者與莊子曰夫孝悌仁義忠信貞廉此皆自勉以役其德者也不足多也故曰至貴國爵屏焉至富國財屏焉是以道不渝郭象曰屏者除弃之謂也夫貴在其身猶忘之况國爵乎斯貴之至也莊子曰故聖人其窮也使家人忘貧其達也使王公忘爵祿而化卑郭象曰淡然無欲家人不識貧可苦

有詔徵為著作郎稱疾不到春秋若干元嘉四年月日卒于尋陽縣之某里近識悲悼遠士傷情冥默福應嗚呼淑貞張衡靈憲圖注曰寂寞冥默不可為象夫實以誄華名由謚高苟允德

義貴賤何筭焉若其寬樂令終之美好廉克己之操有合謚典無愆前志故詢諸友好宜謚曰靖節徵士（謚法曰寬樂令終曰靖好廉自克曰節）其辭曰

物尚孤生人固介立（漢書音義臣瓚曰介特也）豈伊時遘曷云世及嗟乎若士望古遥集韜此洪族蔑彼名級（葛龔遂初賦曰承豢龍之洪族眖高陽之休基史記曰賜爵一級說文曰級次第也）睦親之行至自非敦（周禮二曰六行孝友睦婣任恤鄭玄曰睦親於九族）然諾之信重於布言（漢書曰季布楚人也諺曰得黄金百斤不如得季布一諾）廉深簡絜貞夷粹温和而能峻博而不繁（論語子曰和而不同家語子貢曰博而不舉是曾參之行）依世尚同詭時則異有一於此兩非默置豈若夫子因心違事（言爲人之道依俗而行必譏之以尚同詭違於時必譏之以好異有一於身必被譏論非爲默置豈若夫子因心而能違

於世事乎言不同不異也莊子曰列士懷植散羣則尚同也郭象曰所謂和其光同其塵班固漢書贊曰東方朔戒其子以上容首陽爲拙柱下爲工飽食安步以仕易農依隱玩世詭時不逢毛詩曰因心則友畏榮好古薄身厚志論語子曰信而好古世霸虛禮州壤推風世霸謂當世而霸者也蔡伯喈郭有道碑曰州郡聞德虛己備禮推風推挹其風也孝惟義養道必懷邦范曄後漢書曰論言以義養則仲由之菽甘於東鄰之牲論語比考讖曰文德以懷邦人之秉彝不隘不恭毛詩曰民之秉彝好是懿德孟子曰伯夷隘柳下惠不恭隘與不恭君子不由也綦母邃曰隘謂疾惡太甚無所容也不恭謂禽獸畜人是不敬然此不爲褊隘不爲不恭爵同下士禄等上農禮記曰諸侯之下士視上農夫祿足以代其耕度量難鈞進退可限孝經容止可觀進退可度長卿棄官稚賓自免漢書曰司馬長卿病免客游梁得與諸侯游士居又曰清居之士太原則郇相字稚賓舉州郡茂才數病去官子之悟之何悟之辯賦詩歸來

高蹈獨善歸來歸去來也左氏傳齊人歌曰魯人之皐使我高蹈孟子曰古之人窮則獨善其身達則兼善天下亦既超曠無適非心呂氏春秋曰夫樂有道心亦適莊子曰知忘是非心之適也汲流舊巘葺宇家林廣雅曰葺覆也晨烟暮藹春煦秋陰陳書輟卷置酒絃琴居備勤儉躬兼貧病尚書曰克勤于邦克儉于家史記原憲曰若憲貧也非病也人否其憂子然其命論語子曰賢哉回也一簞食一瓢飲在陋巷人不堪其憂回也不改其樂墨子曰貧富固有天命不可損益隱約就閑遷延辭聘周書曰隱約者觀其不懾懼登徒子好色賦曰因遷延而辭避非直也明是惟道性毛詩曰匪直也人秉心塞淵高誘淮南子注曰道性無欲糾纆斡流冥漠報施鵩鳥賦曰斡流而遷或推而還夫禍之與福何異糾纆弔魏武文曰悼繐帷之冥漠史記司馬遷曰天之報施善人何如哉孰云與仁實疑明智言誰云天道常與仁人而我聞之實疑於明智此說明智

謂老子也老子曰天道無親常與善人楚辭曰招賢良與明智謂天蓋高胡諐斯義言天高聽卑而報施無爽何故爽於斯義而不與仁乎毛詩曰謂天蓋高不敢不蹐史記子韋曰天高聽卑履信曷憑思順何寘周易曰履信思乎順毛萇詩傳曰寘置也年在中身疢維痁傷閻疾尚書曰文王受命惟中身左氏傳曰齊侯疥遂痁杜預曰痁瘧疾也視死如歸臨凶若吉呂氏春秋曰遺生行義視死如歸藥劑弗嘗禱祀非恤魏都賦曰藥劑有司論語子曰丘之禱久矣傃幽告終懷和長畢嗚呼哀哉傃向也禮記曰幽則有鬼神孫卿子曰死人之終也敬述靖節式尊遺占漢書曰陳遵口占作書占謂口隱度其事令人書也存不願豐沒無求贍省訃却賻輕哀薄斂禮記曰凡訃於其君云某臣死鄭玄曰訃或作赴至也臣死使人至君所告之也周禮曰喪則令賻補之鄭玄曰謂賻喪家補助不足遭壤以穿旋葬而窆嗚呼哀哉河圖考鉤曰有壤者可穿禮記孔子曰斂手足

形還葬而無椁稱其財斯之謂禮說文曰窆葬下棺也深心追往遠情逐化莊子曰既化而生又化而死自爾介居及我多暇漢書陳餘說武臣曰將軍獨介居河北孫卿子曰其爲人也多暇日者其出入不遠伊好之洽接閻鄰舍宵盤晝憩非舟非駕毛萇詩傳曰憩息也念昔宴私舉觴相誨毛詩曰諸父兄弟備言燕私獨正者危至方則礙孫卿子曰方則止圓則行哲人卷舒布在前載西征賦曰蘧與國而卷舒西京賦曰多識前世之載取鑒不遠吾規子佩毛詩曰殷鑒不遠爾實愀然中言而發禮記曰孔子愀然作色而對違衆速尤迕風先蹷班固漢書述曰疑殆匪闕違衆忤世淺爲尤悔深作敦害韓詩外傳曰草木根荄淺未必橛也飄風與暴雨隊則橛必先矣身才非實榮聲有歇言身及才不足爲實榮華聲名有時而滅恐己恃才以傲物憑寵以陵人故以相誡也廞音永矣誰箴余闕嗚呼哀

哉爾雅曰永遠也左氏傳魏絳曰百官箴王闕仁焉而終智焉而斃應劭風俗通曰傳云五帝聖焉死三王仁焉死五伯智焉死黔婁旣沒展禽亦逝皇甫謐高士傳曰黔婁先生死曾參與門人來弔曾參曰先生終何以爲謚妻曰以康爲謚曾子曰先生存時食不充虛衣不盖形死則手足不歛傍無酒肉生不得其美死不得其榮何樂於此而謚爲康哉妻曰昔先君嘗欲授之國相辭而不爲是所以有餘貴也君嘗賜之粟三十鍾先生辭不受是其有餘富也彼先生者甘天下之淡味安天下之卑位不戚戚於貧賤不遑遑於富貴求仁而得仁求義而得義其謚爲康不亦宜乎也展禽柳下惠也論語柳下惠爲士師鄭玄曰柳下惠魯大夫也展禽食采柳下謚曰惠其在先生同塵往世同塵已見上文旌此靖節加彼康惠嗚呼哀哉康黔婁惠柳下惠也

宋孝武宣貴妃誄一首并序

沈約宋書曰孝武殷淑儀薨追進爲貴妃班亞皇后謚曰宣謝莊爲誄

謝希逸

惟大明六年夏四月壬子宣貴妃薨律谷罷煖龍鄉輟曉律谷黍谷也吹律以暖之故曰律谷劉向別録曰鄒衍在燕有谷寒不生五穀鄒衍吹律而温之至生黍陳留風俗傳曰允吾縣者宋陳楚地故梁國寧陵種龍鄉也出鳴雞照車去魏聯城辭趙史記曰齊威王與魏惠王會田于郊魏王問曰王亦有寶乎威王曰無有魏王曰若寡人小國也尚有徑寸之珠照車前後十二乘者十枚奈何以萬乘之國而無寶乎又曰趙惠文王得和氏璧秦王聞之使遺趙王書曰願以十五城易璧趙王遂使相如奉璧西入秦魏文帝與鍾大理書曰不損連城之價皇帝痛掖殿之既闃悼泉途之已宮埤蒼曰闃靖也風俗通曰梓宮者存時所居緣生事亡因以爲名也巡步檐而臨蕙路集重陽而望椒風嗚呼哀哉上林賦曰步檐周流長途中宿西都賦曰後宮則有蘭林蕙草楚辭曰集重陽入帝宮兮造旬始而觀清都

栢子新論曰董賢女弟爲昭儀居舍號曰椒風天寵方降王姬下姻沈約宋書曰淑儀生第二皇女周易曰在師中吉承天寵也毛詩序曰王姬亦下嫁於諸侯肅雍揆景陟屺爰臻言王姬將降至而貴妃遽霣毛詩曰曷不肅雍王姬之車又曰陟彼屺兮瞻望母兮國軫喪淑之傷家凝霣庇之悲穆天子傳曰天子爲盛姬謚曰哀淑人潘岳秦氏從姊誄曰家失慈覆世喪母儀鄭玄禮記注曰庇覆也庇或爲妣非也敢撰德於旂旐庶圖芳於鍾萬周易曰雜物撰德楊雄元后誄曰著德太常注諸旐旌曹植卞太后誄曰敢揚厚德表之旐旌國語晉悼公曰昔克潞之役秦來圖敗晉功魏顆以其身却退秦師于輔氏親止杜回其勳銘于景鍾左氏傳曰九月考仲子之宮將萬焉公問羽數於衆仲對曰天子用八其諸侯用六公從之於是初獻六羽始用六佾

辭曰

玄丘烟因煴瑤臺降芬列女傳曰契母簡狄者有娀氏之長女也當堯之時與其妹娣

浴於玄丘之水有玄鳥銜卵過而墜之五色甚好簡狄得含之誤而吞之遂生契焉楚辭曰望瑶臺之偃蹇兮見有娀之佚女

高唐渫雨巫山鬱雲 高唐賦曰昔先王游於高唐夢見一婦人曰妾在巫山之陽高丘之阻旦爲朝雲暮爲行雨

誕發蘭儀光啓玉度 楊修荀爽述讚曰其德克明誕發幼齡左九嬪武帝納皇后頌曰如蘭之茂如玉之瑩光啓巳見上文

望月方娥瞻星比婺 易歸藏曰昔常娥以不死之藥犇月漢書曰北宫有婺女星占曰婺女爲旣嫁之女也

毓德素里棲景宸軒 周易曰君子以振民毓德劉梁季南碑曰栖景曜於衡門

夙麗絺綌出懋蘋蘩 毛詩曰葛之覃兮施于中谷是刈是穫爲絺爲綌又曰于以采蘋南澗之濱又曰于以采蘩于沼于沚

脩詩貢道稱圖照言 廣雅曰貢美也世本曰史皇作圖宋忠曰史皇黃帝臣也圖謂畫物象也

翼訓姒幄賛軌堯門 列女傳曰塗山氏之女夏禹娶以爲妃旣生啓塗山獨明教訓而致其化焉史記曰禹姒爲姓漢書曰孝武鉤弋趙婕好

昭帝母也妊身十四月乃生上曰昔聞堯十四月而生今鉤弋亦然乃命所生門曰堯母門綢繆史館容與經闈史三史經六經陳風緝藻臨彖分微風國風彖易彖游藝殫數撫律窮機藝六藝律六律躊躇冬愛悁悵秋暉楚辭曰蹇淹留而躊躇左氏傳曰酆舒問於賈季曰趙衰趙盾孰賢對曰趙衰冬日之日趙盾夏日之日杜預曰冬日可愛夏日可畏楚辭曰心悁悵以永思展如之華寔邦之媛毛詩曰展如之人兮邦之媛也敬勤顯陽肅恭崇憲沈約宋書曰文帝路淑媛生孝武皇帝即位奉尊號皇太后宮曰崇憲太后居顯陽殿奉榮維約承慈以遜逮下延和臨朋違怨祚靈集祉慶藹迎祥毛詩曰既受帝祉施于孫子鄭玄禮記注曰高辛氏之世玄鳥遺卵娀女簡狄吞而生契後王以爲媒官嘉祥而立其祠焉潘岳上巳日會天淵池詩曰外迎休祥內和天人皇胤璿式帝女金相式法也言皇之胤嗣如玉之有法也沈約宋書曰淑儀生始平王子鸞晉陵王子雲

帝女巳見上文左氏傳祈招之詩云式如玉式如金毛詩曰追琢其章金玉其相毛萇曰相質也**聯跗齊頮接萼均芳**毛詩曰棠棣之華萼不韡韡鄭玄曰承華者萼不當作跗萼足也**以蕃以牧燭代輝梁**漢書曰文帝立武爲代王參爲梁王**視朔書氣觀臺告祲**左氏傳曰公既視朔遂登觀臺以望而書禮也周禮曰眡祲掌十煇之法鄭玄曰陰陽氣相侵漸以成災也**八頌扃和六祈輟滲**周禮曰占人掌占龜以八筮占八頌以視吉凶鄭玄曰以八筮占八頌謂將卜八事先以筮筮之言頌頌者同於龜占周禮曰太祝掌六祈以同鬼神示一曰類二曰造三曰禬四曰禜五曰攻六曰說滲謂滲漉喻祉福也**衡總滅容翬翟毀衽**包咸論語注曰衡輈也周禮曰王后之五路重翟錫面朱總厭翟勒面繢總安車彫面鷖總皆有容蓋鄭司農曰總著馬勒直兩耳與兩鑣容謂幨車也周禮曰司服掌王后之六服褘服褕狄闕狄鞠衣展衣褖衣鄭玄曰狄當爲翟翟雉名也褘衣畫翬者也說文曰衽衣衿也**掩綵瑤光收華紫禁嗚呼哀哉**宋孝武傷宣貴妃擬

漢武李夫人賦曰闕瑶光之窈陛宮虛梁之餘陰又袁伯文美人賦曰居瑶光之嚴奥御象席之瓊珍並以瑶光爲殿名蓋貴妃之所處也王者之宮以象紫微故謂宮中爲紫禁帷軒夕改軿輅晨遷劉熙釋名曰容車婦人所載小車也其蓋施帷所以隱蔽其形容也列女傳齊孝孟姬曰妾聞妃后踰閾必乘安車輜軿蒼頡篇曰軿衣車也離宮天邃別殿雲懸西都賦曰徇以離宮別寢靈衣虛襲組帳空煙寡婦賦曰瞻靈衣之披披鄭玄禮記注曰襲重衣也長門賦曰張羅綺之幔帷垂楚組之連綱巾見餘軸匣有遺紡鳴呼哀哉巾巾箱也匣琴匣也移氣朔兮變羅紈白露凝兮歲將闌闌猶晚也庭樹驚兮中帷響金釭曖兮玉座寒夏侯湛有金釭燈賦曖不明也易是類謀曰假威出座玉床純孝擗其俱毀共氣摧其同欒純孝共氣謂皇子也左氏傳君子曰穎考叔純孝也孝經曰擗踊哭泣哀以送之鄭玄孝經注曰毀瘠羸瘦孝子有之呂氏春秋曰父母之於子也子之

於父母也一體而分形同血氣而異息毛詩曰庶見素冠兮棘人欒欒兮仰昊天之莫報怨
凱風之徒攀毛詩曰欲報之德昊天罔極毛詩曰凱風美孝子也茫昧與善寂寥
餘慶淮南子曰茫茫昧昧從天之道與善巳見上文周易曰積善之家必有餘慶喪過乎哀
棘實滅性喪過見上文孝經曰毀不滅性世覆沖華國虛淵令鳴呼哀
哉犇秀四言詩曰坤德尚沖毛詩曰秉心塞淵題湊既肅龜筮既辰呂氏春秋曰題
湊之室棺椁數襲漢書音義韋昭曰題頭也頭湊以頭內向所以爲固階撤兩奠庭引雙
輴儀禮曰屬引徹奠乃祖鄭玄曰屬著也引所以引柩車也在輴曰紼又禮記注曰輴殯車也維慕
維愛曰子曰身沈約宋書曰孝武大明六年淑儀薨又曰大明六年子雲薨潘岳妹哀辭曰庭祖
兩柩路引雙轜爾身爾子朿與世辭慟皇情於容物崩列辟於上旻司馬彪漢
書曰根車旋載容衣崇徽章而出寰甸照殊策而去城闉鳴呼

哀哉鄭玄禮記注曰徽旌旗也又曰旌葬乘車所建也毛萇詩傳曰章旒也蔡邕獨斷曰以策書誄其行而賜之也穀梁傳曰裒內諸侯非天子之命不得出會尚書曰五百里甸服孔安國曰規方千里之內謂之甸服說文曰闉城曲重門也經建春而右轉循閶闔而逕渡河南郡境界簿曰洛陽縣東城第一建春門楚辭曰歷太皓以右轉晉宮閣銘曰洛陽城閶闔門楚辭曰凌天池而徑渡旌委鬱於飛飛龍逶遲於步步毛詩曰周道逶遲鏘楚挽於槐風喝邊簫於松霧鏘鳴聲也楚辛楚也廣雅曰喝嘶喝也邊簫簫聲遠也涉姑繇而環迴望樂池而顧慕嗚呼哀哉穆天子傳曰天子西征至玄池之上乃奏樂三日而終是曰樂池盛姬亡天子乃殯姬於穀丘之廟葬於樂池之南天子乃周姑繇之水以圜喪車郭璞曰繇音姚晨轀於昆解鳳曉蓋俄金葬訖故車解鳳飾蓋斜金爪也漢書曰載霍光尸以轀輬車如淳曰轀輬車形廣大有羽飾甘泉賦曰乃登夫鳳凰然羽飾則鳳凰也杜延年奏曰載霍光柩以輬車以

轀車爲倅也臣瓚曰秦始皇崩祕其喪載以轀輬車百
官奏事如故此不得是輀車類也然轀車吉儀瓚說是
也栢譚新論曰乘輿鳳凰蓋飾以金玉蔡邕獨斷
曰凡乘輿皆羽蓋金華爪鄭玄詩箋曰俄傾也山庭
寢日隧路抽陰黃圖曰陵冢爲山鄭玄周禮注曰隧墓道也重扃閟兮燈巳
黮中泉寂兮此夜深哀永逝曰户闔兮燈滅夜何時兮復曉銷神躬于壤
末散靈魄於天潯許慎淮南子注曰潯涯也饗乘氣兮蘭駁風德
有遠兮聲無窮言惠問乘四氣而靡窮其芳譽馭六風而彌遠嗚呼哀哉

哀上　哀永逝文一首　潘安仁

啓夕兮宵興悲絶緒兮莫承啓夕將啓殯之前夕也儀禮曰既夕哭請啓期
告于殯宿興緒脩緒也思玄賦曰王肆後於漢庭卒銜卹而絶緒俄龍輀兮門側嗟俟
時兮將升儀禮曰遷于祖用軸鄭玄曰軸輁軸也天子畫之以龍說文曰輀喪車也嫂姪兮

愴惶慈姑兮垂矜（爾雅曰婦稱夫之母曰姑）聞鳴雞兮戒朝咸驚號兮撫膺（陳琳武軍賦曰啓明戒旦長庚告昏列子曰撫膺而恨）逝日長兮生年淺憂患衆兮歡樂尠彼遥思兮離居歎河廣兮宋遠（毛詩序曰河廣宋襄公母歸于衛思而不止故作此詩也詩曰誰謂河廣一葦杭之誰謂宋遠跂予望之）今奈何兮一舉邈終天兮不反（天地之道理無終極今云終天不反長逝之辭）盡余哀兮祖之晨揚明燎兮援靈輴（祖及輴車並已見上文儀禮曰宵設燎于門內之右鄭玄曰爲哭者爲明）徹房帷兮席庭筵舉醑觴兮告永遷（禮記日士殯帷之儀禮曰商祝御柩乃祖布席乃奠禮記曰祖於庭說文曰醑餟祭也字林曰以酒沃地曰醑）悽切兮增欷俯仰兮揮淚想孤魂兮眷舊宇視倏忽兮若髣兮髴徒髣髴兮在慮靡耳目兮一遇停駕兮淹留徘

徊兮故處周求兮何獲引身兮當去華輦兮初邁馬迴首兮旋旆風泠泠兮入帷雲霏霏兮承蓋班婕妤自傷賦曰廣室陰兮帷幄暗房櫳虛兮風泠泠楚辭曰雲霏霏兮承宇鳥俛翼兮忘林魚仰沫兮失瀨悵悵兮遲遲遵吉路兮凶歸思其人兮已滅覽餘跡兮未夷毛萇詩傳曰夷滅也昔同塗兮今異世憶舊歡兮增新悲謂原隰兮無畔謂川流兮無岸望山兮寥廓臨水兮浩汗視天日兮蒼茫面邑里兮蕭散匪外物兮或改固歡哀兮情換嗟潛隧兮既敞將送形兮長往隧已見上文委蘭房兮繁華襲窮泉兮朽壤賈逵國語注曰襲還也中慕叫兮擗摽之子降兮宅兆擗摽已見上文孝經曰卜其宅兆而安厝之撫靈櫬兮

訣幽房棺冥冥兮埏窈窕杜預左氏傳注曰櫬親身之棺聲類曰埏墓隧也戶闥兮燈滅夜何時兮復曉司馬彪續漢書張奐遺令曰地底冥冥長無曉期歸反哭兮殯宮聲有止兮哀無終左氏傳曰不反哭于寢故不曰薨杜預注曰自墓反虞于正寢所謂反哭于寢也釋名曰於西壁下塗之曰殯儀禮曰遂適殯宮是乎非乎何皇趣一遇兮目中漢書曰孝武李夫人卒悲感作詩曰是邪非邪立而望之偏何姍姍其來遲鄭玄毛詩箋曰皇之言暀也又曰暀往也東觀漢記世祖曰虜在吾目中既遇目兮無兆曾寤寐兮弗夢既顧瞻兮家道長寄心兮爾躬周易曰夫夫婦婦而家道正重曰已矣此蓋新哀之情然耳渠懷之其幾何庶無愧兮莊子莊子曰莊子妻死惠子弔之則方箕踞鼓盆而歌惠子曰與人居長子老身死不哭亦足矣又鼓盆而歌不已甚乎莊子曰不然是其始死也我獨而能無槩然察

其始而本無生非徒無生而本無形非徒無形而本無
氣人且偃然寢於巨室而我噭噭隨而哭之自以爲不
通乎命
故止

文選卷第五十七

賜進士出身通奉大夫江南蘇松常鎮太等處承宣布政使司布政使胡克家重校刊

文選卷第五十八

梁昭明太子撰

文林郎守太子右内率府録事參軍事崇賢館直學士臣李善注上

哀下

顔延年宋文皇帝元皇后哀策文一首

謝玄暉齊敬皇后哀策文一首

碑文上

蔡伯喈郭林宗碑文一首 并序

陳仲弓碑文一首 并序

王仲寶褚淵碑文一首 并序

哀下

宋文皇帝元皇后哀策文一首

沈約宋書曰文帝袁皇后諱齊嬀陳郡人左光禄大夫敬公湛之庶女也適太祖生太子劭上待后禮甚篤及崩于顯陽殿詔前永嘉太守顔延年爲哀策文

顔延年

惟元嘉十七年七月二十六日大行皇后崩于顯陽殿周書曰謚者行之迹是以大行受大名細行受細名風俗通曰皇帝新崩未有定謚故揔其名曰大行皇帝行下孟切粤九月二十六日將遷座于長寧陵禮也龍輴卭纚離綍容翟結驂龍輴凶飾也容翟吉儀也儀禮曰遷于祖用軸鄭玄曰遷徙于祖廟也軸輴軸也軸狀如轉轔刻兩頭爲軹輴狀如長牀穿桯前後著金而關軸焉天子畫之以龍也桯餘征切韓詩纚

繫也鄭玄儀禮注曰引棺在輴車曰紼甫物切劉熙釋名曰容車婦人所載小車也其蓋施帷所以隱蔽其形容曹植宣后誄表曰容車飾駕以合北辰周禮曰王后之五路重翟鍚面朱總厭翟勒面繢總皆有容蓋鄭司農云容謂幨車也鄭玄曰蓋如今小車蓋也王逸楚辭注曰結連也連縣言將行也鄭玄詩箋曰縣兩縣皇塗昭列神路幽嚴皇塗古制故曰昭列神路凶飾故曰幽嚴皇帝親臨祖饋躬瞻宵載周禮曰喪祝掌大喪祖飾棺乃載鄭玄曰祖爲行始也其序載而后飾白虎通曰始載於庭輴車辭祖禰也飾遺儀於組旒淪徂音乎珩行珮毛詩曰素絲組之鄭玄曰以素絲爲縷縫之旌旗以爲文飾旌旗以銘功也楊雄元后誄曰著德太常注諸旒旌尚書大傳曰太師奏雞鳴后夫人鳴佩玉于房中告去毛詩雜佩以贈之毛萇詩傳曰珮有珩璜琚瑀琚音居瑀音禹悲黼筵之移御痛翬褕以招之重晦周禮曰大朝覲王設次席黼純又内司服掌王后之六服褘衣褕狄鄭玄曰褘衣畫翬者也褕畫鷂者也褕與鷂並以招切降輿客位撤奠殯階降輿謂祖載之時柩降於車也儀禮曰主人入祖乃載鄭玄曰舉柩却下而載之禮記曰殯於客位

祖於庭儀禮曰屬引徹奠乃祖鄭玄曰屬著也引柩車也禮記曰周人殯於西階之上則猶賓之乃命史臣累德述懷鄭司農周禮注曰誄謂積累生時德行賜之命爲其辭也其辭曰

倫昭儷昇有物有憑言天地未分之前已明倫匹之義又昇伉儷之道皆有物象有所依憑毛詩曰天生蒸民有物有則鄭玄曰有物象也左氏傳曰石言於晉魏榆師曠曰石不能言或憑焉劇秦美新曰上覽古在昔有憑應而尚鈌圓精初鑠方祇始凝言天地始分也呂氏春秋曰天道圓地道方何以說天道之圓也精氣一上一下圜周復雜無所稽留故曰天道圓何以說地道之方也萬物殊類形皆有分職不能相爲故曰地道方郭璞方言注云鑠言光明也淮南子曰清陽薄靡而爲天重濁凝滯而爲地昭哉世族祥發慶膺祥發猶發祥也毛詩曰長發其祥慶膺猶膺慶也幽通賦曰王者膺慶於所感祕儀景胄圖光玉繩祕其令儀而生景胄圖其容光而升玉繩也廣雅曰圖度也沈約宋書曰宋有玉繩殿昌暉在陰柔明將進尚書曰邦乃其昌孔安國曰昌盛也周易曰坤陰物也又曰坤妻道也又曰順而麗乎大明柔

進而上行率禮蹈和稱詩納順南都賦曰率禮無違論語曰禮之用和爲貴史記曰陸賈時稱
詩書毛詩曰于以采蘋又曰于以采藻鄭玄毛詩箋曰蘋之言賓藻之言澡婦人之行尚柔順自潔清故取名以爲
戒禮記曰婦順者順於舅姑和於室人而后當於夫也爰自待年金聲夙振左氏傳曰
叔姬歸于紀杜預曰至是歸者待年於父母國也孟子曰孔子之謂集大成也者金聲而玉振亦既有行
素章增絢毛詩曰女子有行遠父母兄弟論語曰子夏問曰巧笑倩兮美目盼兮素以爲絢兮何謂也子
曰繪事後素曰禮後乎馬融曰絢文貌也象服是加言觀維則毛詩曰象服是宜又曰言
觀其旂又曰柔嘉維則俾我王風始基嬪德毛詩曰覆俾我悖尚書曰釐降二女于嬀
汭嬪于虞惠問川流芳猷淵塞蔡邕袁公夫人碑曰義方之訓如川之流毛詩曰仲氏任
只其心塞淵方江泳漢載謠南國毛詩序曰文王之道被于南國江漢之域無思犯禮
毛詩曰漢之廣矣不可泳思江之永矣不可方思毛萇曰方泭也伊昔不造鴻化中微

謂少帝之時陸機詩曰伊昔有皇毛詩曰閔予小子遭家不造東都賦曰鴻化惟神魯靈光殿賦曰遭漢中微用
集寶命仰陟天機謂文帝即位也尚書曰用集大命又曰無墜天之降寶命天機喻帝位也尚書
考靈耀曰璿璣玉衡以齊七政尚書爲此璣曹植秋胡行曰歌以永言大魏承天璣然璣與機同也釋位公
宮登曜紫闈左氏傳子朝曰諸侯釋位以閒王室禮記曰古者婦人先嫁三月祖廟未毀教于公宮魏
明帝苦寒行曰修德乎紫闈八月自懷柔欽若皇姑允迪前徽尚書曰欽若昊天爾雅曰婦稱
夫之母曰姑尚書曰允迪厥德孝達寧親敬行宗祀毛詩曰歸寧父母毛萇曰父母在則有時
歸寧毛詩序曰夫人可以奉祭祀則不失職矣進思才淑傍綜圖史毛詩序曰關雎樂得淑女
思進賢才王肅周易注曰綜理事也班婕妤自傷賦曰陳女圖以鏡鑒顧女史而問詩發音在詠動
容成紀國語伶州鳩曰詠之以中音孟子曰動容周旋中禮者盛德之至也成紀見下注壼政穆
宣房樂韶理爾雅曰宮中巷謂之壼禮記曰古者天子后立於宮以聽天下之內治方言曰穆信也儀

禮曰有房中之樂鄭玄曰紡歌周南召南之詩房中者后夫人諷誦以事君子禮記曰韶繼也如淳漢書注曰今樂家五日一習樂爲理樂也**坤則順成星軒潤飾**韓詩曰淑女奉順坤德成其紀綱周易曰坤順也漢書曰軒轅黃龍體前大星女主象也**德之所屆惟深必測**尚書曰惟德動天無遠弗屆卞蘭太子頌表曰道無深而不測術無細而不敷**下節震騰上清朓側**言后道得宜即地安靜而月合度也漢書李尋曰月者衆陰之長妃后之象春秋感精符曰月者陰之精地之理也國語曰幽王二年三川皆震毛詩曰百川沸騰山冢崒崩尚書五行傳曰晦日而月見西方謂之朓朔而月見東方謂之側匿鄭玄曰朓猶條達也條達行疾貌側匿猶縮懦行遲貌**有來斯雍無思不極**毛詩曰有來雍雍又曰無思不服孔安國尚書傳曰極中也**謂道輔仁司化莫晰**之逝切牽秀四言詩曰乾道輔仁坤德尚沖思玄賦曰死生錯而不齊雖司命其不晰說文曰昭晰明也**象物方臻眡**視**祲告沴**零細切周禮曰凡樂六變而致象物鄭玄曰象物有象在天所

謂四靈也非德之和則不至也周禮曰眡祲鄭玄曰祲陰陽氣相祲漸成祥也漢書曰氣相傷謂之沴臨莅不
和意也太和既融收華委世太和謂太平也法言曰或問太和曰其在唐虞成周也李
軌曰天下太和蔡邕釋誨曰皇道惟融帝猷丕顯廣雅曰融朗也委世弃世也蘭殿長陰椒塗
弛衛嗚呼哀哉漢武故事曰帝以七月七日旦生於猗蘭殿漢書儀曰皇后稱椒房椒塗室亦
取温煖除惡氣也戒涼在肂弋二杪秋即穸夕國語單襄公曰火見而清風戒寒賈逵曰戒人
爲寒備也儀禮曰死三日而肂三月而葬說文曰肂瘞也楚辭曰靚杪秋之遥夜禮記曰冢宰制國用必於歲之杪左氏
傳楚子曰唯是春秋窀穸之事杜預曰窀厚也穸夜也厚夜長夜謂葬埋也窀之倫切霜夜流唱曉月
升魄流唱挽歌也升魄祖載也禮記子曰氣也者神之盛也魄也者鬼之盛也八神警引五輅遷
迹甘泉賦曰八神奔而警蹕兮振郣轔而軍裝周禮曰巾車掌王后之五輅噭噭儲嗣哀
哀列辟噭噭已見上文毛詩曰哀哀父母生我劬勞灑零玉墀雨泗丹掖劉騊

駼玄根賦曰致垂棘以爲埒撫存悼亡感今懷昔嗚呼哀哉沈約宋書曰哀策既奏上自益此八字以致其意焉潘岳祭庾新婦文曰伏膺飲淚感今惟昔南背國門北首山園楚辭曰出國門而軫懷廣雅曰首向也漢書曰後徙吏二千石之家於諸陵非獨爲奉山園僕人按節服馬顧轅楚辭曰僕人慌悴散若流兮子虛賦曰按節未舒鄭玄毛詩箋曰服中央夾轅也李陵詩曰轅馬顧悲鳴五步一彷徨遙酸紫蓋眇泣素軒傅玄乘輿馬賦曰紫蓋漂以連翩素軒猶素車也滅綵清都夷體壽原楚辭曰造旬始觀清都漢書曰作陽陵邑張晏曰景帝作壽陵起邑漢書音義曰天子未死呼壽原邑野淪藹戎夏悲讙京邑朝野淪其明盛戎狄華夏悲以競讙廣雅曰藹藹盛也國語史蘇曰戎夏交捽也來芳可述往駕弗援嗚呼哀哉

齊敬皇后哀策文一首

蕭子顯齊書明帝敬劉皇后諱惠端彭城人也光禄大夫道引女太祖高皇帝爲高宗納之武帝永明七年卒葬江乘縣張山高宗即位追尊爲敬皇后高宗崩改葬祔于興安陵高宗即明帝也

謝玄暉

惟永泰元年蕭子顯齊書明帝改年爲永泰其年七月帝崩東昏即位秋九月朔日敬皇后梓宮啓自先塋將祔于某陵風俗通曰梓宮者禮天子歛以梓器宫者存時所居緣生事亡因以爲名凡人呼棺亦爲宮也說文曰塋墓地禮記孔子曰魯人之祔也合之鄭玄曰祔謂合葬也其日至尊親奉奠某皇帝至尊東昏侯寶卷鄭玄周禮注曰奠獻也饋奠明帝崩未謚故曰某乃使兼太尉某設祖于行宮禮也司馬彪續漢書太尉公一人凡大喪則告謚南郊祖已見上文翠帟舒阜玄堂啓扉張協禊賦曰翠幕蜺連張衡呂司徒誄曰去此寧寓歸于幽堂玄室冥冥脩夜彌長俎徹三獻筵

卷六衣杜預左氏傳注曰撤去也禮祭必立獻周禮內司服掌王后之六服褘衣揄狄闕狄鞠衣展衣褖衣哀子嗣皇帝懷蜃衛而延首想鷖輅而撫心周禮曰遂人大喪使帥其屬以蜃車之役衛鄭玄曰蜃車柩路柩載柳四輪迫地而行有似蜃因取名焉阮瑀正欲賦曰佇延首以極視周禮曰安車雕面鷖總列子曰師襄乃撫心高蹈痛椒塗之先廓哀長信之莫臨椒塗已見上文應劭漢官儀曰帝祖母爲太皇太后其所居曰長信宮也身隔兩赴時無二展爾雅曰赴至也禮記顏淵謂子路曰反其國不哭展墓而入鄭玄曰展省視也旋詔左言光敷聖善鄭玄禮記注曰旋便也漢書曰左史記言右史記事于寶晉紀魏帝詔曰三后咸用光敷聖德毛詩曰母氏聖善我無令人其辭曰

帝唐遠冑御龍遙緒班固漢書贊曰范宣子曰祖自虞已上爲陶唐氏在夏爲御龍氏晉主夏盟爲范氏在秦作劉在漢開楚班固漢書贊曰范氏爲晉士師魯文公世

奔秦後歸于晋其處者爲劉氏漢書曰楚元王交高祖同父少弟也爲楚王沈約宋書曰高祖楚元王交之後也**肇惟淑聖克柔克令**克柔已見上文毛詩曰令妻壽母**清漢表靈曾沙膺慶**韓詩曰漢有遊女薛君曰遊女謂漢神謝靈運登江中孤嶼詩曰表靈物莫賞漢書元后傳元城建公曰昔春秋沙麓崩晋史卜之曰後六百四十五年宜有聖女興其齊田乎今王翁孺徙正直其地日月當之元城東有五麓之虛即沙麓地後八十年當有貴女興天下膺慶巳見上文**爰定厥祥徽音允穆**毛詩曰文定厥祥又曰太姒嗣徽音則百斯男**光華沼沚榮曜中谷**毛詩序曰采蘩夫人不失職也詩曰于以采蘩于沼于沚又詩序曰葛覃后妃之本也詩曰葛之覃兮施于中谷**敬始紘綖敎先穜稑**列女傳敬姜曰皇后親織玄紞公侯夫人加之以紘綖周禮曰上春詔王后帥六宮之人出穜稑之種而獻於王**睿問川流神襟蘭郁**川流巳見上文楊雄書曰賢女馨芬於蘭茝**先德韜光君道方被**先德謂明帝也韜光謂封

西昌侯之時也廣雅曰韜藏也吴志賀劭上䟽曰陛下昔韜藏神光潛德東夏干寶晉紀文帝遺吴主書曰韜神光福德久勞于外毛詩序曰文王之道被於南國**于佐求賢在謁無詖**毛詩序曰卷耳后妃之志也又當輔佐君子求賢審官内有進賢之志而無險詖私謁之心**顧史引式陳詩展義**班婕好自傷賦曰顧女史而問詩**厚下曰仁藏往伊智**周易曰山附於地剥上以厚下安宅干寶晉紀揔論曰仁以厚下易曰蓍之德圓而神卦之德方以智神以知來智以藏往**十亂斯俟四教罔忒**論語武王曰予有亂臣十人孔子曰才難不其然乎唐虞之際於斯爲盛有婦人焉九人而已馬融曰其一人謂文母也禮記曰古者婦人教以婦德婦容婦言婦功鄭玄詩箋云法度莫大於四教廣雅曰忒差也**思媚諸姑貽我嬪則**毛詩曰思媚周姜又曰問我諸姑又曰貽我來牟孔安國傳曰嬪婦也毛詩序曰后妃化天下以婦道也**化自公宫遠被南國**公宫南國並已見上文**軒曜懷光素舒佇德**光德皆謂后也言軒曜思大明以增耀素

舒佇聖德而分彩也淮南子曰軒轅者帝妃之舍高誘曰軒轅
星也劉歆有曜厤楚辭曰前望舒使先驅王逸曰望舒月御也
閔予不祐慈訓早違毛詩曰閔予小子周易曰天命不
祐晉中興書曰肅祖太妃荀氏薨
顯宗詔曰朕少遭閔凶慈
訓無稟廣雅曰違背也方年沖藐懷袖靡依尚書曰
肆予沖
人弗及知左氏傳晉獻公曰以是藐諸孤毛
詩曰母兮鞠我出入腹我鄭玄曰腹懷抱也家臻寶業
身嗣昌暉周易曰聖人之大寶曰位元
皇后哀策文曰昌輝在陰壽宮寂遠清廟
虛歸嗚呼哀哉楚辭曰蹇將憺兮壽宮王逸曰壽宮
供神之處也毛詩曰清廟祀文王也帝
遷明命民神胥悅謂明帝即位也毛詩曰帝遷明德
串夷載路國語祭公謀父曰至于
文武事神保民莫不欣喜又王
孫圉曰又能上下悅于鬼神乾景外臨陰儀內缺周
易
曰乾爲君爲父禮
記曰后治陰德也空悲故劒徒嗟金穴漢書曰宣帝許
皇后元帝母也
字平君曾孫立爲帝平君爲婕妤是時公卿議更立皇
后亦未有言上乃詔求微時故劒大臣知指白立許婕

好爲皇后范曄後漢書曰光武郭皇后弟況爲大鴻臚數賞賜金錢京師號況家爲金穴璋瓚奚獻禕褕罔設嗚呼哀哉禮記曰君致齊於外夫人致齊於内君執圭瓚祼尸大宗執璋瓚亞祼鄭玄曰大宗亞祼容夫人有故攝焉璋瓚夫人所執又周禮注曰祼謂以圭瓚酌鬱鬯始獻尸也后於是以璋瓚酌亞祼禕褕已見上文馮相告祲宸居長往謂明帝崩也周禮曰馮相氏中士鄭玄曰馮乘也相視也東京賦曰馮相觀祲典引曰宸居其域蔡邕曰如北辰居其所也宸貽厥遠圖末命是奬謂顧命令祔也毛詩曰貽厥孫謀左氏傳縈成伯曰遠圖者忠也尚書曰道揚末命方言曰秦晉之間相勸曰獎懷豐沛之綢繆兮背神京之引敞豐沛喻帝鄉也漢書曰高祖沛豐邑毛詩曰綢繆束薪毛萇曰綢繆猶纏綿也風俗通曰秦政并吞六國苞宇宙之引敞陋蒼梧之不從兮遵鮒隅以同壤嗚呼哀哉禮記曰舜葬于蒼梧之野盖二妃不從山海經曰大荒之中河水之間鮒隅之山帝顓頊與九嬪葬焉陳象設

於園寢兮映輿鋑士犯於松楸楚辭曰象設君室靜閑安漢書曰自高祖下至宣帝各自居陵傍立廟又園中各有寢蔡邕獨斷曰金鋑者馬冠也如玉華形在馬髦前望承明而不入兮度清洛而南遊陸機洛陽記曰承明門後宮出入之門藉田賦曰清洛濁渠繼池綍於通軌兮接龍帷於造舟禮記曰飾棺君三池鄭玄曰縣池於荒之爪端若今承霤然又禮記曰飾棺君龍帷振容黼荒鄭玄曰荒蒙也在傍曰帷在上曰荒皆所以衣柳毛詩曰造舟爲梁迴塘寂其已暮兮東川澹而不流嗚呼哀哉南都賦曰分背迴塘呂氏春秋曰水泉東流說文曰澹水搖也籍閟宮之遠烈兮聞纘女之遐慶毛詩閟宮曰赫赫姜嫄其德不回是生后稷降之百福又曰纘女維莘長子維行始協德於蘋蘩兮終配祇而表命晉中興書策明穆皇后曰正位閨房以著協德之義辨亡論曰趙達以機祥協德采蘋采蘩已見上文漢書曰天地合祭先祖配天先妣配地命爵號也慕方

纆於賜衣兮哀曰隆於撫鏡東觀漢記上賜東平王蒼書曰鄉衛南宮皇太后因過按行閣視舊時衣物今以光烈皇后假結帛巾各一枚衣一篋遺王可瞻視以慰凱風寒泉之思西京雜記曰宣帝被收繫郡邸獄臂上猶帶史良娣合綵婉轉絲繩係身毒寶鏡一枚舊傳此鏡照見妖魅得佩之者爲天神所福故宣帝從危獲濟及即大位每持此鏡感咽移辰宣帝崩後不知所在思寒泉之罔極兮託彤管於遺詠嗚呼哀哉毛詩曰爰有寒泉在浚之下有子七人母氏勞苦又曰欲報之德昊天罔極毛詩曰靜女其孌詒我彤管毛萇曰古者后夫人必有女史彤管之法

郭有道碑文一首并序

蔡伯喈范曄後漢書曰蔡邕字伯喈陳留人也辟橋玄府稍遷至郎中後董卓辟邕遷尚書及卓被誅王允收邕付廷尉遂死獄中

先生諱泰字林宗太原界休人也漢書太原郡有界休縣其先出

自有周王季之穆有虢叔者寔有懿德文王咨焉左氏傳曰晉侯假道於虞以伐虢宮之奇諫曰虢亡虞必從之公曰晉吾宗也豈害我哉對曰虢叔王季之穆爲文王卿士將虢是滅何愛於虞毛詩曰我求懿德國語胥臣曰文王即位而咨于二虢韋昭曰咨謀也建國命氏或謂之郭即其後也左氏傳師服曰天子建國又衆仲曰天子建德因生以賜姓胙之土而命之氏公羊傳晉獻公謂荀息曰吾欲攻郭則虞救之攻虞則郭救之如何高誘戰國策注曰郭古文虢字也先生誕應天衷聰睿明哲孝友溫恭仁篤慈惠夫其器量弘深姿度廣大浩浩焉汪汪焉奧乎不可測已黄石公記序曰張良慮若源泉深不可測若乃砥節厲行直道正辭孔叢子曰魯人有儀公潛者砥節厲行樂道好古仲長子昌言曰直道正辭貞亮之節貞固足以幹事隱括足以矯時周易曰貞固足以幹事韓詩外傳曰設於隱括之中直己不直人蘧伯玉之行也孫

鄉子曰拘木必將待隱括然後直劉熙孟子注曰隱度也括猶量也蒼頡篇曰矯正也遂考覽六經探綜圖緯六經五經及樂經也圖河圖也緯六經及孝經皆有緯也周流華夏隨集帝學收文武之將墜拯微言之未絕論語子貢曰文武之道未墜於地論語讖曰子夏六十四人共撰仲尼微言于時纓緌之徒紳佩之士禮記曰子事父母冠緌纓鄭玄曰緌纓飾也孔安國論語注曰紳大帶也禮記曰凡帶必有佩玉望形表而影附聆嘉聲而響和者揚雄覈靈賦曰支附葉從表立景隨莊子曰大人之教若形之於影聲之於響也猶百川之歸巨海鱗介之宗龜龍也尚書大傳曰百川趍於東海曾子曰介蟲之精者曰龜鱗蟲之精者曰龍爾乃潛隱衡門收朋勤誨毛萇詩傳曰衡門横木爲門言淺陋也論語子曰誨人不倦何有於我哉童蒙賴焉用祛其蔽周易曰匪我求童蒙祛猶去也州郡聞德虛己備禮莫之能致漢書李尋

傳曰王根輔政數虛己問尋羣公休之遂辟司徒掾又舉有道皆以疾辭辟猶召也將蹈鴻涯之遐迹紹巢許之絶軌西京賦曰洪涯立而指麾神仙傳曰衛叔卿與數人博其子度曰向與博者爲誰叔卿曰是洪涯先生皇甫謐逸士傳曰巢父者堯時隱人也及堯之讓位于許由也由以告巢父焉巢父責由曰汝何不隱汝光何故見若身也翔區外以舒翼超天衢以高峙李陵書曰策名於天衢稟命不融享年四十有二毛萇詩傳曰融長也以建寧二年正月乙亥卒范曄後漢書曰建寧靈帝年號也凡我四方同好之人永懷哀悼靡所寘念毛詩曰終其永懷毛萇詩傳曰寘置也乃相與惟先生之德以謀不朽之事左氏傳穆叔曰太上有立德此之謂不朽僉以爲先民既没而德音猶存者亦賴之於見述也毛詩曰先民有作又曰德音不忘今其如何而闕斯禮

於是樹碑表墓昭銘景行毛詩曰高山仰止景行行止俾芳烈奮于百世令問顯於無窮典引曰扇遺風播芳烈孟子曰聞伯夷之風者貪夫廉懦夫有立志奮乎百世之上百世之下莫不興起毛詩曰顯顯令問其辭曰

於休先生明德通玄言其明德而通於玄廣雅曰玄道也純懿淑靈受之自天毛詩曰有命自天崇壯幽浚如山如淵家語齊大夫子與適魯見孔子曰乃今而後知泰山之爲高海淵之爲大禮樂是悦詩書是敦左氏傳曰晋謀元帥趙衰曰郤縠可臣亟聞其言矣悦禮樂而敦詩書君其試之匪惟撫華乃尋厥根法言或曰亦有疾乎曰撫我華而不食我實宮牆重仞允得其門論語子貢謂叔孫武叔曰夫子之牆數仞不得其門而入不見宗廟之美百官之富得其門者或寡矣懿乎其純確乎其操周易曰龍德而隱者也確乎其不可拔潛龍也洋洋搢紳言觀其高音告封禪書曰因雜搢紳先生

之略術棲遲泌丘善誘能教毛詩曰衡門之下可以棲遲泌之洋洋可以療飢論語顏淵曰夫子循循然善誘人赫赫三事幾行其招毛詩曰三事大夫莫肯夙夜招猶召也委辭召貢保此清妙言有召貢者委弃而辭之范曄後漢書曰司徒黃瓊辟泰太常趙典舉泰有道並不應召或爲台降年不永民斯悲悼尚書祖乙曰降年有永有不永爰勒茲銘摛其光耀韋昭漢書注曰摛布也嗟爾來世是則是效尚書曰予恐來世班固刑法志述曰五刑之作是則是效

陳太丘碑文一首 并序　蔡伯喈

先生諱寔字仲弓潁川許人也范曄後漢書曰寔潁川許人漢書潁川郡有許縣魏志曰文帝黃初二年改許縣爲許昌縣然蔡邕之時惟有許縣或云許昌非也含元精之和應期運之數易通卦驗曰大皇之先典耀含元精論衡曰天稟元氣人受元精孟子謂充虞曰五

百年必有王者興其閒必有名世者由周而來七百有餘歲矣當今之世舍我而誰兼資九德揔脩百行尚書臯陶曰都亦行有九德禹曰何臯陶曰寬而栗柔而立愿而恭亂而敬擾而毅直而溫簡而廉剛而塞強而義孔臧與從弟書曰學者所以飾百行也於鄉黨則恂恂焉彬彬焉善誘善道于仁而愛人論語曰孔子於鄉黨恂恂如也又曰文質彬彬然後君子善誘巳見上文論語曰樊遲問仁子曰愛人使夫少長咸安懷之論語曰老者安之少者懷之其爲道也用行舍藏進退可度論語子謂顏淵曰用之則行舍之則藏孝經曰進退可度不儌訐以干時不遷貳以臨下論語子貢曰惡儌以爲智者惡訐以爲直者又哀公問弟子孰爲好學孔子對曰有顏回者好學不遷怒不貳過四爲郡功曹五辟豫州六辟三府再辟大將軍宰聞喜半歲太丘一年德務中庸教敦不肅論語子曰中庸之爲德其至矣乎民鮮久矣孝經子曰其

教不肅而成政以禮成化行有謚左氏傳晉郤至謂子反曰政以禮成民是以息爾雅
曰謚靜也會遭黨事禁固二十年樂天知命澹然自逸周易
曰樂天知命故不憂莊子曰澹然無極衆美從之此天地之道聖人之德也毛詩曰我不敢傚我友自逸
交不謟上愛不瀆下周易曰君子上交不謟下交不瀆見機而作不俟終
日周易曰君子見機而作不俟終日及文書赦宥時年已七十遂隱丘
山縣車告老漢書曰薛廣德乞骸骨賜安車駟馬懸其車傳子孫左氏傳曰晉韓獻子告老杜預
曰告老致仕者也四門備禮閑心靜居尚書曰賓于四門四門穆穆大將軍
何公司徒袁公范曄後漢書大將軍何進司徒袁隗遣人敦寔欲特授以不次之位寔謝使者
前後招辟使人曉喻云欲特表便可入踐常伯超補三
事應劭漢官儀曰侍中周官號曰常伯選於諸伯言其道德可常尊也環濟要略曰侍中古官或曰風后爲

黄帝侍中周時號曰常伯秦始復故三事已見上文紆佩金紫光國垂勳漢書曰大司徒大司馬大司空皆金印紫綬先生曰絶望已久飾巾待期而已皆遂不至列子林類曰吾老無妻子死期將至引農楊公東海陳公范曄後漢書曰太尉楊賜司徒陳耽每拜公卿羣寮畢賀賜等常歎寔大位未登愧於先之也每在衮職羣寮賀之衮職謂三公也周禮曰三公自衮冕而下皆舉手曰潁川陳君絶世超倫大位未躋方言曰躋登也慙於臧文竊位之負論語曰臧文仲其竊位者歟知柳下惠之賢而不與立也故時人高其德重乎公相之位也年八十有三中平三年范曄後漢書曰中平靈帝年號也八月丙午遭疾而終臨没顧命留葬所卒孔安國尚書傳曰臨終之命曰顧命時服素棺槨財周櫬喪事惟約用過乎儉周易曰用過乎儉群公百寮莫不咨嗟巖藪知名失聲揮涕禮記曰内人行哭失

聲家語曰公父文伯卒敬姜曰無揮涕王肅曰揮涕涕流以手揮之也大將軍弔祠錫以嘉謚范曄後漢書曰何進遣使弔祭曰徵士陳君稟嶽瀆之精苞靈曜之純孝經援神契曰五嶽之精雄聖四瀆之精仁明又鉤命決曰五嶽吐精宋均曰吐精生聖人也靈曜謂天也尚書緯有考靈曜天不憖遺老俾屏我王左氏傳孔丘卒公誄之曰旻天不弔不憖遺一老俾屏予一人以在位梁崩哲萎于時靡憲禮記曰孔子早作負手曳杖逍遙於門歌曰泰山其頹乎梁木其壞乎搢紳儒林論德謀跡謚曰文範先生漢書有儒林傳傳曰郁郁乎文哉論語文也書曰洪範九疇彝倫攸敘尚書箕子謂武王曰天乃錫禹洪範九疇彝倫攸敘文爲德表範爲士則存誨歿號不亦宜乎三公遣令史祭以中牢刺史敬弔太守南陽曹府君命官作誄曰赫矣陳君命世是生廣雅曰命名也李陵

書曰信命世之才含光醇德爲士作程孔安國尚書傳曰醇粹也毛萇詩傳曰程法也資始旣正守終又令周易曰萬物資始史記祭公謀父曰犬戎率舊德而守終純固奉禮終沒休矣清聲遺官屬掾吏前後赴會刊石作銘府丞與比縣會葬荀慈明韓元長等五百餘人范曄後漢書曰荀爽字慈明獻帝拜爲司空又曰韓融字元長獻帝初官至太僕緦麻設位哀以送之喪服傳曰緦麻十五升布鄭玄曰謂之緦者縷細如絲也音思孝經曰哀以送之遠近會葬千人巳上河南尹种府君臨郡謝承後漢書曰劉翊潁川人河南尹种拂嘗來臨郡翊爲主簿迎之到官深敬待之然种府君即拂也追歎功德述錄高行以爲遠近鮮能及之重直用部大掾以時成銘斯可謂存榮沒哀死而不朽者巳論語子貢曰夫子其生也榮其死也哀不朽巳見上文乃作銘曰

峩峩崇嶽，吐符降神。上林賦曰：南山峩峩。毛詩曰：維嶽降神，生甫及申。於皇先生，抱寶懷珍。如何昊穹，既喪斯文。論語子曰：文王既沒，文不在茲乎。天之將喪斯文也，後死者不得與於斯文也。微言圯絕，來者曷聞。微言已見上文。幽通賦曰：將圯絕而罔階。論語曰：焉知來者之不如今也。交交黃鳥，爰集于棘。毛詩國風文。喻仕於亂時也。命不可贖，哀何有極。毛詩曰：如可贖兮，人百其身。

褚淵碑文一首 并序

王仲寶　蕭子顯齊書曰：王儉，字仲寶，琅邪人。幼專心篤學，手不釋卷。爲中書監，薨。

夫太上有立德，其次有立功，此之謂不朽。左氏傳曰：穆叔如晉，范宣子逆之，問焉曰：古人有言曰死而不朽，何謂也？穆叔對曰：豹聞之，太上有立德，其次有立功，其次有立言，雖久不廢此之謂不朽也所以子産云亡宣尼泣其遺愛左氏傳曰子産卒仲尼聞之出涕曰古之遺愛也毛詩曰人之云亡隨武既没趙文懷其餘風於文簡公見之矣禮記曰趙文子與叔譽觀乎九原文子曰死者如可作也吾誰與歸叔譽曰其陽處父乎文子曰我則隨武子乎利君不忘其身謀身不遺其友鄭玄曰武子士會也食邑於隨蔡邕郭林宗碑曰先生既没魏志太祖曰孤到此州嘉其餘風也公諱淵字彦回河南陽翟人也微子以至仁開基宋段以功高命氏史記曰微子開者殷帝乙之首子紂之庶兄武王崩成王幼武庚作亂成王命誅武庚乃命微子開代殷國於宋微子以故而仁賢及代武庚故殷餘民甚欣戴之而愛焉左氏傳曰魯季武子如宋褚師段逆之杜預曰段共公子子石也褚師官也命氏已見上文爰逮兩漢儒雅繼及漢書曰褚大通五經爲博士謝承後漢書曰褚𥚃字叔齊陳留尉氏人博聞廣見聰明智達也魏晉以降弈世重暉乃祖太傅元穆公魏代

諸氏未聞晉中興書曰諸裒字季野侍中衛將軍薨贈太傅元穆侯德合當時行比州壤魏書曰陳寔德冠當時莊子曰行比一鄉深識臧否不以毀譽形言王命論曰淵然深識毛詩曰於乎小子未知臧否論語曰吾之於人誰毀誰譽如有所譽者其有所試矣毛詩序曰情動於中而形於言亮采王室每懷沖虛之道尚書曰亮采惠疇老子曰大滿若沖字林曰沖猶虛也可謂婉而成章志而晦者矣左氏傳君子曰春秋之稱微而顯志而晦婉而成章自茲厥後無替前規建官惟賢軒冕相襲尚書曰建官惟賢管子曰先王制軒冕足以著貴賤劉歆移太常博士曰聖帝明王累起相襲公稟川嶽之靈暉含珪璋而挺曜川嶽之靈已見上文禮記曰珪璋特達廣雅曰挺出也和順內凝英華外發禮記曰和順積中而英華外發神茂初學業隆弱冠弱冠已見上文是以仁經義緯敦穆於閨庭張叶白鳩頌曰經仁緯義王隱晉書

曰汜勝之穆敦九族蔡邕何休碑曰孝友盡於閨庭金聲玉振寥亮於區寓金聲玉振已見上文鄭玄禮記注曰振猶動也東京賦曰區寓乂寧孝敬淳深率由斯至毛詩序曰成孝敬表宏竹林名士傳曰山濤淳深愼嘿尚書曰率由典常盡歡朝夕人無間言禮記孔子曰啜菽飲水盡其歡斯之謂孝論語子曰孝哉閔子騫人不間於其父母昆弟之言逍遥乎文雅之囿翱翔乎禮樂之場劇秦美新曰逍遥乎文雅之囿翱翔乎禮樂之場風儀與秋月齊明音徽與春雲等潤音徽即徽音也毛詩曰太姒嗣徽音韻宇弘深喜愠莫見其際晉中興書曰衛玠終身不見其愠喜表宏竹林名士傳曰山濤莫見其際心明通亮用人言必由於己王命論曰見善如不及用人如用已汪汪焉洋洋焉可謂澄之不清撓之不濁范曄後漢書曰郭林宗少遊汝南先過表宏不宿而退往從黃憲累日方還或問林宗林宗曰奉高之器譬諸氿濫雖清而易挹叔

度汪汪若萬頃之陂澄之不清撓之不濁不可量也袁陽源才氣高奇綜覈精裁沈約宋書曰袁淑字陽源少有風氣遷尚書吏部郎臧榮緒晉書曰呂安才氣高奇又曰荀顗綜覈名實風俗澄一范曄後漢書左朱雲曰范滂精裁猶以利刃斷腐朽宋文帝端明臨朝鑒賞無昧鶡冠子曰所謂命者靡不在君也君也者端神明者也神明者以人爲本者也班固成帝賛曰臨朝淵默袁既延譽於遐邇文亦定婚於皇家國語曰使張老延君譽于四方蔡邕述行賦曰皇家赫而天居選尚餘姚公主拜駙馬都尉蕭子顯齊書曰淵少有世譽復尚公主漢結叔高晉姻武子方斯蔑如也三輔決録曰平陵竇叔高以經術稱摯虞曰叔高名玄以明經爲郡上計吏朝會數百人叔高儀狀絶衆天子異其貌以公主妻之出朝同輦鞹笑焉叔高時以自有妻不敢以聞方欲迎妻與決未發而詔叔高就第成婚王隱晉書曰王武子少知名有俊才尚武帝姊常山公主毛萇詩傳曰蔑無也釋褐著作佐郎轉太子舍人

濯纓登朝冠冕當世楚辭曰滄浪之水清可以濯我纓晉中興書庾氷疏曰臣因循家寵冠冕當世升降兩宮實惟時寶陸機謝内史表曰官成兩宮尚書曰所寶惟賢具瞻之範既著台衡之望斯集毛詩曰赫赫師尹民具爾瞻春秋漢含孳曰三公在天法三能台與能同毛詩曰實惟阿衡左右商王出參太宰軍事入爲太子洗馬俄遷祕書丞贊道槐庭司文天閣周禮曰面三槐三公位焉晉令曰祕書郎掌三閣經書三輔故事曰天祿閣在大殿北以藏祕書光昭諸侯風流籍甚韓詩外傳曰爲人君者則願以爲臣名昭諸侯天下願焉習鑿齒晉陽秋曰王夷甫樂廣俱宅心事外言風流者稱王樂焉漢書曰陸賈遊漢庭公卿間名聲籍甚以父憂去職蕭子顯齊書曰淵父湛之驃騎將軍喪過乎哀幾將毀滅周易曰喪過乎哀孝經曰毀不滅性有識留感行路傷情桓譚新論雍門周說孟嘗君曰有識之士莫不爲足下寒心酸鼻論衡曰行路之人皆能論之家語曰子游見行路

之人云魯司鐸火服闋除中書侍郎鄭玄禮記曰闋終也王言如絲其出
如綸禮記曰王言如絲其出如綸恪居官次智効惟穆左氏傳曰閔子騫曰敬恭
朝夕恪居官次莊子曰智効一官于時新安王寵冠列蕃越敷邦教毗
佐之選妙盡國華沈約宋書曰始平孝敬王子鸞字孝羽孝武帝第八子也初封新安王母
殷淑儀寵傾後宮子鸞愛冠諸子凡爲上所眄遇者莫不入子鸞府國子鸞兼司徒進號撫軍將軍尚書曰司
徒掌邦教敷五典國語季文子曰吾以德榮爲國華韋昭曰以德榮顯者可以爲國之光華也出爲司
徒右長史轉尚書吏部郎執銓以平韋昭漢書注曰銓稱錘聲類曰銓所
以稱物晉起居注曰太康四年詔曰選曹銓管人材御煩以簡裴楷清通王戎簡
要復存於茲臧榮緒晉書曰裴楷字叔則河東人也爲尚書郎吏部郎闕太祖問其人於鍾會會
曰裴楷清通王戎簡要皆其選也是以楷爲吏部郎泰始之初入爲侍中裴子野宋略曰

壽寂之前刃少帝延湘東王升御坐立爲明帝又曰明皇帝年號泰始曾不移朔遷吏部尚書是時天步初夷王途尚阻天步初夷謂弑少帝也裴子野宋略曰江州刺史晉安王子勛作亂蕭子顯齊書曰建安王休仁南討賊屯鵲尾洲遣淵詣軍選將帥以下勳階毛詩曰天步艱難蔡邕劉寬碑曰統艾三軍以清王塗荅賔戲曰王途蕪穢周失其馭元戎啓行衣冠未緝元戎啓行謂建安出征也毛詩曰元戎十乘以先啓行衣冠謂朝士也范曄後漢書霍諝奏記曰宋光衣冠子孫爾雅曰輯和也緝與輯同內贊謀謨外康流品東觀漢記世祖策曰前將軍鄧禹與朕謀謨帷幄李重集曰爲選部尚書其箴曰銓管人流品藻清濁制勝既遠涇渭斯明孫子兵法曰水因地而制行兵因敵而制勝孫綽子曰或問雅俗曰涇渭殊流雅鄭異調賞不失勞舉無失德左氏傳隨武子曰楚君舉不失德賞不失勞績簡帝心聲敷物聽崔駰武賦曰假皇天乎簡帝心尚書大傳曰文王施政而物皆聽事寧領太子右

衛率固讓不拜尋領驍騎將軍以帷幄之功膺庸祗之秩（帷幄已見上文尚書王曰惟乃文考庸庸祗祗威威顯民孔安國曰用可用敬可敬）封雩都縣開國伯食邑五百戶（漢書有豫章郡雩都縣）既秉辭梁之分又懷寢丘之志（國語曰惠王以梁予魯陽文子辭曰梁險而在遠懼子孫之有貳者縱臣而得全其首領以沒懼子孫之以梁乏臣之祀也乃與魯陽賈逵曰惠王楚昭王子梁楚北境魯陽文子楚平王之孫司馬子期之子魯陽公列子曰孫叔敖疾將死戒其子曰王亟封我矣吾不受也我死王則封汝汝必無受利地楚越之閒有寢丘者此地不利而名甚惡楚人鬼之越人機之可長有者惟此也孫叔敖死王果以美地封其子辭而不受請寢丘與之至今不失）所受田邑不盈百井（周禮曰畝百爲夫夫三爲屋屋三爲井漢書曰井方一里）乆之重爲侍中領右衛將軍盡規獻替均山甫之庸（國語召康公曰天子聽政近臣盡規又史黯謂趙簡子曰夫事君者諫過而後賞善薦可而替否獻

能而進賢毛詩曰袞職有闕惟仲山甫補之緝熙王旅兼方叔之望毛詩曰維清緝熙文王之典又曰王旅嘽嘽如飛如翰又曰方叔莅止其車三千丹陽京輔遠近攸則漢書曰右內史武帝更名京兆尹左內史更名左馮翊主爵中都尉更名右扶風是爲三輔又百官表有京輔都尉毛詩曰商邑翼翼四方之極鄭玄曰商邑之禮俗翼翼然可則效乃四方之中正也吳興襟帶實惟股肱李尤有函谷關銘曰襟帶咽喉漢書曰季布爲河東守上召布曰河東吾股肱郡故時召君耳頻作二守並加蟬冕蕭子顯齊書曰尋遷散騎常侍丹陽尹出爲吳興太守常侍如故蔡邕獨斷曰侍中中常侍加貂附蟬政以禮成民是以息左氏傳郤至之辭已見上文明皇不豫儲后幼沖沈約宋書曰太宗明皇帝諱彧又曰後廢帝昱字德融明帝長子也泰始七年立爲皇太子太宗崩太子即位尚書曰武王有疾弗豫謝承後漢書曰孝靈帝崩皇太子即位主上幼沖貽厥之寄允屬時望毛詩曰貽厥孫謀以燕翼子徵爲吏部尚書領衛尉固讓不拜改授尚書右僕射

端流平衡外寬内直賈子曰視有四則朝廷之視端流平衡韓詩外傳曰外寬内直蘧伯玉之行也引二八之高謩宣由庚而垂詠二八八元八愷也毛詩序曰由庚萬物得由其道也太宗即世遺命以公爲散騎常侍中書令護軍將軍送往事居忠貞允亮太宗明帝左傳荀息謂晉獻公曰公家之利知無不爲忠也送往事居耦俱無猜貞也秉國之均四方是維毛詩小雅文也百官象物而動軍政不戒而備左氏傳曰隨武子曰蔿敖爲太宰百官象物而動軍政不戒而備公之登太階而尹天下君子以爲美談孔融張儉碑曰惜乎不登太階以尹天下致皇代於隆熙公羊傳曰魯人至今以爲美談亦猶孟軻致欣於樂正羊職悦賞於士伯者也孟軻曰魯欲使樂正子爲政孟子喜而不寐公孫丑曰奚喜曰其爲人也好善劉熙曰樂正姓也子通稱也名克左氏傳曰晉侯賞桓子狄臣千室亦賞士伯以瓜衍之縣羊舌職悦之以爲當也丁所生母憂謝職毀疾之重因心則

至蕭子顯齊書曰淵遭庶母郭氏喪葬畢起爲中軍將軍本官如故毛詩曰因心則友朝議以有

爲爲之魯侯垂式禮記子夏問曰三年之喪卒哭金革之事無避也禮歟孔子曰吾聞諸老耼曰昔有魯伯禽有爲爲之今以三年之喪從利者吾弗知也存公忘私方進明準漢書曰翟方進字子威汝南人也爲丞相及母既終葬三十六日除服起視事以爲身備漢相不敢踰國家之制也

爰降詔書敦還攝任固請移歳表奏相望事不我與屈己引化沈約宋書曰褚淵以母憂去職詔攝本任爾雅曰勤勉也嵇康幽憤詩曰時不我與荀悦申鑒曰聖王屈己以申天下之樂尚書曰三孤貳公引化屬值三季在辰戚蕃内侮國語鄭偃曰三季王之亡也宜哉韋昭曰三季桀紂幽王也潘元茂九錫文曰稱兵内侮桂陽失圖窺窬神器沈約宋書曰桂陽王休範文帝子也封爲桂陽王後爲江州刺史及太宗晏駕王幼時屯遂舉兵反休範巳至新林朝廷震動平南將軍齊王出次新亭中軍將軍褚淵入衛殿省休範自於新林步上越騎

校尉張苟兒直前斬休範首持還休範自新林分遣同黨杜墨蠡等直入朱雀門休範雖死不相知聞墨蠡至杜姥宅宮省恟擾於是城內分遣諸軍東西奮擊諸賊一時奔散斬墨蠡等劉琨勸進表曰狡寇窺窬左氏傳師服曰民服其上下無覬覦杜預曰下不冀望上位也窬與覦同鼓棹則滄波振蕩建旗則日月蔽虧湛方生詩曰鼓棹行遊矚吳都賦曰振蕩汪流曹子建責躬詩曰建旗東岳子虛賦曰岑崟參差日月蔽虧出江派而風翔入京師而雷動典引曰仁風翔于海表曹植任城王誄曰矯矯元戎雷動雲徂楚辭曰雷動電發鳴控弦於宗稷流鋒鏃於象魏班固漢書李廣述曰控弦貫石威動北鄰宗宗社也蔡邕獨斷曰天子立宗社曰泰社稷宗社之稷周禮曰太宰縣治象之法于象魏五等論曰鋒鏑流乎絳闕雖英宰臨戎元渠時殄英宰謂齊王也元渠謂休範也晉中興書穆帝詔曰實賴英宰淵謀尚書曰殲厥渠魁而餘黨寔繁宮廟憂逼餘黨謂杜墨蠡也公乃揔熊羆之士不貳心

之臣尚書曰先君文武則亦有熊羆之士不貳心之臣戮力盡規克寧禍亂國語曰戮力一心賈逵曰戮力并力也盡規已見上文康國祚於綴旒拯王維於已墜公羊傳曰君若贅旒然贅猶綴也何休曰旒旗旒也誠由太祖之威風抑亦仁公之翼佐太祖齊王也可謂德刑詳禮義信戰之器也左氏傳曰楚子救鄭軍過申子反入見申叔時曰師其何如對曰德刑詳禮義信戰之器也杜預曰器猶用也以靜難之功進爵爲侯兼授尚書令中軍將軍給班劍二十人功成弗有固秉撝挹老子曰功成而弗居周易曰無不利撝謙韓詩外傳曰孔子曰持滿之道挹而損之晉起居注安帝詔曰灑落成勳固秉謙挹改授侍中中書監護軍如故又以居母艱去官蕭子顯齊書曰淵後嫡母吳郡公主薨毀瘠如初雖事緣義感而情均天屬莊子曰桑雩謂孔子曰子獨不聞假人之亡與林回弃千金之璧負

赤子而趣何與林回曰彼以利合此以天屬者也司馬彪曰假國名也屬連也顏丁之合禮二
連之善喪亦曷以踰禮記曰顏丁善居喪始死皇皇焉如有求而弗得及殯望望焉如有
從而弗及鄭玄曰顏丁魯人也居喪合禮禮記孔子曰少連大連善居喪三日不怠三月不解天厭宋
德水運告謝左氏傳鄭伯曰天而既厭周德矣水運宋也射雉賦曰青陽告謝王逸楚辭注曰謝
去也嗣王荒怠於天位沈約宋書曰後廢帝明帝長子諱昱即位淫亂尚書曰商王受荒怠
弗敬又伊尹曰天位艱哉彊臣憑陵於荊楚沈約宋書曰荊州刺史沈攸之便有異志左氏
傳鄭王子伯駢曰今楚憑陵我城郭廢昏繼統之功龕亂寧民之德廢昏謂廢
帝爲蒼梧王也繼統謂立順帝也蕭子顯齊書曰蒼梧暴虐稍甚及廢群公集議袁粲劉秉既不受淵曰非蕭
公無以了此手取筆授太祖太祖曰相與不肯我安得辭事乃定順帝立檄太常曰繼統揚業墨子曰夏桀時
天乃命湯於鑣宮有神來告曰夏德大亂往攻之予必使汝大戡之崔寔正論曰及其出也足以濟世寧民也

公實仰賛宏規參聞神筭（潘岳賈充誄曰使夫疑廟定於神筭）雖無受脤出車之庸亦有甘寢秉羽之績（左氏傳劉子曰國之大事在祀與戎祀有執膰戎有受脤毛詩曰我出我車于彼牧矣莊子仲尼謂楚王曰孫叔敖甘寢秉羽而郢人投兵愼子注曰甘寢安寢也）乃作司空山川攸序（禮記曰司空執度度地居民山川沮澤也）兼授衛軍戎政輯睦（牽秀皇甫陶碑曰帝命旣允戎政以闕左氏傳隨武子曰楚卒乘輯睦事不奸矣）旣而齊德龍興順皇高禪（沈約宋書曰順帝諱準字仲謨明帝第三子廢帝殞奉迎入居朝堂即位後四年禪位于齊帝遜位于東邸孔安國尚書序曰漢室龍與）深達先天之運匡賛奉時之業（周易曰大人者與天地合其德先天而天弗違後天而奉天時）弼諧允正徽猷引遠（尚書曰允迪厥德謨明弼諧毛詩曰君子徽猷小人與屬）樹之風聲著之話言（左氏傳君子曰古之王者並建聖哲樹之風聲著之話言）亦猶稷契之臣虞

夏荀裴之奉魏晉魏志曰太祖封荀攸亭侯轉爲中軍師魏國初建爲尚書令臧榮緒晉書曰裴秀字季彦河東人也常道鄉公立與議定策遷尚書僕射及世祖受禪進左光禄大夫自非坦懷至公永鑒崇替國語藍尹亹謂子西曰吾聞君子唯獨居思念前世之崇替於是乎有歎韋昭曰崇終也替廢也孰能光輔五君寅亮二代者哉左氏傳曰楚屈建語康王晉范會之德康王曰神人無怨宜夫子之光輔五君以爲諸侯主也五君宋文明順齊髙武然此武猶未立蓋終言之寅亮已見班孟堅封燕然山銘大啓南康爰登中鉉時膺土宇固辭邦教蕭子顯齊書曰建元元年進位司徒侍中中書監如故改封南康郡公邑三千戶淵固讓司徒毛詩曰大啓爾宇毛萇曰宇居也東京賦曰廣啓土宇周易曰鼎金鉉鄭玄曰金鉉喻明道能舉君之官職也鄭玄尚書注曰鼎鼒三公象也今之尚書令古之冢宰蕭子顯齊書曰淵尋加尚書令本官如故周禮曰乃立天官冢宰而掌邦治鄭玄曰爾雅曰冢大也冢宰大宰雖秩輕於衮

司而任隆於百辟袞司三公也毛詩曰百辟其刑之暫遂沖旨改授朝端晉起居注曰帝詔曰若不少順沖旨降損盛制晉中興書謝石上疏曰尸素朝端忽焉五載邇無異言遠無異望劉琨勸進表曰是以邇無異言遠無異望帝嘉茂庸重申前冊執五禮以正民簡八刑而罕用蕭子顯齊書曰二年重申前命爲司徒周禮曰掌邦禮以佐王和邦國鄭玄曰禮謂典禮五吉凶軍賓嘉也孔安國尚書傳曰簡略也周禮大司徒職曰以八刑糾萬民一曰不孝之刑二曰不義之刑三曰不婣之刑四曰不悌之刑五曰不任之刑六曰不恤之刑七曰造言之刑八曰亂民之刑婣音因故能騁績康衢延慈哲后登樓賦曰假高衢而騁力鄧耽郊祀賦曰伊皇母以延慈義在資敬情同布衣孝經曰資於事父以事君而敬同晉中興書庾亮上疏曰先帝謬顧情同布衣出陪鑾蹕入奉帷殿仰南風之高詠餐東野之祕寶家語曰舜彈五絃之琴造南風之詩王隱晉書庾峻曰知足如疏廣雖去列位而居東野東野未詳又曰雒書零准聽曰顧命云天球河圖在東序天球

寳器也河圖本紀圖帝王終始存亡之期典引曰御東序之祕寳然野當爲杼古序字也以是圖緯故曰饔饗美也雅議於聽政之晨披文於宴私之夕禮記曰君日出視朝退適路寢聽政王廙思逸民賦曰左披文以講話講六藝之宏數毛詩曰諸父兄弟備言燕私參以酒德閒以琴心晉書劉伶有酒德頌列仙傳曰涓子作琴心三篇曖有餘暉遥然留想曖溫貌莊子曰曖然似春遥然流想所慮者深也君垂冬日之溫臣盡秋霜之戒言君垂恩有如冬日而臣戒懼常若秋霜鄧析子曰爲君者若冬日之陽夏日之陰荀悅申鑒曰主怒如秋霜肅肅焉穆穆焉爾雅曰穆穆肅肅敬也於是見君親之同致知在三之如一國語武公伐翼殺哀侯止欒共子曰苟無死吾以見之令子爲上卿辭曰成聞之人生於三事之如一父生之師教之君食之非食不長非教不智生之族也故一事之惟其所在則致死矣太祖升遐綢繆遺寄蕭子顯齊書曰太祖崩遺詔以淵録尚書事禮記曰天子崩告喪曰天王登遐西征賦曰武皇忽其升遐以侍中司徒録尚書事

㝛玉几之顧奉綴衣之禮尚書顧命曰皇后憑玉几道揚末命又曰出綴衣于庭越翼日王崩擇皇齊之令典致聲化於雍熙左氏傳隨武子曰蔿敖爲太宰擇楚國之令典東京賦曰上下共其雍熙內平外成實昭舊職左氏傳太史克曰舜舉八元布五教於四方內平外成又展禽曰桓公糾合諸侯實昭舊職增給班劍三十人晉公卿禮秩曰諸公給虎賁三十人持劍焉物有其容徽章斯允左氏傳膳夫屠蒯曰事有其物物有其容禮記曰殊徽號鄭玄曰徽旌旗之名也又曰以爲旗章以別貴賤鄭玄曰章幟也位尊而禮卑居高而思降自夏徂秋以疾陳退朝廷重違謙光之旨用申超世之尚周易曰謙尊而光卑而不可踰晉起居注安帝詔曰今權順所請以申超世之美攺授司空領驃騎大將軍侍中錄尚書如故蕭子顯齊書曰淵寢疾上相星連有變淵憂之表遜位乃攺受司空領驃騎將軍侍中錄尚書如故景命

不永大漸彌留蔡邕楊公誄曰功成化洽景命有傾尚書曰降年有永有不永又曰疾大漸惟幾病日臻既彌留建元四年八月二十一日薨于私第春秋四十有八昔柳莊疾棘衛君當祭而輟禮禮記曰衛有太史曰柳莊寢疾公曰若疾革雖當祭必告也公再拜稽首請於尸曰臣有柳莊也非寡人之臣社稷之臣聞之死請往不釋服而往遂以襚之晏嬰既往齊君趍車而行哭晏子曰齊景公遊於菑晏子死公繁駟而馳自以爲遲下車而趍知不如車之駛則又乘之比至國四下而趍至則伏尸而哭曰百姓誰復告我惡邪韓詩外傳曰趍車馳馬也公之云亡聖朝震悼於上群后恇臣動於下鄭玄禮記注曰恇恐也豈唯哀纏一國痛深一主而巳哉言萬國同戚豈如柳莊晏嬰事止一國一主而巳哉李蕭遠運命論曰區區於一主歎息於一朝追贈太宰侍中録尚書如故給節羽葆鼓吹班劒爲六十人謚

曰文簡禮也夫秉德而處萬物不能害其貞莊子曰夫乘道德而浮遊則不然無譽無訾浮遊乎萬物之祖物物而不物於物則胡可得而累邪虛己以遊當世不能攖其度莊子曰方舟而濟於河有虛船來觸舟雖有褊心之人不能怒人虛己以遊於世其孰能害之均貴賤於條風忘榮辱於彼我淮南子曰夫貴賤之於身也猶條風之時麗也毀譽之於己猶蚊虻之一過也莊子肩吾問於孫叔敖曰子三爲令尹而不榮華三去之而無憂色何也孫叔敖曰不知其在彼乎其在我乎其在彼邪亡乎我其在我邪亡乎彼何暇至乎人貴人賤哉然後可兼善天下聊以卒歲孟子曰古之人窮則獨善其身達則兼善天下者也家語孔子歌曰優哉游哉聊以卒歲經始圖終式免祗悔潘岳家風詩曰經始復圖終葺宇營丘園周易曰無祇悔誰云克備公實有焉是以義結君子惠霑庶類國語曰夏禹能平水土以品處庶類者也言象所未形述詠所不盡謝慶

緒荅郗敬書曰至理深兮非言象所喻也故吏某甲等感逝川之無捨哀清暉之眇默論語子在川上曰逝者如斯夫不捨晝夜傳咸贈何劭王濟詩曰二離揚清暉眇默遠貌也楚辭曰路眇眇兮默默餐輿誦於丘里瞻雅詠於京國左氏傳曰子產爲政輿人誦之曰子產若死其誰嗣之思衛鼎之垂文想晉鍾之遺則禮記衛孔悝鼎銘曰公曰叔舅予與汝銘若纂乃考服國語晉悼公曰昔克路之役秦來圖敗晉功魏顆以其身卻退秦師于輔氏親止杜回其勳銘于景鍾韋昭曰景鍾景公鍾也方高山而仰止刋兮石以表德其辭曰毛詩曰高山仰止禰衡顏子碑曰乃刋兮石而旌之

辰精感運昴靈發祥爾雅曰大辰房心尾也王逸楚辭注曰辰星房星也春秋元命苞曰殷紂之時五星聚房者蒼神之精同據而興齊水德故曰辰精春秋佐助期曰漢將蕭何昴星精生於豐通於制度發祥巳見上文元首惟明股肱惟良言君感辰精而王故曰惟明臣感昴宿以生故

良也尚書大傳曰元首明哉股肱良哉元首君也股肱臣也天鑒璿曜踵武前王言君能鑒照琁璣七曜之道踵武前王而受禪也毛詩曰天鑒在下有命既集尚書曰在璿璣玉衡以齊七政琁與璿同七政七曜楚辭曰及前王之踵武欽若元輔躬微知章言臣能敬順元輔大臣之義體微知章而匡贊之也尚書曰欽若昊天班固涿邪山文曰眺眺將軍大漢元輔周易曰君子知微知章永言必孝因心則友毛詩曰永言孝思孝思惟則因心則友已見上文仁洽兼濟愛深善誘莊子仲尼謂老聃曰兼愛無私此仁之情也善誘已見上文觀海齊量登嶽均厚班彪覽海賦曰觀滄海於茫茫海賦曰爾其大量也莊子曰淵淵其若海也郭象曰容悠無量也法言曰登東嶽而知衆山之邐迤莊子老聃曰至人若地之自厚家語齊大夫子與適魯見孔子曰乃今而後知泰山之爲高海淵之爲大五臣茲六八元斯九呂氏春秋曰武王之佐五人高誘曰周公旦召公奭太公望畢公高蘇公忿生也潘岳魯武公誄曰昂昂公侯實天誕育八元斯九五臣茲六内

謨帷幄外曜台階帷幄已見上文黄帝泰階六符經曰泰階者天之三階也上階爲天子中
階爲諸侯公卿大夫下階爲元士庶人漢書音義三階三台也范曄後漢書郎顗曰三公上應三台遠無
不肅邇無不懷國語祭公謀父曰近無不聽遠無不服阮嗣宗勸晉王牋曰遠無不服邇無不
肅如風之偃如樂之諧論語曰草上之風必偃左氏傳曰晉侯以樂之半賜魏絳曰子
教寡人和諸戎狄以正諸華八年之中九合諸侯如樂之和無所不諧請與子樂之光我帝典緝
彼民黎劇秦美新曰帝典闕而不補率禮蹈謙諒實身幹南都賦曰率禮無違
周易曰履道坦坦幽人貞吉王弼曰履道尚謙而二以陽處陰履於謙也左氏傳曰晉侯使郤錡來乞師將事
不敬孟獻子曰郤氏其亡乎禮身之幹也敬身之基也跡屈朱軒志隆衡館尚書大傳
曰未命爲士不得乗朱軒衡館衡門之館也眇眇玄宗萋萋辭翰義既川
流文亦霧散蔡邕何休碑曰辭述川流文章雲浮孝經鉤命決曰雲委霧散嵩構雲頽

梁陰載鈌並見上文德猷靡嗣儀形長遞音逝德猷令德徽猷也儀形容儀形體也鄭玄春秋緯注曰遞去也怊悵餘徽鏘洋遺烈楚辭曰心怊悵以永思久而彌新用而不竭典引曰扇遺風播芳烈久而愈新用而不竭

文選卷第五十八

賜進士出身通奉大夫江南蘇松常鎮太倉等處承宣布政使司布政使胡克家重校刊

文選卷第五十九

梁昭明太子撰

文林郎守太子右內率府録事參軍事崇賢館直學士臣李善注上

碑文下

墓誌

碑文下

頭陁寺碑文一首

天竺言頭陁此言斗藪斗藪煩惱故曰頭陁

王簡棲姓氏英賢録曰王巾字簡棲琅邪臨沂人也有學業爲頭陁寺碑文詞巧麗爲世所重起家郢州從事征南記室天監四年卒碑在鄂州題云齊國録事叅軍琅邪王巾製

蓋聞挹朝夕之池者無以測其淺深家語曰孔子觀於魯桓公之廟有欹器焉使弟子挹之水毛萇詩傳曰挹㪺也漢書枚乘上書吴王曰游曲臺臨上路不如挹朝夕之池桓子新論子貢謂齊景公曰臣之事仲尼譬如渴而操杯就江海飲飲滿而去又焉知江海之深乎挹於入切㪺勾愚切仰蒼蒼之色者不足知其遠近莊子曰天之蒼蒼其正色耶其遠而無所至極邪韓詩外傳子貢謂景公曰臣終身戴天不能知其高況視聽之外若存若亡心行之表不生不滅者哉僧肇涅盤論曰視聽之所不暨四空之所昏昧管子曰聖人之道若存若亡援而用之沒代不忘竺道生曰心行心所行之行也維摩經曰畢竟不生不滅是無常義也是以

掩室摩竭用啓息言之津華嚴經曰佛在摩竭提國寂滅道場始成正覺法華經曰寂滅無言也僧肇論曰釋迦掩室於摩竭鄭玄論語注曰津濟渡水之處杜口毗邪以通得意之路至理幽微非言説之所及掩室摩竭示寂滅以息言杜口毗邪現默然而得意維摩經曰佛在毗邪離菴羅樹園佛告文殊師利汝行詣維摩詰問疾文殊師利問維摩詰何等是菩薩入不二法門時維摩詰嘿然無言文殊師利歎曰善哉善哉乃至無有文字語言是真入不二法門僧肇論曰淨名杜口於毗邪莊子曰言者所以在意也得意而忘言也然語彛倫者必求宗於九疇談陰陽者亦研幾於六位真諦無言俗諦借言以明理故此明言之用也尚書武王訪于箕子曰我不知彛倫攸叙周易曰夫易所以極深研幾也又曰分陰分陽迭用柔剛故易六位而成章王弼曰六位爻之文也是故三才既辨識妙物之功萬象已陳悟太極之致此顯言之功也周易曰易有天道焉有人道焉有地道焉兼三才而兩之故六又曰神者妙萬物而爲言

者也孝經鉤命決曰地以舒形萬象咸載聲類曰悟心曰解周易曰易有太極是生兩儀言之不可以巳其在茲乎言所以識物悟太極者皆藉言明之不可止者其在此乎左氏傳叔向謂鬷蔑曰子若無言吾幾失子矣言之不可以巳也如是然爻繫所筌窮於此域爻六爻也繫繫辭也因爻以立辭亦因辭以明理也故爻繫之所明窮生死於此域也莊子曰筌所以得魚得魚而忘筌筌捕魚之筍莊子以之喻言大智度論曰二乘以生死爲此岸則稱去聲謂所絕形乎彼岸矣至如涅盤妙旨非言說之所能明故稱謂所絕現於涅盤之彼岸矣僧肇論曰玄極無名稱謂絕焉鄭玄禮記注曰稱猶言也王逸楚辭注曰謂說也涅盤經曰心無退轉即便前進既前進巳得到彼岸登大高山離諸恐怖多受安樂彼岸山者喻於如來受安樂者喻於常住大高山者喻大涅盤也大智度論曰亦以涅盤爲彼岸也彼岸者引之於有則高謝四流推之於無則俯引六度彼岸絕乎稱謂者若引之而入有則去四流而現無若推之而入無則引六度以明有僧釋肇

維摩經注曰不可得而有不可得而無者其唯大乘乎何則欲言其有無相無名欲言其無方德斯行故雖無而有無相無名故雖有而無然則言有不乖無言無不乖有也魏都賦曰高謝萬邦大智度論曰欲流有流無明流有見流三國名臣頌曰俯引時務瑞應經曰行六度無極布施持戒忍辱精進一心智慧諸經以一心爲禪也

名言不得其性相隨迎不見其終始

法離有無豈名言之所得法無形象豈隨迎之可見維摩經維摩詰曰法無名字言語斷故法無形相如虛空故法同法性入諸法故法相如是豈可說乎竺道生曰法性者法之本分也法相者事之貌也老子曰隨之不見其後迎之不見其首

不可以學地知不可以意生及其涅盤之蘊也

妙法蓮華經曰昔住學地佛常教化言我法能離生老病死究竟涅盤勝鬘經曰音生身無漏業生依無明住學地謂三果意生謂菩薩言能變化生死隨意往生法華經曰諸佛弟子衆皆如舍利佛盡思共度量不能測佛智不退諸菩薩亦復如是不能知周易曰乾坤其易之蘊邪韓康伯注曰蘊淵奧也

夫幽谷無私有至斯

響洪鍾虛受無來不應周易曰入于幽谷幽不明也尚書大傳孔子曰夫山生材用而無私爲焉四方皆伐無私與焉論衡曰呼於坑谷之中響立應禮記曰善待問者如撞鍾叩之以小者則小鳴叩之以大者則大鳴劉熙釋名曰鍾空也內空受氣多故聲大也文子曰虛無不受靜無不持韋秀相風賦曰故無來而不應兮何適莫之足嬰況法身圓對規矩冥立圓對謂有感斯對而無不周也勝鬘經曰涅盤界者即是如來法身僧肇論曰法身無像應物以形千難殊對而不于其慮禮記曰古之君子周旋中規折旋中矩僧肇維摩經序曰冥權無謀而動與事會一音稱物宮商潛運維摩經曰佛以一音演說法衆生隨類各得解脫周易曰稱物平施漢書曰聲者宮商角祉羽也是以如來利見迦維託生王室如來佛號謝靈運金剛般若經注曰諸法性空理無乖異謂之爲如會如解故名如來竺道生維摩經注曰如者謂如與如冥無復有如之理從此中來故曰如來瑞應經曰菩薩下當世作佛託生天竺迦維羅衛國父王名曰靜夫人曰妙迦維羅衛者天地之中央周易曰利見

大人左氏傳曰會于洮謀王室也憑五衍之軾拯溺逝川僧肇論曰駟六通之神驥乘五衍之安車五衍五乘天竺言衍此言乘五乘乘一人二天三聲聞四辟支佛五菩薩今碑本以爲憑四衢之軾蓋梁代諱衍故改焉左氏傳曰楚子玉使鬬勃謂晉侯曰請與君之士戲君憑軾而觀之說文曰出溺爲拯論語曰子在川上曰逝者如斯開八正之門大庇交喪維摩經曰雖行八正道而樂行無量佛道是菩薩行僧肇論曰啓八正之平路坦衆聖之夷塗大品經說八正曰正見正思惟正語正業正命正精進正念正定爾雅曰庇廕也莊子曰世喪道矣道喪世矣世與道交相喪也於是玄關幽揵感而遂通玄關幽揵喻法藏也謝靈運金剛般若經注曰玄關難啓善揵易開戴逵棲林賦曰幽關忽其離揵玄風暖以雲頹宇林曰揵門距周易曰寂然不動感而遂通天下之故非天下之至神孰能與於此遥源濬波酌而不竭遥源濬波喻法海也文子曰取焉而不損酌焉而不竭莫知其所由也行不捨之檀而施去聲洽羣有夫心愛衆生而行捨者捨則增愛非爲實

捨故大士之捨見不施之捨者及於衆生斯爲不捨以茲而施故羣有俱洽大品經曰不施不慳是名檀波羅蜜僧肇論曰賢刼稱無捨之檀成具美不爲之爲也天竺言檀此言布施波羅蜜此言到彼岸也羣有謂有色無色有想無想以其不一故曰羣有僧肇維摩經注曰鏡羣有以通玄而物我俱一

唱無縁之慈而澤周萬物

夫行慈者以衆生爲縁衆生爲縁則慈無所寄故大士之慈離於衆相離相行慈名爲無無縁無無縁生慈是爲真實以斯而唱則物無不周涅盤經曰得諸菩薩無縁之慈僧肇論曰禪典唱無縁之慈思益演不知之知泥洹經曰無無縁者不住法相反衆生相釋道安曰解從縁散周易曰智周萬物而道濟天下

演勿照之明而鑒窮沙界

夫以明照物明盡則照窮而勿照之明猶無得之得無得而得斯爲真得故勿照之明斯爲真明矣演真明而廣照何止鑒窮沙界乎僧肇論曰至人虛心眞照理無不統而靈鑒有餘金剛般若經曰諸恒河所有沙數佛世界如是寧爲多不

導亡機之權而功濟塵刼

機謂機心也權方便也夫以機心導物物所以機心應之物有機心則結累斯起故誘以

無機之智何止功濟塵劫乎僧肇論曰至人灰心滅智內無機照之勤辨亡論曰魏氏功濟諸華法華經曰如人以力磨三千大千土復盡末爲塵一塵爲一劫此諸微塵數其劫復過是時義遠矣能事畢矣周易曰天下隨時隨時之義大矣哉又曰四營而成易十有八變而成卦天下之能事畢矣然後拂衣雙樹脫屣金沙左氏傳曰叔向拂衣從之涅盤經曰佛在拘尸那國力士生地阿利羅拔提河邊娑羅雙樹間爾時世尊臨涅盤史記武帝曰嗟乎吾誠得如黃帝吾視去妻子如脫屣耳拔河一名金沙河也惟怳惟惚不皦不昧莫繫於去來復歸於無物老子曰道之爲物惟怳惟惚王弼曰怳惚無形不繫之貌也又曰一者其上不皦其下不昧繩繩不可言復歸於無物鍾會曰光而不耀濁而不昧繩繩兮其無繫汜汜乎其無薄也微妙難名終歸於無物維摩經曰法無去來常不住故僧肇曰法若住則從未到現在從現在未過去遥三世則有去來也以法不常住故也因斯而談則棲遑大千無爲之寂不撓焚燎堅林不盡

之靈無歇大矣哉荅賓戲曰聖哲治之棲遑大千者謂一三千界下至阿毗地獄上非想天爲一世界千三界爲小千世界千小世界爲中千世界至千中千世界爲大千世界維摩經曰夫出家者爲無爲法瑞應經曰吾虛心樂靜無爲無欲僧肇維摩經注曰寂謂寂滅常靜之道廣雅曰撓亂也涅盤經曰佛以于疊纏裹其身積衆香木以火焚之僧祇律曰如大涅盤經說世尊向熈連禪河力士生地堅固林雙樹間般涅盤於天冠塔邊闍維僧肇維摩經注曰無實相無法常住故盡法華經曰方便見涅盤而實不滅度常住此說法也

正法既沒象教陵夷曇無羅讖曰釋迦佛正法住世五百年像法一千年末法一万年論語曰文王既沒陵夷已見上文穿鑿異端者以違方爲得一孔安國論語注曰妄作穿鑿以成文章不知所以裁製論語子曰攻乎異端斯害也已謝宣遠贈靈運詩曰違方往有忝杜預左氏傳注曰方法也云得一者鍾會曰一亦道也順非辯僞者比微言於目論禮記曰言僞而辯順非而澤維摩經曰於衆言中微妙第一僧肇論曰采微言於聽表史記曰齊威王使

說越王齊使曰幸也越之不亡也吾不貴其用知之如目見毫毛而不自見其睫也今王知晉失計而不自知越
之過是目論也**於是馬鳴幽讃龍樹虛求**摩訶摩耶經曰正法衰微六百歲已九十
六種諸外道等邪見競興破滅佛法有一比丘名曰馬鳴善說法要降伏一切諸外道輩七百歲已有一比丘
名曰龍樹善說法要滅邪見幢燃正法炬周易曰幽贊於神明而生蓍王弼曰幽深贊明也**並振頽**
綱俱維絶紐陸機大將軍宴會詩曰頽綱既振謝莊爲沈慶之荅劉義宣書曰皇綱絶而復紐區
夏隧而更維說文曰紐系也**蔭法雲於眞際則火宅晨涼**華嚴經曰不壞法雲
徧覆一切劉蚪法華經注曰雲譬應身則殊形並現順機不偏此則彌布徧覆之義也維摩經曰同眞際等法
性不可量僧肇曰眞際實際也法華經曰三界無安猶如火宅衆苦所燒我皆拔濟之**曜慧日於康**
衢則重昏夜曉劉蚪曰菩薩圓淨照均明兩故曰慧日又曰諸子安穩得出皆於四衢露坐爾
雅曰四達謂之衢五達謂之康頭陀經心王菩薩曰我見覆蔽飲雜毒酒重昏長寢云何得悟慈心示語使得

開解故能使三十七品有樽俎之師言義徒精銳有樽俎之深謀維摩經
曰於諸見不動而修行三十七品是爲宴坐僧肇曰諸
見六十二諸見妄也笁道生曰正觀則三十七品也羅
什曰三十七品二乘通大品經說三十七道品曰四念
處四勤正四如意足五根五力七覺分八正道分樽俎
之師已見上文九十六種無藩籬之固邪黨分崩無藩籬以自固羅什維摩經注曰摩
訶秦言無大亦言勝大能勝九十六
種論議辯士論曰城池無藩籬之固既而方廣東被教
肆南移華嚴經題云大方廣佛華嚴經孔安國尚書傳曰被及也周易曰君子以教思無窮周魯
二莊親昭夜景之鑒漢晉兩明並勒丹青之飾顧微吳縣記曰
佛法詳其始而典籍亦無聞焉魯莊七年夜明佛生之
日也左氏傳曰莊公七年四月辛卯夜恒星不見夜明
也史記曰周桓王崩子莊王陀立十五年莊王崩左氏傳
莊公三年葬桓王然則周莊王魯莊公爲同時也瑞應
經曰到四月八日夜明星出時佛從右脅墮地即行七
步牟子曰漢明帝夢見神人身有日光飛在殿前以問

羣臣傳毅對曰天竺有佛將其神也後得其形像何法盛晉書曰彭城王紘以肅祖明皇帝好佛手書形像經歷冦難而此堂猶在宜成作頌蔡謨云今發王命稱先帝好佛於義有疑張綱集曰盡功金石圖形丹青然

後遺文間出列刹相望遺文謂經也史記曰天下遺文靡不畢集太史公曰漢興詩書往往間出孔安國尚書傳曰三山言相望也澄什結轍於山西林遠肩隨乎

江左矣高僧傳曰天竺佛圖澄西域人本姓帛少出家西域咸得道以晉懷帝永嘉四年來適洛陽以麻油雜茵支塗掌千里外事皆徹見掌中如對面焉後澄死之月人見在流沙又曰鳩摩羅什天竺人七歲出家什既道流西域名被東川符堅遣呂光西伐破龜茲乃將什至涼州姚萇已殺符堅光遂王彼至萇子興破涼州始將什至長安後卒長安漢書文帝詔曰使者冠蓋相望結轍於道班固漢書贊曰秦漢以來山東出相山西出將高僧傳曰支遁字道林本姓關陳留人初至京師王濛甚重之年二十五出家師釋道安符丕後還吴入剡王羲之遂與披襟解帯留連不能已又曰釋惠遠本姓賈氏鴈門人遊許洛出家師釋道安符丕後還

吳入襄陽南達荊州欲往羅浮屆尋陽見廬峯遂居焉三十餘年影不出山迹不入俗晉義熙十二年終禮記曰十年以長則兄事之五年以長則肩隨之晉中興書元帝詔曰朕應天符創基江左春秋命歷序曰東方爲左西方爲右頭陀寺者沙門釋慧宗之所立也瑞應經曰太子出北城門天帝復化作沙門太子曰何謂沙門對曰沙門之爲道舍妻子捐棄愛欲也釋僧肇維摩經注曰沙門秦言義訓勤行趍涅盤也南則大川浩汗雲霞之所沃蕩周易曰利涉大川海賦曰膠濭浩汗又曰灌泲濩渭蕩雲沃日北則層峯削成日月之所迴薄山海經曰泰華之山削成而四方蜀都賦曰陽烏迴翼於高標楊雄反離騷曰恐日薄於西山西眺城邑百雉紆餘左氏傳祭仲曰都城過百雉國之害也鍾會懷土賦曰望東城之紆餘東望平皐千里超忽楚辭曰出不入兮往不反平原忽兮路超遠信楚都之勝地也宗法師行絜珪璧擁錫來遊毛詩曰有斐君子如珪如璧東觀漢記馮衍說鮑永曰

行珪璧其行束脩其心錫錫杖也大智論曰菩薩常用錫杖經傳佛像莊子曰神農擁杖而起**以爲宅**

生者緣業空則緣廢言身從緣生緣亦斯廢也維摩經曰如影從身業緣生見僧肇曰身衆緣所成緣合則起緣散則離金光明經曰所謂無明緣行行緣識識緣名名緣色色緣六入六入緣觸觸緣受受緣愛愛緣取取緣有有緣生生緣老死憂悲苦惱滅聚釋僧肇維摩經注曰諸法之生本乎三業旣無三業誰作諸法

存軀者惑理勝則惑亡惑煩惱也言萬法雖廣解惑則起相受生解者身心寂滅涅槃經曰要因煩惱而得有身笁道生維摩經注曰戀生者愛身情也苟曰無常豈可愛戀若能悟不惑而惑自亡矣惑者無復存身也

遂欲捨百齡於中身殉肌膚於猛鷙禮記曰古者謂年爲齡齒亦齡也范曄後漢田邑報馮衍書曰百齡之期未有能至尚書曰文王受命唯中身列子曰藐姑射之山有神人居焉肌膚若氷雪漢書臣瓚注曰亡身從物曰殉李尤七難曰猛鷙陸嬉龍鼉水處

班荆蔭松者久之左氏傳曰伍舉奔晉聲子將如晉遇之於鄭郊班荆相與食楚辭曰

山中人兮芳杜若飲石泉兮蔭松栢宋大明五年始立方丈茅茨以庇經像沈約宋書孝武皇帝即位改元曰大明淮南子曰聖人處環堵之室茨之以生茅高誘曰堵長一丈高一丈面環一堵爲方丈故曰環堵言其小也說文曰茨蓋也爾雅曰庇廕也後軍長史江夏內史會稽孔府君諱覬沈約宋書曰孔覬字思遠會稽人也初舉揚州秀才補主簿後除冠軍長史江夏內史隨府轉後軍長史覬音冀爲之薙草開林置經行之室周禮曰薙氏下士二人鄭玄曰薙翦草也法華經曰經行林中勤求佛道安西將軍郢州刺史江安伯濟陽蔡使君諱興宗沈約宋書曰蔡興宗濟陽人也爲使持節都督郢州諸軍事安西將軍郢州刺史復爲崇基表刹立禪誦之堂焉維摩經曰佛言諸佛滅後以全身舍利起七寶塔表刹莊嚴而供養也以法師景行大迦葉故以頭陀爲稱首毛詩曰高山仰止景行行止彌勒成佛經曰彌勒佛讚言大迦葉比丘是釋迦牟尼佛大弟子釋迦牟尼佛於大衆

中常所讚歎頭陀第一通達禪定解脱三昧封禪書曰前聖所以永保鴻名而常爲稱首者用此者也後有僧勤法師貞節苦志求仁養志楚辭曰原生受命于貞節曹植擬九詠曰徒勤躬兮苦心論語子曰求仁而得仁莊子曰養志者忘形也纂脩堂宇未就而沒國語祭公謀父曰時序其德纂脩其緒高軌難追藏舟易遠魏太祖祭橋玄文曰懿德高軌汎愛博容莊子曰夫藏舟於壑藏山於澤謂之固矣然而夜半有力者負之而趨昧者不知郭象曰方言死生變化之不可逃僧徒閴其無人榱椽毀而莫構周易曰闚其户閴其無人高誘淮南子注曰椽榱也榱棟也可爲長太息矣漢書賈誼曰可長太息者此也惟齊繼五帝洪名紐三王絶業蕭子顯齊書曰高帝太祖諱道成字紹伯蕭何二十四世孫受宋禪史記曰惟漢繼五帝末流接三代絶業封禪書曰前聖所以永保鴻名祖武宗文之德昭升嚴配禮記曰周人祖文王而宗武王尚書曰丕顯文武昭升于上孝經曰嚴父莫大於配天

格天光表之功引啓興服尚書曰成湯時則有若伊尹格于皇天又曰光
被四表格于上下毛詩曰建爾元子俾侯于魯大啓爾宇爲周室輔東觀漢記博士議曰除殘去賊興復
祖宗是以惟新舊物康濟多難毛詩曰周雖舊邦其命惟新左氏傳伍員
曰不失舊物尚書曰康濟小民禮記晉太子申生使人辭於狐突曰君老矣國家多難步中雅頌
騶合韶護禮記曰步中武象騶中韶護所以養耳鄭玄曰韶舜樂護湯樂也炎區九譯
沙場一候十洲記曰炎洲南海中萬二千里韓詩外傳曰成王之時越裳氏重九譯而獻白雉於周
公尚書曰西被于流沙解嘲曰東南一尉西北一候粤在於建武焉蕭子顯齊書曰明皇帝即
位改爲建武乃詔西中郎將郢州刺史江夏王觀政藩維樹
風江漢蕭子顯齊書曰江夏王寶玄字智深明帝第三子也封江夏郡王仍爲持節都督郢司二州諸
軍事西中郎將郢州刺史尚書曰以爾友邦冢君觀政于商又曰彰善癉惡樹之風聲擇方城之

令典酌龜蒙之故實方城謂楚龜蒙謂魯左氏傳屈完曰楚國方城以爲城又隨武子曰蔿敖爲宰擇楚國之令典毛詩曰奄有龜蒙遂荒大東國語樊穆仲曰魯侯孝王曰何以知之對曰賦事行刑而咨於故實政肅刑清於是乎在孝經曰其教不肅而成周易曰聖人以順動則刑罰清左氏傳先軫曰取威定覇於是乎在寧遠將軍長史江夏內史行事彭城劉府君諱諠蕭子顯齊書劉諠字士穆爲江夏王郢州行事者謂王年幼內史代之以行州府事故稱行事也智刃所遊日新月故莊子曰庖丁爲文惠君解牛曰今臣之刀十九年矣所解千牛而刀刃若新發於硎彼節者有閒而刀刃者無厚以無厚入有閒恢恢乎其於遊刃必有餘地矣論語子夏曰日知其所亡月無忘其所能道勝之韻虛往實歸瑞應經曰迦葉二弟問迦葉曰今乃捨梵志道學沙門法豈獨大其道勝乎迦葉答曰言佛道最勝莊子曰常季問於仲尼曰王駘兀者也與夫子中分魯立不教坐不議虛而往實而歸以此寺業廢於巳安功墜

於幾立慨深覆簣悲同棄井論語曰譬如爲山雖覆一簣進吾往也孟子曰有爲者譬若掘井掘井九仞而不及泉猶爲棄井也因百姓之有餘閒天下之無事孫卿子曰春耕夏耘秋收冬藏四者不失時故五穀不絶而百姓有餘食斬伐長養不失時故山林不童而百姓有餘材西都賦序曰海內清平朝廷無事庀匹婢徒揆日各有司存左氏傳宋災使華閱討右官官庀其司杜預注曰庀具也毛詩曰揆之以日作爲楚室論語曾子曰籩豆之事則有司存於是民以悅來工以心競周易曰悅以使民民忘其勞莊子曰舜之治天下使民心競王隱晉書荀勗議曰君子心競而不力爭亘丘被陵因高就遠層軒延袤上出雲霓楚辭曰高堂邃宇檻層軒王逸曰軒樓板也聖主得賢臣頌曰雖崇臺五層延袤百丈說文曰南北曰袤東西曰廣司馬紹贈山濤詩曰上陵青雲霓飛閣逶迤下臨無地西都賦曰脩除飛閣楚辭曰載雲旗兮逶移王逸曰逶移而長移與迤音義同楚辭曰下崢嶸而無地上寥廓而無天

夕露爲珠綱朝霞爲丹臒九衢之草千計四照之花萬品山海經曰少室之山其上有木焉名曰帝休葉茂狀如楊其枝五衢黄花黑實服者不怒郭璞曰言樹枝交錯相重五出有象衢路也故離騷云靡華九衢仲長子昌言曰百夫之豪州以千計山海經曰南山之首山曰鵲山有木焉其狀如穀而黑其華四照其名曰迷穀佩之不迷郭璞曰言有光炎若木華赤其光照下地亦此類也仲長子昌言曰以一人之好惡裁萬品之不同崖谷共清風泉相涣周易曰風行水上涣金資寶相永藉閑安金光明經曰如來之身金色微妙其明照耀如金山王又曰光明熾盛無量無邊猶如無數珍寶大聚楚辭曰像設居室靜閑安息心了義終焉遊集大灌頂經曰息心達本源是故名沙門勝鬘經曰是故世尊依於了義一向記説班固終南山賦曰固仙靈之所遊集法師釋曇珍業行淳脩理懷淵遠今屈知寺任永奉神居夫民勞事功既鏤文於鍾鼎周禮曰民功曰庸事功曰勞凡有功

者銘書於王之太常國語曰昔克路之役秦來圖敗晉功魏顆以其身却退秦師于輔氏親止杜回其勳銘於景鍾韋昭曰景公鍾禮記曰夫鼎有銘銘者論譔其先祖之德美功烈勳勞而酌之祭器自成其名焉

言時稱伐亦樹碑於宗廟左氏傳曰季武子以所得齊之兵作林鍾而銘魯功焉臧武仲謂季孫曰非禮也夫銘天子令德諸侯言時計功大夫稱伐蔡邕銘論曰碑在宗廟兩階之間近代以來咸銘于碑也

世彌積而功宣身逾遠而名劭法言曰年彌高而德彌劭者孔子之徒與小雅曰劭美也

敢寓言於彫篆庶髣髴於衆妙法言曰吾子少而好賦曰然童子彫蟲篆刻老子曰玄之又玄衆妙之門

其辭曰

質判玄黃氣分清濁周易曰玄黃天地之雜也天玄而地黃列子曰清輕者上爲天重濁者下爲地

涉器千名含靈萬族周易曰形而下者謂之器器謂品物也南都賦曰百種千名春秋元命苞曰跂行喙息蠕動蛸蜚根生浮著含靈盛壯陸機鼈賦曰揔美惡而融融播萬族乎一區

淳

源上派澆風下黷莊子曰德又下衰及唐虞澆淳散朴淮南子以澆爲澆音義同說文曰派水别流也字林曰黷垢也杜木切愛流成海情塵爲岳瑞應經曰感傷世間沒於愛欲之海百法論曰情塵之意合故知生也言人皆沈於愛河則妻子財帛也言積之多如海情塵之積爲岳爲善日積亦見多爲惡日積亦多也皇矣能仁撫期命世毛詩曰皇矣上帝臨下有赫天竺言釋迦牟尼此言能仁不退轉法經佗方菩薩曰能仁如來興此三道之教法華經曰我釋迦牟尼劉蚪曰能仁哀此忍立俯來拯拔故曰能仁瑞應經曰期運之至當下作佛孟子曰五百年必有王者興其閒必有名世者廣雅曰命名也乃睠中土聿來迦衛毛詩曰乃睠西顧又曰聿來胥宇迦衛已見上文奄有大千遂荒三界毛詩曰奄有龜蒙遂荒大東法華經曰其佛以恒河沙等三千大千世界爲一佛土又曰如來以智慧方便於三界火宅拔濟衆生般鑒四門幽求六歲毛詩曰般鑒不遠瑞應經曰太子至十四啓王出游始出城東門天帝化作病人即迴車悲念人生俱有此患太子出城

南門天帝化作老人迴車而還慼念人生丁壯不久太子出城西門天帝化作死人迴車而還慼念天下有此三苦太子出城北門天帝化作沙門太子曰善哉唯是爲快即迴車還念道清淨不宜在家又曰佛既歷深山到幽閑處菩薩即拾藁草以布地正箕坐月食一麻一麥端坐六年**亦既成德妙盡無爲**勝鬘經曰唯有如來化就一切功德無爲已見上文**帝獻方石天開淥池**瑞應經曰佛還樹下道見棄衣取欲浣之天帝知佛意即頗那山上取四方成理澤好石來置池邊白佛言可用浣衣又曰明日食時佛持鉢到迦葉家受飯而還於屏處食已欲澡漱天帝知佛意即下以手指地水出成池令佛得用名爲指地池**祥河輟水寶樹低枝**瑞應經曰時尼連河水流甚疾佛以自然神通斷水涌起高出人頭令底揚塵佛在其中法華經曰諸雜寶樹華葉光茂瑞應經曰佛後日入指地池澡浴畢欲出無所攀池上素有樹名迦和絕大脩好其樹自然曲枝下就佛佛牽而出**通莊九折安步三危**爾雅曰六達謂之莊漢書曰王陽爲益州刺史行部至邛郲九折坂歎曰奉先人遺體奈何數乘此險漢書東

方朔誡子曰飽食安步以仕易農尚書曰竄三苗於三危**川靜波澄龍翔雲起**頭陀經曰令身調善震大法鼓摧伏異學外道邪師入佛性海煩惱風息波浪不生周易曰雲從龍風從虎聖人作而萬物覩**耆山廣運給園多士**法華經曰佛住王舍城耆闍崛山中與大比丘衆萬二千人俱尚書曰帝德廣運金剛般若經曰佛在舍衛國祇樹給孤獨園與大比丘衆千二百五十人俱毛詩曰濟濟多士**金粟來儀文殊戾止**發迹經曰淨名大士是往古金粟如來尚書曰鳳凰來儀文殊已見上文毛詩曰魯侯戾止**應乾動寂順民終始**春秋元命苞曰乾動川靜周易曰湯武革命應乎天順乎人孫卿子曰生人之始也死人之終也**法本不然今則無滅**維摩經曰法本不然今則無是寂滅之義僧肇曰小乘以三界熾然故滅之以求無爲大乘觀法本自不然今何以滅乃真寂滅**象正雖闡希夷未鈌**象法正法已見上文史記曰酒闌漢書音義文穎曰闌言希也老子曰視之不見名之曰夷聽之不聞名之曰希王弼曰無象無聲無響無所不通無所不往**於昭**

有齊式揚洪烈毛詩曰文王在上於昭于天班固漢書述曰爰著目録略序洪烈揚雄解嘲曰不足以揚洪烈釋網更維玄津重柮僧叡師十二法門序曰奏希聲於宇宙濟溺喪於玄津漢書音義韋昭曰柮檝也音裔翊泄切叶韻惟此名區禪慧攸託禪慧禪定智慧也即六度之二行也倚據崇巖臨睨通壑楚辭曰忽臨睨夫舊鄉說文曰睨邪視也溝池湘漢堆阜衡霍言崇巖之高通壑之大故以湘漢爲溝池衡霍爲堆阜也史記曰屈完曰方城以爲城江漢以爲池膴膴武亭皐幽幽林薄毛詩曰周原膴膴堇荼如飴上林賦曰亭皐千里靡不被築毛詩曰秩秩斯干幽幽南山鄭玄周禮注曰竹木曰林高誘淮南子注曰深草曰薄媚茲邦后法流是挹毛詩曰媚茲一人氣茂三明情超六入維摩經曰佛身即法身也從六通生從三明生僧肇曰天眼宿命漏盡爲三明維摩經曰六入無積眼耳鼻舌身心已過眷言靈宇載懷興葺毛詩曰眷言顧之楚辭曰葺之兮荷蓋王逸注曰葺蓋屋也

丹刻翬飛，輪奐離立。左氏傳曰：丹桓宮楹。又曰：刻桓宮桷。杜預曰：刻，鏤也。毛詩曰：如翬斯飛，君子攸躋。鄭玄曰：翬者，鳥之奇異者也。禮記曰：晉獻文子成室，晉大夫發焉。張老曰：美哉輪焉，美哉奐焉。潘岳關中記曰：未央殿東有鳳凰殿。春秋元命苞曰：火離爲鳳。劉邵魏文帝誄曰：鳳凰立翥。象設既闢，睟容已安。楚辭曰：象設居室靜閑安。孟子曰：君子仁義禮智信根於心，色睟然見於面。趙歧曰：睟，潤澤之貌。桂深冬燠，松踈夏寒。楚辭曰：何所冬燠，何所夏寒。爾雅曰：燠，煖也。神足遊息，靈心往還。瑞應經曰：佛已神足，適鬱單曰界。勝幡西振，貞石南刊。維摩經曰：降服四種魔，勝幡建道場。禰衡顔子碑曰：乃刊玄石而旌之。

齊故安陸昭王碑文一首　沈休文

公諱緬，字景業，南蘭陵人也。蕭子顯齊書曰：安陸昭王緬，字景業。又曰：蕭氏之先蕭何，居沛，至孫侍中彪，居東海蘭陵縣東都鄉中都里。晉分東海爲東蘭陵郡。中朝亂，淮陰令整過江，居晉陵武進縣僑置本土加以南名於是爲南蘭陵人稷契身佐唐虞有大功於天地商武姬文所以膺圖受籙王命論曰暨于稷契咸佐唐虞光濟四海奕世載德至于湯武而有天下國語史伯曰夫成天地之大功者其子孫未嘗不章毛詩商頌曰武王載旆毛萇曰武王湯也春秋命歷序曰五德之運同徵符合膺籙次相代尚書璇璣鈐孔子曰五帝出受圖籙蕭曹扶翼漢祖滅秦項以寧亂魏氏乘時於前皇齊握符於後國語太子晉曰自后稷以來寧亂及文武成康僅克安民周易曰時乘六龍以御天孝經鉤命決曰帝受命握符出也靈源與積石爭流神基與極天比峻尚書曰導河積石至于龍門毛詩曰崧高惟岳峻極于天祖宣皇帝雄才盛烈名蓋當時蕭子顯齊書曰太祖皇考諱承之字嗣伯少有大志才力過人爲冠軍將軍太祖即位追尊曰宣皇帝班固漢書贊曰武帝雄才大略晉中興書曰諸葛誕名蓋海內又曰鄧遐氣蓋當時考景皇帝含道居貞卷懷前代

蕭子顯齊書曰高帝即位追封兄道生爲始安貞王明帝即位追尊始安貞王爲景皇帝周易曰居貞之吉順以從上也論語讖曰仲尼居鄉黨卷懷道美宋均曰懷藏也公含辰象之秀德體河岳之上靈周易曰在天成象王弼曰象謂日月星辰孝經援神契曰五嶽之精雄聖四瀆之精仁明氣蘊風雲身負日月論衡曰谷子雲唐子高章奏百上筆有餘力然則賢者有風雲之智故吐文萬牒莊子曰孔子圍於陳蔡之間太公任弔之曰子其意者脩身以明汙昭昭若揭日月而行司馬彪曰揭擔也立行可模置言成範仲長子昌言曰規矩可模者師傅之德也曹植學宮頌曰言爲世範行爲時矩英華外發清明內昭禮記曰和順積中而英華外發又曰清明在躬氣志如神天經地義之德因心必盡孝經曰夫孝天之經地之義民之行也毛詩曰因心則友簡久遠大之方率由斯至周易曰乾以易知坤以簡能易則易知簡則易從易知則有親易從則有功有親則可久有功則可大可久則賢人之德可大則賢人之業毛詩曰率由舊章

文五十九　二五

揔其源者游泳而莫測懷其道者日用而不知毛詩曰泳之游之周易曰百姓日用而不知昭昭若三辰之麗于天滔滔猶四瀆之紀于地傅子曰二漢之臣爛如三辰之附長天又曰道教者昭昭然猶日月麗乎天春秋漢含孳曰九瀆法河海毛詩曰滔滔江漢南國之紀六幽允洽一德無爽典引曰神靈日照光被六幽尚書曰德惟一動罔不吉萬物仰之而彌高千里不言而斯應論語顏回曰仰之彌高周易曰默而成之不言而信存乎德行又曰君子居其室出其言善則千里之外應之況其邇者乎若夫彈冠出仕之日登庸莅事之年漢書曰王陽與貢禹為友世稱王陽在位貢禹彈冠言其取舍同也尚書帝曰疇咨若時登庸又曰莅事惟能軍麾命服之序監督方部之數斯固國史之所詳今可得略也周禮曰建大麾以田然麾旌旗之名州將之所執也命服爵命之服也方部四方州部也漢書武帝南置交阯北置朔方

之州凡十三部置刺史數謂等差也賈逵國語注曰簡略也水德方衰天命未改水德謂宋也左氏傳王孫滿曰今周德雖衰天命未改太祖龍躍俟時作鎮淮泗蕭子顯齊書曰宋明帝以淮南孤弱以太祖假冠軍將軍鎮淮陰周易曰見龍在田時舍也或躍在淵自試也孫卿子曰君子博學深謀脩身端行以俟其時潘岳金谷會詩曰遂擁朱旄作鎮淮泗如仁夕惕之志中夜九迴論語子曰桓公九合諸侯不以兵車管仲之力也如其仁如其仁周易曰君子夕惕若厲司馬遷書曰腸一日而九迴龜枯耽丗拯亂之情獨用懷抱廣雅曰龜取也深圖窈慮眾莫能窺漢書劉向上疏曰智不可不深圖也公陪奉朝夕從容左右蓋同王子洛濱之歲實惟辟彊內侍之年周書曰晉平公使叔譽於周見太子與之言五稱而三窮歸告公曰太子晉行年十五而臣不能與言列仙傳曰王子喬者周靈王太子晉也好吹笙作鳳鳴遊伊洛之閒漢書留侯子張辟彊爲侍中年十五也起予聖懷發

言中旨晉中興書王敦上疏曰導動靜顧問起予聖懷始以文學遊梁俄而入
掌綸誥蕭子顯齊書曰緬爲宋邵陵王文學中書郎遊梁謂相如也漢書曰梁孝王來朝從遊說之士
相如見而說之客遊梁禮記曰王言如絲其出如綸蘭桂有芬清暉自遠魏都賦曰信陵
之名若蘭芬也楚辭曰椒桂罹以顛覆王逸注曰言已見先賢若椒桂之人劉琨勸進表曰茂勳格于皇天清暉
光于四海帝出于震日衣青光言齊之興也周易曰帝出于震震東方也春秋元命苞曰
孔子曰扶桑者日所出房所立其耀盛蒼神用事精感姜原卦得震震者動而光故知周蒼代殷者爲姬昌人形龍
顔長大精翼日衣青光宋衷曰爲日精所羽翼故以爲名木神以其方色衣之方軌茅社俾侯
安陸蕭子顯齊書曰齊受禪緬封安陸侯漢書曰江夏郡有安陸縣尚書緯曰天子社東方青南方赤西
方白北方黑上冒以黄土將封諸侯各取方土苴以白茅以爲社毛詩曰俾侯于魯受瑞析珪遂
荒雲野周禮曰典瑞掌王瑞鄭玄曰人執曰瑞瑞猶符信也揚子雲解嘲曰析人之珪檐人之爵遂荒

已見上文雲野雲夢之野式掌儲命帝難其人漢書疏廣曰太子國儲副君也尚書禹曰惟帝其難之孔安國曰言堯帝亦以知人爲難公以宗室羽儀允膺嘉選蕭子顯齊書曰緬轉太子中庶子周易曰鴻漸于陸其羽可用爲儀協隆三善仰敷四德晉中興書烈宗詔曰栢沖協隆治道禮記曰行一物而三善皆得者唯世子而已其齒於學之謂也故世子齒於學其一曰而衆知父子之道矣其二曰而衆知君臣之義矣其三曰而衆知長幼之節矣周易曰君子體仁足以長人嘉會足以合禮利物足以和義貞固足以幹事君子行此四德者故曰乾元亨利貞愽望之苑載闡龍樓之門以峻漢書曰武帝戾太子及冠就宮上爲立愽望苑使通賔客從其所好故多異端進者漢書成紀曰上嘗召太子出龍樓門獻替帷扆實掌喉脣國語史黯謂趙簡子曰夫事君者諫過而賞善薦可而替否獻能而進賢惟扆帝座也禮記曰天子負斧扆孔融張儉碑曰聖王克亮命作喉脣奉待漏之書銜如絲之旨東觀漢記曰樊梵字文高每當直事常晨

駐車待漏如絲巳見上文前暉後光非止恒受周書孔子曰文王得四臣丘亦得四友自吾得師也前有光後有暉是非先後邪公以寮戚上賢俄而奉職蕭子顯齊書曰緬遷侍中越絕書曰吴王書闔廬始得子胥以爲上賢無異乎聖人也出納惟允劒璽增華尚書帝曰龍命汝作納言夙夜出納朕命惟允應劭漢官儀曰侍中殿上稱制出則陪乘佩璽把劒增華謂自庶子而益其榮華也伊昔帝唐九官咸事熊豹臨戟納言是司漢書劉向上疏曰舜命九官濟濟相讓應劭曰尚書曰禹作司空棄后稷契司徒咎繇作士師垂共工益朕虞伯夷秩宗夔典樂龍納言凡九官左氏傳曰昔高陽氏有才子八人檮戭大臨高辛氏有才子八人仲熊叔豹自此迄今其任無爽爰自近侍式賛權衡蕭子顯齊書曰世祖即位緬遷五兵尚書淮南子曰准繩連體權衡合德百工繇焉以定法式輔弼執玉以翼天子也而皇情眷眷慮深求瘼毛詩曰皇矣上帝臨下有赫鑒觀四方求民之瘼班固漢書引詩而爲此瘼爾

雅曰瘼病也姑蘇奧壤任切關河奧壤猶奧區也韓康伯王述碑曰述遷會稽太守淮海惟揚皇基所託此蓋關河之重決決大邦都會郡貢提封百萬史記曰夫吳有海鹽之饒章山之銅三江五湖之利亦江東一都會也西京賦曰百物郡阜薛綜注曰郡盛阜大也今爲此貢漢書曰天子畿方千里提封百萬井臣瓚案舊說云提最凡言大舉頃畝也李竒曰提舉也舉四方爲内也韋昭曰積土爲封限全趙之衸服叢臺方此爲劣鄒陽上書曰夫全趙之時武力鼎士衸服叢臺之下者一旦成市也臨淄之揮汗成雨曾何足稱戰國策蘇秦說齊宣王曰臨淄之塗人肩相摩舉袂成幕揮汗成雨高誘曰揮振也乃鴻鶱舊吳作守東楚蕭子顯齊書曰緬出爲吳郡太守吳質魏都賦曰我太公鴻飛兖豫劉琨勸進奏曰奄有舊吳牽秀祖孫楚詩曰受茲明命作守西疆漢書音義孟康曰舊名吳爲東楚也引義讓以勖君子振平惠以字小人論語讖曰伯夷叔齊義讓龍舉干寶晉紀曰丁固父覽以義讓稱尚書武王曰勖哉夫子周書成王

曰朕不知字民之道敬問伯父尚書王曰無或敢伏小人之攸箴撫同上德綏用中典老子曰上德不德是以有德鍾會曰體神妙以存化者上德也周禮曰刑平國用中典疑獄得情而弗喜宿訟兩讓而同歸漢書曰張湯以倪寬爲獄讞掾以古法義決疑獄論語曾子曰上失其道民散久矣如得其情則哀矜而勿喜東觀漢記曰魯恭爲中牟令宿訟許伯等爭陂澤田積年州郡不決恭平理曲直各退自相責讓雖春申之大啓封疆鄧攸之緝熙萌庶不能尚也史記曰楚考烈王立以黃歇爲相號春申君請封於江東王許之因城吳故墟以自爲都邑國語史伯謂鄭桓公曰加之以德可以大啓王隱晉書曰鄧攸字伯道爲吳郡太守吳人餓死攸到表振貸臺不時聽攸乃輙出倉米一郡蒙濟不受祿俸唯飲吳水毛詩曰緝熙文王之典夏首藩要任重推轂楚辭曰過夏首而西浮王逸注曰夏首永口也漢書馮唐曰臣聞上古王者遣將也跪而推轂曰閫以內寡人制之閫以外將軍制之衿帶中流地郟江漢李尤函谷關銘

曰函谷險要衿帶喉咽尚書曰九江孔殷南接衡巫風雲之路千里衡巫三江名吳都賦曰徑路絕風雲通西通鄾鄧水陸之塗三七左氏傳曰鄧南鄾人杜預曰鄾今鄧鄉縣南江水之北也鄧今頴川邵陵縣西南有鄧城蜀都賦曰水陸所湊是惟形勝閫外莫先漢書田肯曰秦形勝之國也閫外已見上文鄭玄禮記注曰閫門限也建麾作牧明德攸在蕭子顯齊書曰緬轉郢州刺史周禮曰建大麾以封藩國又曰八命作牧尚書王曰文王克明德慎罰乃暴以秋陽威以夏日孟子曰江漢以濯之秋陽以暴之綦毋邃曰周之秋於夏爲盛陽也左氏傳曰酆舒問於賈季曰趙衰趙盾孰賢對曰趙衰冬之日趙盾夏之日杜預曰夏日可畏澤無不漸螻蟻之穴靡遺西征賦曰澤靡不漸恩無不逮尸子曰舜之行其猶河海乎千仞之漢亦滿之螻蟻之穴亦滿之明無不察容光之微必照孟子曰日月有明容光必照焉趙岐曰容光小隙也言大明照幽微由近而被遠自己而及物史記

皐陶曰邇可遠在兹鄭玄曰此政由近可以及遠惠與八風俱翔德與五才並運聖主得賢臣頌曰恩從祥風翺淮南子曰天有八風典引曰仁風翔于海表左氏傳子罕曰天生五才民並用之廢一不可遠無不懷邇無不肅阮嗣宗勸晉王牋曰遠無不服邇無不肅邑居不聞夜吠之犬牧人不覩晨飲之羊司馬彪續漢書曰劉寵字榮祖遷會稽太守徵入爲將作大匠山陰縣民去郡數十里有若耶山中有五六老公年皆七八十聞寵遷相率共送寵人齎百錢寵見勞來曰父老何乃自苦遠來皆對曰山谷鄙老生未嘗到郡縣佗時吏徵發不去民間或夜不絕狗吠竟夕民不得安自明府下車以來狗不夜吠吏希至民間年老遭值聖化聞當棄去故戮力來送寵謝之爲選受一大錢故寵在會稽號爲一錢其清如是家語曰孔子爲大司冦初魯之販羊者沈猶氏常朝飲其羊以詐市人及孔子之爲政也則沈猶氏不敢朝飲其羊也譽表六條功最萬里漢書音義曰舊刺史所察有六條察民疾苦寃失職者察墨綬長吏以上居官政狀察盜賊爲民之害及大姦

猾者察犯田律四時禁者察民有孝悌廉潔行脩正茂才異等者察吏不簿入錢穀放散者所察不得過此漢書曰倪寬爲郡內史課殿當免民恐失之輸租繦屬不絕課更以最楊雄爲益州刺史作節度曰刺史居深門之中總萬里之統者也 還居近侍兼饗戎秩 蕭子顯齊書曰緬還爲侍中領驍騎將軍 侯府寄隆儲端任顯 魏略曰中領軍延康置故漢北軍中候之官也漢書曰詹事秦官掌皇太子家 東西兩晉茲選特難羊琇顧言而匪獲謝琰功高而後至 晉諸公讚曰羊琇字稚舒泰山人通濟才術與世祖同年相善謂世祖曰後富貴時見用作領護軍太子詹事世祖即位累遷左將軍中護軍特進何法盛晉中興書陳郡謝録曰琰字瑗度安少子也爲輔國將軍距氐進號征虜左僕射領詹事 升降二宮令績斯俟 蕭子顯齊書曰緬遷中領軍太子詹事 禁旅尊嚴圭器彌固 蔡邕袁逢碑曰乃撫京邑揔齊禁旅周易曰主器者莫若長子 禹穴神皐地埒分陝 漢書司馬遷南遊江淮上會稽探禹穴西京賦曰寔

惟地之奧區神皋袁煥與曹植書曰召公與周公受分陝之任也江左已來常遞斯任東渚鉅海南望秦稽子虛賦曰齊東渚鉅海南有琅耶孔皐會稽記曰秦望山在州城正南史記曰始皇登之不望南海越絶書曰禹救水到大越上茅山大會計吏更名茅山曰會稽淵藪胥萃雚蒲攸在尚書曰今商王受爲天下逋逃主萃淵藪左氏傳曰子叔爲政不忍猛而寬鄭國多盜聚人於雚蒲之澤貨殖之民千金比屋漢書千乘之國必有千金之賈者利有所并也郛鄽之内雲屋萬家徐幹陳情詩曰踟蹰雲屋下嘯歌倚華楹屋或爲甍刑政繁夥舊難詳一南山羣盜未足云多漢書曰王尊爲高陵令會南山羣盜傰宗數百人爲吏民害於是王鳳薦尊遷御爲諫議大夫守京輔都尉行京兆尹事旬月閒盜賊肅清蘇林曰傰音朋渤海亂繩方斯易理漢書曰上以龔遂爲渤海太守問曰渤海廢亂朕甚憂之卿欲何以息其盜賊遂曰臣聞治亂民猶治亂繩不可急也唯緩之然後可理臣願一切以便宜從事上許焉公下

車敷化風動神行蕭子顯齊書曰緬出爲會稽太守漢書曰班伯爲定襄太守其下車作威吏民悚息謝承後漢書曰陰脩敷化二郡威敎克平太乡經曰風動雷興謝承後漢書曰威令神行征艾朔士誠恕既孚鉤距靡用杜預左氏傳注曰孚大信也漢書曰趙廣漢守京兆尹廣漢善爲鉤距以得事情鉤距者欲知馬價則先問狗已問羊又問牛然後及馬叄伍其價以類相推則知馬之賤貴不失實矣晉灼曰鉤致也距閉也設欲知馬價先問狗又問羊然後及馬使對者無疑以知馬價示若不問而自知以閉其術爲距也不待赭汙之權而姦渠必翦漢書曰張敞守京兆尹召見諸偷酋長數人因貰罪把其宿負令致諸偷以自贖偷長曰今一旦召詣府恐諸偷驚駭願一切受署敞皆以爲吏遣歸休置酒小偷悉來賀飲醉偷長以赭汙其衣吏坐里閭閱出者汙赭輒收縛之一日捕得數百人盡行法罰尚書曰殲厥渠魁孔安國曰渠大也無假里端之籍而惡子咸誅歌録曰鴈門太守行曰外行猛政内懷慈仁文武備具課民不貧移惡子姓偏著里端被以哀矜孚以信順

哀矜巳見上文南陽葦杖未足比其仁范曄後漢書曰劉寬字文饒弘農人也遷南陽太守吏民有過但用蒲鞭罰之示辱而巳然終不加苦韓詩外傳孔子曰水之精爲土老蒲爲葦願無怪之曹植對酒歌曰蒲鞭葦杖示有刑潁川時雨無以豐其澤趙岐三輔決錄曰茂陵郭伋爲潁川化如時雨摯虞曰伋字細侯光武拜潁川太守公攬轡升車牧州典郡范曄後漢書曰范滂爲詔使登車攬轡有澄清天下之志蔡邕橋玄碑曰牧一州典五郡也感達民祇非待朞月論語子曰苟有用我者朞月而巳可也三年有成老安少懷塗歌里詠論語子曰老者安之少者懷之莫不懽若親戚芬若椒蘭孫卿子曰夫暴國之君將誰與至哉其所與至必其民也而其民之親我若父母其好我芬若椒蘭漢書刑法志曰鄰國望我懽若親戚芬若椒蘭麾旆每反行悲道泣攀車卧轍之戀爭塗忘遠東觀漢記曰秦彭字國平爲開陽城門候後拜潁川太守老弱攀車啼號塡道

又曰侯侯霸字君房王莽敗霸保守臨淮更始元年遣謁者侯盛齎璽書徵霸百姓號呼哭泣遮使者或當道卧皆曰願復留霸朞年去思一借之情愈久彌結漢書曰何武爲兖州刺史徙京兆尹其所居亦無赫赫名去後常見思東觀漢記曰寇恂爲河內太守徵入爲金吾潁川盜賊羣起車駕南征恂從至潁川盜賊悉降百姓遮道曰願從陛下復借寇君一年上乃留恂方城漢池南顧莫重左氏傳屈完曰方城以爲城漢水以爲池北指崤潼平塗不過七百崤二崤也雍州圖經曰潼水華陰縣界伏滔正淮論曰壽春北接梁宋平塗不過七百西接嶢武關路曾不盈千漢書音義應劭曰嶢山之關也李奇曰在上洛北文穎曰武關在析西王隱晉書庾翼表曰襄陽北去河洛不盈千里蠻陬夷徼重山萬里魏都賦曰蠻陬夷落張揖漢書注曰徼塞也以木柵水爲夷狄界也魏都賦曰由重山之東阨小則俘民略畜大則攻城剽邑賈逵國語注曰伐國取人曰俘漢書晁錯上兵事曰胡虜小入則小利大入則大利攻城屠邑敺略畜產

史記曰盜賊滋起大羣至數千人攻城剽邑小羣盜以百數掠鹵鄉里方言曰略強取也晉宋迄今有切民患烽鼓相望歲時不息椎埋穿掘之黨阡陌成羣史記曰攻剽椎埋掘冢皆爲財用耳徐廣曰椎殺人而埋之或謂發冢也慠法侮吏之人曽莫禁禦累藩咸受其弊歷政所不能裁賈逵國語注曰裁制也加以戎羯窺窬伺我邊隙朱鳳晉書曰前後徙河北諸郡縣居山閒謂之羯胡劉琨勸進表曰狡寇窺窬伺國瑕隙北風未起馬首便以南向魏志臧洪荅陳琳書曰秋風揚塵伯珪馬首南向塞草未衰嚴城於焉早閉李陵與蘇武書曰涼秋九月塞外草衰抱朴子鮑生曰人君恐姦釁之不虞故嚴城以備之戰國策子楚謂秦王曰臣恐邊境早閉晚開也求明八載疆場大駭吳均齊春秋曰永明八年匈奴寇眗山左氏傳沈尹戌曰吳新有疆場之駭國語曰晉師大駭揚雄集上書曰候騎至甘泉京師大駭天子乃心北眷聽朝不

怡司馬遷書曰主上食不甘味聽朝不怡揚旆漢南兆公莫可蕭子顯齊書曰緬遷雍州刺史籍田賦曰九旗揚旆呂氏春秋曰漢南之國聞湯之德歸之於是驅馬原隰卷甲遄征毛詩曰驅馬悠悠又曰于彼原隰孫子兵法曰卷甲趨利日夜不處曹植詩曰指日遄征威令首塗仁風載路李尤武功歌曰恩普洽威令行首塗猶首路也謝承後漢書序曰徐淑戎車首路續晉陽秋曰謝安賞袁宏爲機對辯速宏爲東郡安取一扇授之聊以贈行宏應聲曰輒當奉揚仁風慰彼黎庶毛詩曰厥聲載路軌躅清晏車徒不擾漢書音義曰躅迹也牛酒日至壺漿塞陌漢書廣武君謂韓信曰不如按甲休兵百里之內牛酒日至以饗士大夫孟子曰葛伯不祀湯征之其君子實玄黃于篚以迎君子小人簞食壺漿以迎小人失義犬羊其來久矣漢書名臣奏曰太尉掾應劭等議以爲鮮卑隔在漢北犬羊爲羣銜賦嚴切唯利是求左氏傳晉呂相告秦曰秦雖與晉出入秦惟利是視又曰惟好是求首鼠疆界災蠹

彌廣漢書田蚡謂韓安國曰與長孺共一禿翁何爲首鼠兩端音義曰首鼠一前一却也說文曰蠹木蟲也以喻殘賊公扇以廉風孚以誠德盡任棠置水之情引郭伋待期之信東觀漢記曰龐參字仲達拜漢陽太守郡民任棠者有奇節參到先候之棠不與言但以薤一本水一柸置戶屏前自抱孫兒伏於戶下參思其微意良久曰棠是欲曉太守也水者欲吾清也拔大本薤欲吾擊強宗也抱兒當戶欲吾開門恤孤也於是歎息而還參在職果能抑豪助弱以惠政得民司馬彪續漢書曰郭伋拜并州牧行部西河到美稷數百小兒各騎竹馬逢迎伋問曰兒曹何自遠來對曰聞使君到喜故來迎伋謝曰辛苦諸童小兒復送至郭門外問使君何日當還伋謂別駕計日告之行部還入美稷先期一日伋念負諸兒即止野亭須期乃往伋重信得人心皆此類也金如粟而弗覩馬如羊而靡入范曄後漢書曰張奐字然明燉煌人也遷安定屬國都尉羌戎豪帥感奐恩德上馬二十四先零酋長又遺金鐻八枚奐並受之而召主簿於諸羌前以酒酹地曰使馬如羊不以入廄使金如粟不

以入懷悉以金馬還之雛雉必懷豚魚不爽東觀漢記曰魯恭爲中牟令時郡國螟傷稼犬牙緣界不入中牟河南尹袁安聞之疑其不實使仁恕掾肥親往察之恭隨行阡陌俱坐桑下有雉過止其傍傍有兒童親曰何不捕之兒言雉方將雛親曰所以來者欲察君之化迹耳蟲不犯境此一異也化及鳥獸此二異也竪子有仁心此三異也具以狀言周易曰信及豚魚由是傾巢舉落望德如歸廣雅曰落謂村居也左氏傳曰衛遷邢于夷儀邢遷如歸也椎髻髽首日拜門闕漢書曰尉佗魋髻箕踞淮南子曰三苗髽首卉服蒲塗夷歌成韻尚書曰島夷卉服蜀都賦曰夷歌成章范曄後漢書曰益州刺史朱輔上疏曰白狼王唐菆等慕化歸義作詩三章也禮義既敷威刑具舉公羊傳曰既者何盡也毛萇詩傳曰具俱也強民獷俗反志遷情韓詩曰獷彼淮夷薛君曰獷覺寤之貌劉騊駼與李子堅書曰吏民強獷比屋爲賊獷古並切風塵不起囹圄寂寞東觀漢記曰蔡彤爲遼東太守野無風塵魏都賦曰囹圄寂寞

富商野次，宿秉停蓄。國語叔向曰：絳之富商，韋藩以過於朝。范曄後漢書曰：王渙，字稚子，廣漢人，除溫令，境內清夷，商人露宿於道。毛詩曰：彼有遺秉，此有滯穗。又曰：于彼菑畝。毛萇曰：田一歲曰菑。蝝蝗弗起，豺虎遠迹。范曄後漢書曰：宋均，字叔庠，南陽人也，遷九江太守。郡多虎暴，數爲民患，常設檻穽而猶多傷害。均到，下記屬縣，可一去檻穽，除削課制。其後傳言虎相與東渡江。後山陽、楚、沛多蝗，其飛至九江東界者，輒東西散去。北狄懼威，關塞謐靜，偵諜不敢東窺，駝馬不敢南牧。偵，伺也。鄭玄周禮注曰：諜，賊反間爲國賊者。范曄後漢書曰：鮮卑寇遼東，蔡彤擊之，虜大奔，不敢復闚塞。過秦論曰：胡人不敢南下而牧馬。方欲振策燕趙，席卷秦代。過秦論曰：振長策而御宇內。又曰：有席卷天下之意。陪龍駕於伊洛，侍紫蓋於咸陽。楚辭曰：龍駕兮帝服，聊翺翔兮周章。傳玄乘輿馬賦曰：紫蓋漂以連翩。而遘疾彌留，欵焉大漸。尚書曰：疾大漸，惟幾，病日臻，既彌留。耕夫釋耒，桑婦下機。曹植荀侯誄曰：

機女投杼農夫輟耕也忝請門衛並走羣望左氏傳曰乃大有事于羣望維永明九年夏五月三十日辛酉薨春秋三十有七城府颾然庶寮如霣颾然吹木葉落貌男女老幼大臨街衛潘勗荀彧碑曰男女老幼里號巷哭接響傳聲不踰時而達于四境臧榮緒晉書曰羊祜薨於是街衢塗巷傳哭接音邑里相達夷羣戎落幽遠必至望城拊膺震動郛邑並求入奉靈櫬藩司抑而不許雖鄧訓致劈面之哀羊公深罷市之慕范曄後漢書曰鄧訓字平叔遷護烏桓校尉病卒官吏民羌胡愛惜旦夕臨者數千人戎俗父母死恥悲泣皆騎馬歌呼至聞訓卒莫不號咷或以刀自割又刺殺其犬馬牛羊曰鄧使君已死我曹亦俱死耳晉諸公讚曰羊祜薨贈太傅南州以市日聞喪即號哭罷市對而爲言遠有慚德尚書曰惟有慙德神駕東還號送踰境蕭子顯齊書曰緬喪還百姓泣

汚水悲泣奉觴奠以望靈仰蒼天而自訴蕭子顯齊書曰百姓設祭於峴山鄭玄周禮注曰喪所薦饋曰奠韓詩曰萬人顒顒仰天告訴震響成雷盈塗咽水周易曰震動也漢中山靖王曰聚蚊成雷江衛與荀仲茂牋曰舉國顒顒歎慕盈塗公臨危審正載惟話言說文曰話會合善言也楚囊之情惟幾而彌固左傳曰楚子囊還自吳卒將死遺言謂子庚必城郢君子謂子囊忠君薨不忘增其名將死不忘衛社稷可不謂忠乎尚書曰疾大漸惟幾孔安國曰幾危殆衛魚之心身亡而意結韓詩外傳昔衛大夫史魚病且死謂其子曰我數言蘧伯玉之賢而不能進彌子瑕不肖而不能退死不當居喪正堂殯我於室足矣衛君問其故子以父言聞君召伯玉而貴之彌子瑕退之徙殯於正堂二宮軫慟遐邇同哀追贈侍中領衛將軍給鼓吹一部謚曰昭侯時皇上納麓在辰登庸伊始皇上明帝也尚書曰納于大麓烈風雷雨弗迷孔安國曰麓錄也堯納舜使大錄萬機之政尚書曰

若時登庸允副朝端兼掌屯衛蕭子顯齊書曰明帝初爲右僕射加領衛尉晉中興書謝安石上疏曰尸素朝端忽焉五載漢書曰城門校尉掌京師城門屯兵聞哀震慼絕移時因遘沈痾緜留氣序世祖日夜憂懷備盡寬譬世祖武帝臧榮緒晉書賀循殘曰日夜憂懷慊慨發憤寬譬見下文勉膳禁哭中使相望東觀漢記曰樊儵至孝母終上遣中黃門朝暮餐食吳志曰朱然寢疾孫權夜爲不寐中使醫藥口食之物相望於道上雖外順皇旨內懃私痛獨居不御酒肉坐卧泣涕霑衣毛萇詩傳曰懃憂也東觀漢記曰齊武王以譖愬遇害上與衆會飲食笑語如平常馮異侍從親近見上獨居不御酒肉坐卧枕席有泣涕處異獨入叩頭寬解上意若此移年癯瘠改貌爾雅曰臞瘠也與癯同渠俱切天倫之愛振古莫儔穀梁傳曰兄弟天倫也何休曰兄弟先後天之倫次也毛詩曰匪今斯今振古如茲毛萇曰振自也及俯膺天眷入篡絕業蕭子顯齊書明紀曰

太后廢海陵王以上入纂太祖爾雅曰纂繼也漢書司馬遷曰惟漢接三代絶業分命懿親台牧並建尚書曰分命羲叔左氏傳富辰曰兄弟雖有小忿不廢懿親春秋漢含孳曰三公在天法三能牧見上文對繁弱以流涕望曲阜而含悲左氏傳子魚曰周公相王室以尹天下於周爲睦分魯公以大路大旂夏后氏之璜封父之繁弱尚書曰魯侯伯禽宅曲阜攺贈司徒

因謚爲郡王禮也惟公少而英明長而引潤風標秀舉

清暉映世學徧書部特善玄言鞶帨之麗篆籒之則法言曰今之學者非獨爲之華藻也又從而繡其鞶帨李軌曰鞶革帶帨巾也諭今之文字多非獨華藻也巾帶皆文之如繡也漢書史籒音義曰周宣王太史作大篆窮六義於懷抱究八體於

毫端毛詩序曰詩有六義焉一曰風二曰賦三曰比四曰興五曰雅六曰頌漢書八體六技韋昭曰一曰大篆二曰小篆三曰刻符四曰虫書五曰摹印六曰署書七曰殳書八曰隷書奕思之微秋儲無

以競巧（孟子曰奕秋通國之善奕者也儲謂儲蓄精思也馬融廣成頌曰儲積山藪廣思河澤）取睽之妙流睇未足稱奇（周易曰弦木爲弧剡木爲矢弧矢之利以威天下蓋取諸睽幽通賦曰養流睇而猿號李虎發而石開）至公以奉上鳴謙以接下（周易曰鳴謙貞吉中心得也尚書曰奉先思孝接下思恭）撫僚庶盡盛德之容交士林忘公侯之貴（辯亡論曰接士盡盛德之容吴志魯肅曰不失下曹從事交遊士林）虛懷博約幽關洞開（鄒潤甫爲諸葛穆荅晉王命曰雖曰博納虛懷下開幽關已見上文西征賦曰胷中豁其洞開）宴語談笑情瀾不竭（毛詩曰燕笑語兮是以有譽處兮世說曰王太尉云郭子玄語議如懸河寫水注而不竭）譽滿天下德冠生民（孝經曰言滿天下無口過于寶晉紀武帝詔曰蓋德冠生民必饗不泯之禜）蓋百代之儀表千年之領袖（荀氏家傳曰荀彧德行周備名重天下莫不以爲儀表王隱晉書曰魏舒爲相國叅軍晉王特加器敬每朝會罷坐而目送之曰魏

舒堂堂實貞曰人之領袖也曾不憖留梁摧奄及左氏傳孔丘卒公誄之曰昊天不弔不憖遺一老禮記曰孔子早起負手曳杖逍遙於門歌曰太山其頹乎梁木其壞乎豈唯僑終蹇謝興謠輟相而已哉僑子產也左氏傳曰產從政一年輿人誦之曰取我衣冠而褚之取我田疇而伍之孰殺子產吾其與之及三年又誦之曰我有子弟子產誨之我有田疇子產殖之子產而死誰其嗣之潘岳賈充誄曰秦亡蹇叔舂者不相杵史記趙良曰五羖大夫死舂者不相杵史記以爲五羖而云蹇叔未詳潘沈之旨凡我僚舊均哀共戚怨天德之無厚痛棠陰之不留周易曰用九天德不可爲首也鄧析子曰天於人無厚也何足以言之天不能令夭折之人更生爲善之民必壽此於民無厚也淮南子曰日朝發扶桑入于落棠高誘曰扶桑日所出落棠山日所入也思所以克播遺塵弊之穹壤魏都賦曰列聖之遺塵曹植露盤頌曰弊之天壤以顯元功乃刊石圖徽寄情銘頌其辭曰

天命玄鳥降而生商毛詩商頌文也是開金運祚始玉筐金謂殷鄒子曰五德從所不勝虞土夏木殷金周火呂氏春秋曰有娀氏有二佚女爲九成之臺飲食以鼓帝命燕往視之鳴若隘隘二女愛而爭搏之覆以玉筐少選發而視之鷰遺卵而北飛遂不反高誘曰帝天也天命鷰降卵于有娀氏女吞之生契三仁去國五曜入房論語曰微子去之箕子爲之奴比干諫而死孔子曰殷有三仁焉春秋元命苞曰殷紂之時五星聚房房者蓍神之精周據而興亦白其馬侯服周王毛詩序曰有客微子來見祖廟詩云有客有客亦白其馬又曰侯服于周天命靡常本枝派別因菜命氏微子之後食邑於蕭因氏焉毛詩曰文王孫子本枝百世吳都賦曰百川派別漢書曰楊雄之先初食菜於晉之楊因氏焉左氏傳羽父曰胙之土而命之氏涉徐而東義均梁徙謂徙蘭陵也王隱晉書曰徐州部東海郡蘭陵縣班固高紀贊劉向曰戰國時劉氏自秦獲於魏秦滅魏遷大梁都豐故周市說雍齒曰豐故梁徙也頌高祖云涉魏而東遂爲豐公自茲以降

懷青拕紫解嘲曰紆青拕紫朱丹其轂崇基巖巖長瀾瀰瀰毛詩曰節彼南山維石巖巖又曰新臺有泚河水瀰瀰惟聖造物龍飛天步莊子孔子曰夫造物者爲人司馬彪曰造物謂道也周易曰飛龍在天利見大人毛詩曰天步艱難之子不猶載鼎載革有除有布鼎革二卦名也周易曰井道不可不革故受之以革革物者莫若鼎故受之以鼎漢書音義文頴曰孛星多爲除舊布新改易君上也髙皇赫矣仰膺乾顧曹府君陳寔誄曰赫矣陳君毛詩曰乃眷西顧此維與宅景皇蒸哉實啓洪祚毛詩曰文王蒸哉潘岳羊夫人誄策文曰光啓洪祚慶流萬國喬嶽峻峙命世興賢毛詩崧高維嶽峻極于天維岳降神生甫及申鄭玄曰福祚興於子孫命世巳見上文膺期誕德絕後光前膺五百歲之期也曹植上文帝誄表曰階青雲而誕德晉起居注安帝詔曰元功盛德超前絕後幾以成務覺在民先周易曰夫幾者動之微又曰夫易開物成務孟子伊尹曰天之生斯人使先覺覺後覺也予天民之先覺者也位非

大寶爵乃上天周易曰天地之大德曰生聖人之大寶曰位孟子有天爵有人爵仁義忠信樂善不倦此天爵也公卿大夫此人爵也爰始濯纓清猷浚發楚辭曰滄浪之水清可以濯吾纓毛詩曰濬哲維商長發其祥升降文陛逶迤魏闕漢書梅福上疏曰願一登文石之陛涉赤墀之塗夏侯稚景福殿賦曰乃陟乎文陛以登華殿呂氏春秋中山公子牟謂詹子曰身在江海之上心居乎魏闕之下高誘曰魏闕象魏之闕也惠露沾吴仁風扇越陸機謝成都王牋曰慶雲惠露止於落葉涉夏踰漢政成朞月楚辭曰江與夏之不可涉夏水名也尚書曰逾于漢朞月巳見上文用簡必從日新爲盛周易曰簡則易從又曰日新之謂盛德在上哀矜臨下莊敬哀矜巳見上文論語曰季康子問使民以敬如之何子曰臨之以莊則敬草木不夭昆蟲得性毛詩序曰周家忠厚仁及草木又曰民樂其有靈德以及鳥獸昆虫焉我有芳蘭民胥攸詠芳蘭即上芳若椒蘭也羣夷蠢蠢巖

别嶂分爾雅曰蠢動也傾山盡落其從如雲毛詩曰齊子歸止其從如雲挈妻荷子負戴成羣莊子曰邠人謂邠王曰挈吾妻子以從王乎又曰石戶之農夫負妻戴子入海也迴首請吏曾何足云封禪書曰昆蟲闓澤迴首面内漢書曰邛笮之君長聞南夷與漢通請吏比南夷昔聞天道仁罔不遂老子曰天道無親常與善人論語子曰仁者壽莊子曰聖也者遂於命者也彼蒼如何興山止簣毛詩曰彼蒼者天殲我良人止簣已見上文四牡方馳六龍頓轡毛詩曰駕彼四牡四牡項領頓轡喻一死也楚辭曰貫鴻濛以東揭兮維六龍於扶桑王逸注曰結我車轡於扶桑以留日行幸得延年壽也頓猶舍也斯民曷仰邦國殄瘁毛詩曰人之云亡邦國殄瘁齊殞晏平行哭致禮晏子曰齊景公遊於淄晏子死公繁驅而馳自以爲遲下車而趨知不如車之駃則又乘之比至國四下而趨至則伏尸而哭曰百姓誰復告我惡邪趙徂昌國列邦揮涕史記曰樂毅爲燕伐齊破之封樂毅於昌國昭王卒燕惠王疑毅毅

降趙號曰望諸君而卒於趙潘岳太宰魯公碑曰趙喪望諸列國同傷家語敬姜曰無揮涕涕以手揮之也**況我君斯皇之介弟**左氏傳伯州犁謂皇頡曰夫子爲王子圍寡君之貴介弟也**哀慼徒庶慟興雲陛**左思七略曰闘甲第之廣袤建雲陛之嵳峩**階毀留攢川汎歸軸**禮記曰君殯用輴攢至于上鄭玄曰攢猶叢也殯君棺以龍輴叢不題湊象椁儀禮曰遷于祖用軸鄭玄曰軸輁也**競羞野奠爭攀去轂遵渚號追臨波望哭**毛詩曰鴻飛遵渚范曄後漢書曰祭遵喪至河南車駕臨之望哭哀慟**無絕終古惟蘭與菊**楚辭曰春蘭兮秋菊長無絕兮終古**塗由帝渚朱軒靡駕**楚辭曰帝子降兮北渚尚書大傳曰未命爲士不得乘朱軒**東首塋園即宮長夜**廣雅曰首向也漢書音義如淳曰塋冢田也禮記曰孔悝鼎銘曰即宮于宗周李陵詩曰嚴父潛長夜慈母去中堂**逝川無待黃金難化**逝川已見上文史記少君言上曰祠竈則致物而丹砂可爲黃金黃金成以爲飲食器則益壽**鍾石徒刊**

芳猷永謝 吳越春秋樂師謂越王曰君王德可以刻之金石王逸楚辭注曰謝去也

墓誌 吳均齊春秋王儉曰石誌不出禮典起宋元嘉顔延之爲王琳石誌

劉先生夫人墓誌 蕭子顯齊書曰太祖爲劉瓛娶王氏女瓛卒天監元年下詔爲瓛立碑號曰貞簡先生王僧孺劉氏譜曰瓛娶王法施女也

任彦升

既稱萊婦亦曰鴻妻 列女傳曰老萊子逃世耕於蒙山之陽或言之楚王楚王遂駕車至老萊之門楚王曰守國之孤願變先生老萊曰諾妻曰妾聞之居亂世爲人所制此能免於患乎妾不能爲人所制者投其畚而去老萊乃隨之又曰梁鴻妻者同郡孟氏之女也德行甚脩鴻納之共逃遁霸陵山中後復相將至會稽賃舂爲事雖雜傭保之中妻每進食常舉案齊眉不敢正視以禮脩身所在敬而慕之

復有令德一與之齊 曹植王仲宣誄曰既有令德材技廣宣禮記曰信婦德也一與之齊終身不改

實佐君子簪蒿杖藜毛詩序曰又當輔佐君子求賢審官東觀漢記曰梁統與杜林書曰
君非隗囂不降志辱身至簪蒿席草不食其粟莊子曰子貢見原憲原憲杖藜應門欣欣負載在
冀之畦音攜漢書曰朱買臣常刈樵其妻亦負載相隨左氏傳曰初臼季過冀見冀缺耨其妻饁之敬
相待如賓居室有行亟聞義讓言初居室及於有行俱聞義讓故曰亟也列女傳鮑蘇妻
曰如不教吾以居室之行毛詩曰女子有行左氏傳趙衰曰臣亟聞其言矣禀訓丹陽引風
丞相蕭子顯齊書曰巘晉丹陽尹惔六葉孫也然其妻王氏丞相導之後也籍甚三門風
流遠尚漢書曰陸賈遊漢庭公卿間名聲籍甚習鑿齒晉陽秋曰王夷甫樂廣俱宅心事外言風流者
稱王樂焉肇允才淑闡德斯諒毛詩曰肇允彼桃蟲又曰窈窕淑女禮記曰內言不出於
閫鄭玄曰閫門限也毛萇詩傳曰諒信也蕪沒鄭鄉寂寞楊冢范曄後漢書曰鄭玄字康
成北海人也國相孔融深敬玄屣履造門告高密縣爲特立一鄉曰齊置士鄉越有君子軍皆異賢之意也

今鄭君鄉宜曰鄭公鄉七略曰楊雄卒弟子侯芭負土作墳號曰玄冢參差孔樹毫末成拱皇覽聖賢冢墓誌注曰孔子冢在魯城北泗水南冢塋中樹以百數皆異種人傳言孔子弟子異國人各持其國樹來種之其樹柞枌雒離五味欃檀之樹魯人莫之識老子曰合抱之木生於毫末公羊傳曰秦伯謂蹇叔曰爾之年老冢上之木拱矣暫啓荒埏長扃幽壟蕭子顯齊書曰王氏被出今云合葬盖獻卒之後王氏宗合之夫貴妻尊匪爵而重喪服傳曰夫尊於朝妻貴於室潘岳夏侯湛誄曰惟爾之存匪爵而貴

文選卷第五十九

賜進士出身通奉大夫江南蘇松常鎮太等處承宣布政使司布政使胡克家重校刊

文選卷第六十

梁昭明太子撰

文林郎守太子右内率府録事參軍事崇賢館直學士臣李　善注上

行狀

弔

祭

顏延之祭屈原文一首

王僧達祭顏光祿文一首

行狀

齊竟陵文宣王行狀一首

祖太祖高皇帝　父世祖武皇帝　任彥昇

南徐州南蘭陵郡縣都鄉中都里蕭公年三十五行狀

公道亞生知照隣幾庶論語孔子曰生而知之者上也學而知之者次也傳季友脩張良廟敎曰道亞黃中照隣殆庶孝始人倫忠爲令德毛詩曰成孝敬厚人倫左氏傳君子曰忠爲令德公實體之非毀譽所至論語子曰吾之於人誰毀誰譽如有所譽高誘呂氏春秋注曰體行也莊子曰舉世譽之而不加勸舉世非之而不加沮天才博贍學綜該

明郭子曰孫子荊上品狀王武子曰天才英博亮拔不羣潘岳任府君畫讚曰學綜羣籍智周萬物至若曲臺之禮九師之易七略曰宣皇帝時行射禮博士后倉爲之辭至今記之曰曲臺記又曰易傳淮南九師道訓者淮南王安所造也漢書音義曰淮南王安聘明易者九人號九師說樂分龍趙詩析齊韓漢書曰雅琴趙氏七篇名定渤海人宣帝時丞相魏相所表又曰雅琴龍氏九十九篇名德梁人也又曰詩魯齊韓三家應劭漢書注曰申公作魯詩韓嬰作韓詩后倉作齊詩也陳農所未究河閒所未輯漢書曰成帝時以書頗散亡使謁者陳農求遺書於天下又曰河閒獻王德從民得善書必爲好寫與之留其真加金帛賜以招之由是或有先祖舊書多奉以奏獻王者故得書多與漢朝等有一於此罔不兼綜者與謝承後漢書曰劉靚方筴所載靡不必綜昔沛獻訪對於雲臺東平齊聲於楊史東觀漢記曰沛獻王輔永平五年秋京師少雨上御雲臺召尚席取卦具自卦以周易卦林占之其繇曰蟻封穴户大雨將集明日大雨

上即以詔書問輔曰道豈有是邪輔上書曰案易卦震之蹇蹇蟻封穴户大雨將集蹇艮下坎上艮爲山坎爲水出雲爲雨蟻穴居而知雨將雲雨蟻封穴者故以蟻爲興文詔報曰善哉王次序之又曰上以所自作光武皇帝本紀示東平憲王蒼蒼因上世祖受命中興頌上甚善之以問校書郎此與誰等皆言類相如楊雄前代史岑比之

淮南取貴於食時陳思見稱於七步方斯蔑如也漢書淮南王安上使爲離騷傳旦受詔日食時上世說曰魏文帝令陳思王七步成詩詩曰萁在竈下然豆在釜中泣本是同根生相煎何太急

初沈攸之跋扈上流稱亂陝服沈約宋書曰沈攸之字仲達爲荊州刺史順帝即位攸之帥武義至夏口反毛詩傳曰無畔換猶跋扈也西京賦曰睢盱跋扈尚書曰兆台小子敢行稱亂臧榮緒晉書曰武陵王令曰荊州勢據上流將軍休之委以分陝之重

宋鎮西晉熙王南中郎邵陵王並鎮盆口沈約宋書曰明帝第六子燮字仲綏封晉熙王進號鎮西沈攸之舉兵鎮尋陽之盆城又曰邵陵殤王友字仲賢明帝第七子也年五歲

出爲南中郎將江州刺史邵陵王世祖毗贊兩藩而任摠西伐沈約宋書曰齊
王太子奉晋熙王爕鎮尋陽之盆城公時從在軍鎮西府版寧朔將軍軍
主南中郎版補行叅軍署法曹沈約宋書曰除拜則爲叅軍事府版則爲行叅
軍于時景燭雲火風馳羽檄言雲火之多如景之照羽檄之疾若風之馳太公六
韜曰雲火萬炬以防夜四子講德論曰風馳雨集漢書高祖曰以羽檄徵天下兵謀出股肱任
切書記魏文帝與吳質書曰元瑜書記翩翩遷左軍邵陵王主簿記室叅
軍既允焚林之求實兼儀形之寄刀筆不足宣功風體
所以引益文士傳曰太祖雅聞阮瑀名辟之不應連見逼促乃逃入山中太祖使人焚山得瑀送至
召入太祖時在長安大延賓客怒不與語使就伎人列瑀善解音能鼓琴遂撫絃而歌因造歌曲曰奕奕天門
開大魏應期運青蓋巡九州在西東人怨士爲知己死女爲悅己玩恩義苟潛暢他人焉能亂爲曲既捷音聲

殊妙當時冠坐太祖大悦署爲記室何法盛晉中興書曰王永字安期司空東海王越以爲記室參軍雅相敬重勑子毗曰夫學之所益者淺體之所安者深閑習禮度不如式瞻儀形諷味遺言不如親承音旨王參軍人倫之表汝其師之史記張釋之曰秦任刀筆之吏除邵陵王友又爲安南邵陵王長史東夏形勝關河重複東夏會稽也尚書王曰爰建爾于上公尹茲東夏漢書田肯曰秦形勝之國也韓康伯王述碑曰述遷會稽太守此盖關河之重複泱泱大邦選衆而舉敦悦斯在論語子夏曰舜有天下選於衆舉皋陶不仁者遠矣左氏傳曰晉蒐於被廬謀元帥趙衰曰郤縠可臣亟聞其言矣説禮樂而敦詩書君其試之除使持節都督會稽東陽臨海永嘉新安五郡諸軍事輔國將軍會稽太守太祖受命廣樹藩屏左氏傳富辰曰昔周公故封建親戚以藩屏周室公以高昭武穆惟戚惟賢漢書韋玄成曰父爲昭子爲穆孫復爲昭也漢書文帝詔曰右賢左戚封聞喜縣

開國公食邑千戸又奏課連最進號冠軍將軍漢書曰兒寛爲農都尉大司農奏課最連韋昭曰最連得第一也越人之巫覩正風而化俗范曄後漢書曰第五倫字伯魚京兆人也拜會稽太守會稽俗多淫祀好卜筮民常以牛祭神百姓財産以之困匱倫到官移書屬縣曉告百姓其巫祝有依託鬼神詐怖愚民皆案論之有妄屠吏輒行罰於後遂斷絶百姓以安篁竹之酋感義讓而失險漢書淮南王上書曰臣聞越處谿谷之間篁竹之中范曄光武紀賛曰金湯失險邪叟忘其西昃龍丘狹其東臯范曄後漢書曰劉寵拜會稽太守徵爲將作大匠山陰有五六老叟自若邪山谷出送寵曰聞當見弃故自扶奉送潘安仁楊經誄云日昃景西望子朝陰范曄後漢書曰任延字長孫南陽人拜會稽都尉年十九矣有龍丘萇者隱居志不降辱四輔三公連辟不到掾史白請召之延曰龍丘先生躬德履義有原憲伯夷之節都尉洒掃其門猶懼辱焉召之不可使功曹奉謁修書記致醫藥吏使相望於道積一歲萇乃乘輂詣府門願得先死備録延辭讓再

三遂署議曹祭酒阮籍奏記曰將耕東皐之陽輸黍稷之稅會武穆皇后崩公星言奔波泣血千里蕭子顯齊書曰武穆裴皇后諱惠昭河東人父璣之后生子良禮記曰惟父母之喪見星而行夜見星而舍毛詩曰星言夙駕仲長子昌言曰救患赴急跋涉奔波者憂樂之盡也禮記曰高子皐執親之喪泣血三年未甞見齒君子以爲難水漿不入於口者至自禹穴禮記曾子謂子思伋曰吾執親之喪水漿不入於口七日漢書曰司馬遷南遊江淮上會稽探禹穴逮衣裳外除心哀内疚禮記曰親喪外除鄭玄曰日月已竟哀不忘也嵇康幽憤詩曰心焉内疚爾雅曰疚疾也禮屈於厭降事迫於權奪禮記曰有從有服而無服公子於其妻之父母鄭玄曰凡公子厭於君降其私親女君之子不降也晉起居注宋公表曰情由權奪也而茹戚肌膚沈痛瘡距廣雅曰茹食也禮記曰創鉅者其日久痛甚者其愈遟三年者稱情而立文所以爲至痛極故知鍾鼓非樂云之本縗麤非隆殺之要論語子曰

樂云樂云鍾鼓云乎哉馬融曰樂之所貴者移風易俗也非謂鍾鼓而已左氏傳曰齊晏桓子卒晏嬰麤衰斬寢苫枕草孫卿子曰喪三年何也曰加隆焉故三年以爲隆緦小功以爲殺鄭玄禮記注曰有隆有殺進退如禮莊子曰本在於上末在於下要在於主詳在於臣鍾鼓之音羽旄之容樂之末哭泣縗絰隆殺之服哀之末

改授征虜將軍丹陽尹良家入徙戚里内屬三輔黄圖曰宣帝爲杜陵徙良家五千户居於陵漢書曰萬石君傳曰徙其家長安中戚里以姊爲美人故也政非一軌俗備五方漢書曰秦地五方雜錯公内樹寬明外施簡惠范曄後漢書馮衍說鮑永曰幸逢寬明之日將值危言之時藏榮緒晉書吴隱之爲晉陵太守布政簡惠神皋載穆轂下以清西京賦曰寔惟地之奥區神皋漢書谷永上疏曰薛宣爲御史中丞執憲轂下胡廣漢官解故注曰轂下喻在輦轂之下京城之中也范曄後漢書曰楊璉爲零陵太守郡境以清武皇帝嗣位進封竟陵郡王食邑加千户復授使持節都督南徐兖二

州諸軍事鎮北將軍南徐州刺史遷使持節侍中都督
南兗徐北兗青兾五州諸軍事征北將軍南兗州刺史兗
徐接壤素漸河潤漢書武帝詔曰淮南衡山兩國接壤東觀漢記曰拜郭伋潁川太守召見
辭謁帝勞之曰賢能太守去帝城不遠河潤九里兾京師并蒙福也未及下車仁聲先洽
漢書曰班伯爲定襄太守其下車作威吏民竦息玉關靖柝北門寢扃漢書曰龍勒有
玉門關周禮曰凡軍事聚㰛鄭玄曰擊㰛兩木相敲行夜時也㰛與柝同史記曰齊威王曰吾吏有黔夫者使
守徐州則燕人祭北門裴駰曰齊之北門說文曰扃外關門之關朝旨以董司岳牧敷
興邦敎晉起居注宋公表曰董司垂方過寔引罰孔安國尚書傳曰董督也潘岳關中詩曰岳牧慮殊
禮記司徒明七敎以興民德尚書曰司徒掌邦敎方任雖重比此爲輕山濤啓事曰方
任雖重比此爲輕徵護軍將軍兼司徒侍中如故又授車騎將

軍兼司徒侍中如故即授司徒侍中又如故上稽三能下敷五典漢書曰三能色齊君臣和蘇林曰能音台尚書帝曰契汝作司徒敬敷五教在寬又曰五典克從孔安國曰五典五常之教闢玄闈以闡化寢鳴鍾以體國玄謂道也太玄經曰玄門混沌難知孫放數詩曰一往縱神懷矯跡步玄闈范曄後漢書曰相榮爲五更賛曰待問應若鳴鍾翼亮孝治緝熙中教孝經曰昔者明王之以孝治天下也不敢遺小國之臣司徒故曰中教奪金恥訟蹊田自嘿呂氏春秋曰齊人有欲得金者清旦衣冠之鬻金者之所見人操金攫而奪之吏捕而束縛之問曰人皆在焉子攫人之金何故對吏曰殊不見人徒見金耳左氏傳申叔時謂楚子曰牽牛以蹊人之田而奪之牛牽牛以蹊者信有罪矣而奪之牛罰以重矣不雕其朴用晦其明呂氏春秋曰賢不肖各反其質行其情不雕其素高誘曰素樸也周易曰明入地中明夷君子以莅衆用晦而明王弼曰藏明於内乃得明聲化之有倫緊公是賴潘元茂九

錫文曰故周室之不壞繫二國是賴庠序肇興儀形國胄師氏之選允師
人範禮記曰有虞氏養國老於上庠夏后氏養國老於東序鄭玄曰皆學名也毛詩曰儀刑文王袁山松
後漢書曰李膺風格儀刑皆可師範尚書曰夔命汝典樂教胄子周禮曰師氏中大夫以三德教國子法言曰
務學不如務求師師者人之模範也以本官領國子祭酒固辭不拜入座
初啓以公補尚書令陳壽魏志評曰八座尚書即古六卿之任也晉百官名曰尚書令尚
書僕射六尚書古爲八座尚書式是敷奏百揆時序尚書曰敷奏以言又曰納于百揆百揆時
敘王隱晉書詔曰今之尚書令皆古之百揆之任也夫國家之道互爲公私君親
之義遞爲隱犯禮記曰事親有隱而無犯事君有犯而無隱有諫諍之義公二極一
致愛敬同歸國語欒共子曰臣聞之人生於三事之如一父母生之師教之君食之非父不生非食不長
非教不智生之族也故一事之唯其所在則致死矣孝經曰資於事父以事母而愛同資於事父以事君而敬

同

亮誠盡規謀猷引遠矣國語召康公曰天子聽政近臣盡規晉中興書冊陶侃曰公經德秉哲謀猷引遠又授使持節都督楊州諸軍事楊州刺史本官悉如故舊惟淮海今則神牧尚書曰淮海惟楊州地理書曰崑崙東南地萬五千里名曰神州編戶夥阜萌俗繁滋漢書呂后曰諸將故與帝爲編戶不言之化若門到戶說矣周易曰不言而信存乎德行孝經曰君子之教以孝非家至而日見之鄭玄曰非門到戶至而日見也楚辭曰衆不可戶說兮孰云察余之中情頃之解尚書令改授中書監餘悉如故獻納樞機絲綸允緝兩都賦序曰日月獻納周易曰言行君子之樞機禮記曰王言如絲其出如綸武皇晏駕寄深負圖應劭風俗通曰宮車晏駕謹按史記曰王稽謂范雎曰夫事有不可知者有不可奈何者一日宮車晏駕是事不可知也君雖恨於臣是無可奈何謂秦昭王以天下終也昔周康王一旦晏起侍人以

爲深刺天子當夜寢早作身省萬機如今崩殞則爲晏駕矣家語孔子觀於明堂覩四門之墉有周公相成王抱之負斧扆南面以朝諸侯之圖焉公仰惟國典俛導遺託俯擗天倫踴絶于地居處之節復如居武穆之憂穀梁傳曰兄弟天倫也何休曰兄先弟後天之倫次也禮記曰婦人擊心爵踴鄭玄曰爵踴足不絶地也聖主嗣興地居旦奭蕭子顯齊書曰鬱林王昭業文惠太子長子世祖崩太孫即位有詔策授太傅領司徒[illegible][illegible]如故坐而論道動以觀德周禮曰坐而論道謂之三公禮記曰樂行而民向方可以觀德矣地尊禮絶親賢莫貳晉中興書恭帝詔曰大司馬地隆任重親賢莫貳班固諸侯王表序曰親親賢賢褒功表德又詔加公入朝不趨讚拜不名劒履上殿蕭傅之賢曹馬之親兼之者公也漢書曰上賜蕭何帶劒履上殿入朝不趨又曰上欲自行擊陳豨周緤泣曰始秦攻破天下未曾自行今上常自行是無人可

使者乎上以爲愛我賜入殿門不趨而綜與傅寛同傳寛無不趨之言疑任公誤也魏志曰曹真字子丹太祖族子也明帝即位遷大司馬賜劍履上殿入朝不趨晉公卿禮秩曰汝南王亮秦王東吴王晏梁王肜皆劍履上殿入朝不趨復以申威重道增崇德統進督南徐州諸軍事餘悉如故並奏疏累上身歿讓存王隱晉書曰武帝贈羊祜詔曰身歿讓存遺操益厲天不憖遺梁岳頽峻左氏傳曰孔丘卒公誄之旻天不弔不憖遺一老禮記曰孔子蚤作負手曳杖逍遥於門歌曰太山其頽乎梁木其壞乎某年某月日薨春秋三十有五詔給温明秘器斂以衮章備九命之禮遣大鴻臚監護喪事朝夕奠祭太官供給禮也漢書曰大將軍霍光薨賜東園温明秘器服虔曰東園處此器象如桶開一端漆畫懸鏡其中置尸上斂并蓋之周禮曰三公自衮冕而下又曰上公九命故以慟極津門感充長樂東觀漢記曰東海王彊薨上發魯相所上

欆下牀伏地擧聲盡哀至長樂宮白太后因出幸津門亭發喪　豈徒舂人不相傾壚罷肆而已哉史記曰趙良謂商鞅曰五羖大夫死秦國男女莫不流涕童子不歌謡舂者不相杵劉緺聖賢本紀曰子産治鄭二十年卒國人哭于巷商賈哭于市農夫號于野　乃下詔曰褒崇庸德前王之令典追遠尊戚沿情之所隆禮記曰禮樂之情同故明王相沿也鄭玄注曰沿猶因述也　故使持節都督楊州諸軍事中書監太傅領司徒楊州刺史竟陵王新除進督南徐州體睿履正神監淵邈道冠民宗具瞻惟允毛詩曰民具爾瞻　肇自弱齡孝友光備毛詩曰張仲孝友　爰及賛契恊升景業燮和台曜五教克宣台曜及五教並已見上文　敷奏朝端百揆惟穆尚書曰敷奏以言晋中興書謝石上䟽曰尸素朝端忽焉五載尚書曰百揆時敘　寄重先顧任均負圖先顧

則顧命也尚書曰成王將崩命召公
畢公相康王作顧命負圖巳見上文諒以齊徽二南同
規往哲毛詩序曰關雎麟趾之化王者之風也故繫之
周公鵲巢騶虞之德諸侯之風也故繫之召公
周南召南正始之道王化之基方憑保祐永翼雍熙東京賦曰上下共其雍熙天不
憖遺奄見薨落憖遺巳見上文方言曰奄遽也尚書曰帝乃殂落哀慕抽割
震動于厥心今先遠戒期龜謀襲吉禮記曰喪事先遠日尚書曰謀及卜
筮孔安國曰龜曰卜又曰乃卜三龜一習吉襲與習通茂崇嘉制式引風猷可追
崇假黃鉞尚書曰王左杖黃鉞孔安國曰鉞以黃金飾斧侍中都督中外諸軍
事太宰領大將軍楊州牧綠綟麗綬具九錫服命之禮
魏晉官品曰相國丞相綠綟綬九錫巳見潘勗九錫文使持節中書監王如故給九
旒鑾輅甘泉鹵簿曰游車九乘禮記曰乘鑾輅駕蒼龍黃屋左纛道寸轀輬車漢書

日紀信乘王車黃屋左纛縣李斐曰黃屋天子車以黃繒爲蓋裏纛縣毛羽幢在乘輿衡左方上注之漢書曰載霍光尸以轀輬車文穎曰如今喪轜車前後部羽葆鼓吹挽歌二部虎賁班劒百人漢書韓延壽給羽葆鼓車歌車張晏曰羽葆幢也服虔曰如今鼓吹歌車也晉公卿禮秩曰諸公及開府位從公者給虎賁二十人持班劒焉葬禮一依晉安平獻王孚故事王隱晉書曰孚字叔達宣帝次弟也封安平王薨謚曰獻詔喪事一依漢東平獻王蒼故事公道識虛遠表裏融通淵然萬頃直上千仞范曄後漢書郭林宗曰黃叔度汪汪如萬頃之陂魯連子曰東山有松千仞無枝非爲正直無枉自然僕妾不覩其喜慍近侍莫見其傾弛晉中興書曰衞玠終身不見其慍喜王隱晉書曰王邵爲丹陽尹善禮儀操人近習未嘗見其惰替他人之善若己有之尚書穆公曰人之有伎若己有之民之不臧公實貽聦尸子曰見人有過則如己有過虞氏之盛德也誘接恂恂降以顏

色論語曰孔子於鄉黨恂恂如也似不能言者王肅曰恂恂温恭之貌方於事上好下規己魏志劉寔曰王肅方於事上而好下接己此一反也而廉於殖財施人不倦左傳叔向曰齊桓施舍不倦求善不厭帝子儲季令行禁止文子曰夫抱順效誠者令行禁止國網天憲宜諸掌握范曄後漢書劉陶曰今權官手握王爵口含天憲淮南子曰執節於掌握之間寘致也未嘗鞠人於輕刑錮人於重議東觀漢記曰袁安爲尹十餘年政令公平未嘗以贓罪鞠人常歎曰凡士之學高欲望宰相下及牧守錮人於聖代尹不忍爲也人有不及內恕諸己非意相干每爲理屈晉中興書曰衛玠常以人有不及可以情恕非意相干可以理遣任天下之重體生民之俊孟子曰伊尹其自任以天下之重也如此東觀漢記鄧鄭曰天生俊士以爲民也華袞與緼緒張呂同歸山藻與蓬茨俱逸潘岳密陵侯鄭公碑曰公雖違華袞猶朱其紱韓詩子路曰曾子褐衣緼

緒未嘗完論語曰臧文仲山節藻梲包咸曰節者栭刻鏤爲山梲者梁上楹畫以藻文聖主得賢臣頌曰長於蓬茨之下良田廣宅符仲長之言范曄後漢書曰仲長統字公理山陽人也少好學博涉書記每州郡召命輒稱疾不就欲卜居清曠以樂其志嘗論之曰使居有良田廣宅背山臨流溝池環匝竹木周布足以息四體之役邛山洛水協應叟之志應璩與程文信書曰故求遠田在關之西南臨洛水北據邛山託崇岫以爲宅因茂林以爲蔭丘園東國鎦銖軒冕以東國若丘園輕軒冕猶鎦銖者鄭玄曰言君分國以祿之視之輕如鎦銖矣乃依林構宇傍巖拓架清猨與壺人爭旦緹幕與素瀨交輝劉公幹贈五官中郎將詩曰明月照緹幕楚辭曰戲疾瀨之素水置之虛室人野何辨莊子曰虛室生白孟子曰舜之居深山之中所以異於深山之野人者幾希劉熙曰當此之時舜與野人相去豈遠哉郍仲文入剡詩曰野人雖云隔超悟必有比高人何點躡屩於鍾阿徵士劉虯獻書於衛

岳贈以古人之服，引以度外之禮蕭子顯齊書曰：何點字子晳，廬江人也。隱居東離門卞忠貞墓側。豫章王命駕造門，點從後門逃去。竟陵王子良聞之曰：豫章王命尚不屈，非吾所議。遺點嵇叔夜酒杯、徐景山酒鎗以通意。虞孝敬高士傳曰：何點常躡草屩，時乘柴車。蕭子顯齊書又曰：劉虯字靈豫，南陽人也。豫章王爲荆州牧，辟虯爲别駕，遺書禮請。虯脩牋荅，不應命。子良致書通意，虯荅書，後以江陵沙洲人遠，乃徙居之。魏志曰：太祖賜毛玠素屏風、素憑几，曰：君有古人之風，故賜以古人之服。干寶晉紀：何曾謂太祖曰：阮籍如此，何以訓世？太祖曰：度外人也，宜共容之。屈以好事之風，申其趨王之意戰國策曰：先生王叔造門，欲見於齊宣王。宣王使謁者迎入。王叔曰：叔趨見王爲好勢，王趨見叔爲好士，於王何如？使者復還報。宣王曰：先生徐入，寡人請從。宣王因趨而迎之於門。乃知大春屈己於五王，君大降節於憲后，致之有由也范曄後漢書：井丹字大春，扶風人。建武末，沛王輔等五王居北宮，皆好賓客，更遣請丹，不能致。信陽侯陰就，光烈皇后弟也，以外戚貴盛，乃詭五王求錢千萬約能致丹別使人要劫之丹不得已旣至就故爲設麥飯葱菜之食丹推去之曰以君侯能供甘旨故來相過何其薄乎更致盛饌乃食東觀漢記曰荀恁字君大鴈門人也永平中驃騎將軍東平憲王蒼辟恁署祭酒敬禮焉後朝會上戲之曰先帝徵君不至驃騎辟而來何也對曰先帝秉德惠下臣故不來驃騎將軍執法檢下臣故不敢不來其卉木之奇泉石之美公所製山居四時序言之已詳文皇帝養德東朝同符作者蕭子顯齊書曰文惠太子懋字雲喬世祖長子昭業即皇帝位追尊爲文皇帝山濤啓事曰保傅不可不高天下之選羊祜秉德義克己復禮東宮少事養德而已論衡曰治國之道一曰養德養德者養名高尚之人亦能敬賢禮記曰作者之謂聖述者之謂明明聖者述作之謂也爰造九言實該百行竟陵王集有皇太子九言言德言賢言親言生言靜言昭言眞言節言義孔藏與從弟書曰學者所以飾百行也導衿褵於未萌申烱戒於兹日衿褵於衿結褵也儀禮曰女嫁母施衿結帨曰勉之敬之毛詩曰親結其

縭九十其儀毛萇曰離婦人之幃也幽通賦曰既訊爾以吉象又申之以烱戒非直旦暮千載
故乃萬世一時也莊子曰萬世之後而一遇大聖知其解者是旦暮遇之也命公注
解竟陵王集有皇太子九言注解衛將軍王儉綴而序之竟陵王集云衛將軍王儉
爲九言序贊山宇初搆超然獨往淮南王莊子略要曰江海之士山谷之人也輕天下
細萬物而獨往者也司馬彪注曰獨往自然不復顧世顧而言曰死者可歸誰與
入室國語曰趙文子與叔向觀乎九原曰死者若可作吾誰與歸尚想前良俾若神
對思玄賦曰尚前良之遺風王隱晉書劉琨曰神爽忽然若己之侍對也乃命畫工圖之
軒牖既而緬屬賢英傍思才淑賈逵國語注曰緬思貌匹婦之操亦
有取焉有客游梁朝者從容而進曰未見好德愚竊惑
焉論語孔子曰吾未見好德如好色者即命刊削投杖不暇禮記曰子夏喪其子而喪

其明弟子弔之子夏曰天乎予之無罪曾子怒曰喪爾親使人未有聞喪爾子喪爾明汝何無罪耶子夏投其杖而拜之公以爲出言自口驥騄不追鄧析書曰一言而非駟馬不能追一言而急駟馬不能及聽受一謬差以千里易乾鑿度曰正其本而萬物理失之毫釐差之千里所造箴銘積成卷軸門階户席寓物垂訓李尤集序曰尤好爲銘讚門階户席莫不有述家語南宮敬叔曰孔子作春秋垂訓後嗣先是震于外寢左氏傳曰震夷伯廟罪之匠者以爲不祥將加治葺弔屈原曰逢時不祥杜預左氏傳注曰葺覆也公曰此天譴也無所改修以記吾過且令戒懼不怠左氏傳曰晉侯求介之推不獲以緜上爲之田曰以志吾過且旌善人從諫如順流虚己若不足王命論曰從諫如順流莊子曰人能虚己以游於世其孰能害之老子曰大白若辱廣德若不足至於言窮藥石若味滋旨左氏傳曰孟孫卒臧孫入哭甚哀曰孟孫之惡我藥石也

信必由中，貌無外悅。左氏傳曰：周鄭交惡。君子曰：信不由中，質無益也。貴而好禮，怡寄典墳。論語子曰：未若貧而樂，富而好禮者也。左氏傳楚子曰：左史倚相能讀三墳五典。雖牽以物役，孜孜無怠。孫卿子曰：是謂以己爲物役矣。尚書曰：禹予思日孜孜。又曰：無怠無荒。乃撰四部要略淨住子。淨住序云：遺教經云：波羅提木义是女大師，若住於世，無異我也。又云：波羅提木义住則我法住，波羅提木义滅則我法滅。是故衆僧於望晦再說禁戒，謂之布薩。外國云布薩，此云淨住，亦名長養，亦名增進。所謂淨住身口意，身絜意如戒而住，故曰淨住。子者，紹繼爲義。以沙門淨身口七支，不起諸惡，長養增進菩提善根，如是脩習成佛無差，則能紹續三世佛種，是佛之子，故云淨住子。並勒成一家，懸諸日月。漢書曰：太史公書序略以拾遺補闕，藝成一家言。楊雄方言曰：雄以此篇目煩宗其成者張伯松。伯松曰：是懸諸日月不刊之書也。引洙泗之風，闡迦維之化。禮記曾子謂子夏曰：吾與汝事夫子於洙泗之間。鄭玄曰：洙泗，魯水名也。瑞應經曰：菩薩下當作佛託生天竺迹維羅衛國大漸彌留話言盈耳尚書曰疾大漸惟幾病日臻既彌留說文日話會合善言也論語子曰師摯之始關雎之亂洋洋乎盈耳哉黜殯之請至誠懇惻黜殯已見演連珠注豈古人所謂立言於世沒而不朽者歟左氏傳曰穆叔如晉范宣子逆之問焉曰古人有言曰死而不朽何謂也穆叔對曰豹聞之太上有立德其次有立功其次有立言雖久不廢此之謂不朽也易名之典請遵前烈謹狀禮記曰公叔文子卒其子戍請謚於君曰日月有時將葬矣請所以易其名者

弔屈原文一首 并序

賈誼

誼爲長沙王太傅旣以謫去意不自得韋昭曰謫譴也字林曰丈厄切及渡湘水爲賦以弔屈原屈原楚賢臣也被讒放逐作離騷賦其終篇曰已矣哉國無人兮莫我知也遂自

投汨羅而死誼追傷之因自喻其辭曰應劭風俗通曰賈誼與鄧通俱侍中同位數廷譏之因是文帝遷爲長沙太傅及渡湘水投弔書曰闒茸尊顯佞諛得意以哀屈原離讒邪之咎亦因自傷爲鄧通等所愬也

恭承嘉惠兮俟罪長沙張晏曰恭敬也越絕書曰恭承嘉惠述暢往事琴操伍子胥歌曰俟罪斯國志願得兮側聞屈原兮自沈汨覓羅韋昭曰皆水名羅今爲縣屬長沙汨水在焉列子曰吾側聞之造託湘流兮敬弔先生言至湘水託流而弔遭世罔極兮乃殞厥身張晏曰讒言罔極罔極言無中正周書文王曰惟世罔極汝尚助予嗚呼哀哉逢時不祥鸞鳳伏竄兮鴟梟翱翔闒茸尊顯兮讒諛得志胡廣曰闒茸不才之人無六翮翱翔之用而反尊顯爲諂諛得志於世也字林曰闒茸不肖也賢聖逆曳兮方正倒植胡廣曰逆曳不可順道而行也倒植者賢不肖

顛倒易位也植史記作值世謂隨夷爲溷胡困兮服虔曰殷之賢士卞隨也韋昭曰夷伯夷也溷濁也史記隨字作伯謂跖蹻爲廉李奇曰跖魯之盜跖蹻楚之莊蹻莫邪爲鈍兮吳越春秋曰干將者與歐冶同師俱作劒闔閭得而寶之以故使干將造劒二枚一曰干將二曰莫邪莫邪干將妻之名也鉛刀爲銛漢書音義曰銛徹謂利也息鹽切吁嗟默默生之無故兮應劭曰默默不得意也臣瓚曰先生謂屈原鄧展曰言屈原無故遇此禍也毛詩曰吁嗟鳩兮斡棄周鼎寶康瓠兮如淳曰斡轉也史記音烏活切爾雅曰康瓠謂之甗李巡曰大瓠瓢也甗乇列切騰駕罷牛驂蹇驢兮驥垂兩耳服鹽車兮戰國策汗明曰大驥服鹽車上太行中坂遷延負轅不能上章甫薦履漸不可久兮冠當加首而以薦履到上爲下故漸不可久也儀禮曰士冠章甫殷道也嗟苦先生獨離此咎兮應劭曰嗟咨嗟苦勞苦屈原遇此難也訊曰已矣國其莫我知兮張晏曰訊離騷下音亂辭也獨

壹鬱其誰語鳳漂漂其高逝兮固自引而遠去史記音漂匹遥切襲九淵之神龍兮沕深潛以自珍音義曰襲覆也猶言察也莊子千金之珠必九重之淵而驪龍頷下張晏曰沕潛藏也鄧展曰音昧偭蟂獺以隱處兮夫豈從蝦與蛭螾應劭曰蟂獺水蟲害魚者偭背也蘇林曰偭音面服虔曰蟂音梟韋昭曰蝦蝦蟇蛭水蟲食人者也螾丘螾也偭然自絕於蟂獺況從蝦與蛭螾也蝦音遐蛭之一切螾音引所貴聖人之神德兮遠濁世而自藏莊子曰宣尼見蜮丘之將是聖人僕也是自埋於民自藏於畔郭象曰進不榮華退不枯槁也使騏驥可得係而羈兮豈云異夫犬羊般紛紛其離此尤兮亦夫子之故也李奇曰般久也紛亂也應劭曰般音班或曰般桓不去紛紛構讒意也犍為舍人爾雅注曰尤怨大也李奇曰亦夫子不如麟鳳不逝之故罹此咎善曰言般桓不去離此愆尤亦夫子自為之故不可尤人也歷九州而相其君兮

何必懷此都也（言知時之亂當歷九州相賢君而事之何必思此都而遭放逐）鳳皇翔于千仞兮覽德輝而下之見細德之險徵兮遙曾擊而去之（如淳曰鳳皇曾擊九千里絶雲氣遥逺也曾高高上飛意也鄭玄曰擊音攻擊之擊李奇曰遥逺也曾益也史記擊字作翮文子曰鳳皇飛千仞莫之能致也禮記曰德輝動乎内險徵謂輕爲徵祥也）彼尋常之汙瀆兮豈能容夫呑舟之巨魚（應劭曰八尺曰尋倍尋曰常善曰莊子曰弟子謂庚桑楚曰夫尋常之溝巨魚無所還其體而鯢鰌爲之制也）横江湖之鱣鯨兮固將制於螻蟻（晉灼曰小水不容大魚而横鱣鯨於夸瀆必爲螻蟻所見制以況小朝主闇不容受忠迕之言亦謂讒賊小人所見害也鱣或作鱓史記鱣張連切鱓音尋莊子庚桑楚謂弟子曰呑舟之魚碭而失水則螻蟻能苦之戰國策齊人説靖郭君曰君不聞海大魚乎蕩而失水則螻蟻得意焉）

弔魏武帝文一首 并序

陸士衡

元康八年機始以臺郎出補著作遊乎祕閣而見魏武帝遺令愾然歎息傷懷者久之毛詩曰嘯歌傷懷客曰夫始終者萬物之大歸死生者性命之區域家語孔子曰命者性之始也死者生之終也有始必有終矣尸子老萊子曰人生於天地之閒寄也寄者同歸也是以臨喪殯而後悲覩陳根而絕哭國語曰楚子西歎於朝藍尹亹曰吾聞君子思前世之崇替與哀殯喪於是有歎其餘則否禮記曰朋友之墓有宿草而不哭焉鄭玄曰宿草謂陳根也今乃傷心百年之際興哀無情之地意者無乃知哀之可有而未識情之可無乎機荅之曰夫日食由乎交分山崩起於朽壤亦云數而已矣左氏傳曰秋七月壬午朔日有蝕之公問於梓慎曰是何物也禍福何爲對曰二至二分日有蝕之不爲災日月之行也分同道至相遇也其他日則爲災陽不克也國語曰梁山

崩伯宗問絳人曰若何對曰山有朽壤而崩將若何然百姓怪焉者豈不以資高明之質而不免卑濁之累尚書曰高明柔克高明謂日月也居常安之勢而終嬰傾離之患故乎穀梁傳曰沙麓崩林屬於山爲麓沙山名無崩壞之道而云崩故志之也夫以迴天倒日之力而不能振形骸之内范曄後漢書曰左迴天貝獨坐謂中官左悺貝瑗也淮南子曰魯陽公與韓遘戰酣日暮援戈而麾之日爲之反三舍莊子曰申徒兀者也謂子産曰今子與我遊於形骸之内而子索我於形骸之外濟世夷難之智而受困魏闕之下崔寔政論曰及其出也足以濟世寧民吕氏春秋公子牟曰心居魏闕之下許愼淮南子注曰魏闕王之闕也巳而格乎上下者藏於區區之木尚書曰格于上下左氏傳楚靈王曰是區區者而不畀余也光于四表者翳乎蕞祖外爾之土尚書曰光被四表左氏傳子産曰諺曰蕞爾之國杜預注曰蕞爾小貌也雄心摧於弱

情壯圖終於哀志長筭屈於短日遠迹頓於促路筭計謀也迹功業也思玄賦曰盍遠迹以飛聲嗚呼豈特瞽史之異闕景黔黎之怪頹岸乎觀其所以顧命冢嗣貽謀四子顧命以見上文爾雅曰冢大也左氏傳里克曰太子奉冢祀社稷之粢盛故曰冢子謂文帝也毛詩曰貽厥孫謀經國之略既遠隆家之訓亦弘又云吾在軍中持法是也至小忿怒大過失不當效也善乎達人之讜言矣聲類曰讜善言也持姬女而指季豹以示四子曰以累汝因泣下魏略曰太祖杜夫人生沛王豹及高城公主四子即文帝巳下四王也太祖崩文帝受禪封母弟彰爲中牟王植爲雍丘王庶弟彪爲白馬王又封支弟豹爲侯然太祖子在者尚有十一人今唯四子者蓋太祖崩時四子在側史記不言難以定其名位矣傷哉曩以天下自任今以愛子託人自任已見上文列子相室

謂東門吾曰公之愛子也同乎盡者無餘而得乎亡者無存言人命盡而神無餘身亡而識無存今太祖同而得之故可悲傷也鄭玄禮記注曰死言精神盡也然而婉孌房闥之內綢繆家人之務則幾乎密與班固漢書哀紀述曰婉孌董公力婉切毛詩曰綢繆束薪毛萇曰綢繆猶纏緜也杜預左氏傳注曰幾近也又曰吾婕妤妓人皆著銅爵臺魏志曰建安十五年冬作銅爵臺於臺堂上施八尺牀繐帳鄭玄禮記注曰凡布細而疎者謂之繐朝晡上脯糒之屬漢書東方朔曰乾肉爲脯方武切說文曰糒乾飯也蒲秘切月朝十五輒向帳作妓汝等時時登銅爵臺望吾西陵墓田又云餘香可分與諸夫人諸舍中無所爲學作履組賣也舍中謂衆妾衆妾既無所爲可學作履組賣之晏子春秋曰景公爲履黃金之綦飾以組連以珠吾歷官所得綬皆著藏中吾餘衣

裘可別爲一藏不能者兄弟可共分之既而竟分焉士者可以勿求存者可以勿違求與違不其兩傷乎令衣裘別爲一藏是士者有求也既而竟分焉是存者有違也求爲吝而虧廉違爲貪而害義故曰兩傷悲夫愛有大而必失惡有甚而必得智惠不能去其惡威力不能全其愛言愛是情之所厚故雖大而必失之惡是行之所穢故雖甚而必得之故智惠不能去其惡威力不能用其愛故可悲也尸子曾子曰父母愛之喜而不忘父母惡之懼而無咎然則愛與惡其於成孝也無擇令人雖未得愛不得惡矣故前識所不用心而聖人罕言焉老子曰前識者道之華論語子曰飽食終日無所用心又曰子罕言利若乃繫情累於外物留曲念於閨房亦賢俊之所宜廢乎愼子曰德精微而不見是故物不累於內於是遂憤懣而獻弔云爾白虎通曰天子崩臣子哀痛憤懣

接皇漢之末緒，值王途之多違。東都賦曰：系唐統，接漢緒。荅賓戲曰：王途蕪穢。周失其馭。蔡邕釋誨曰：王途壞，人極殆。漢書元帝詔曰：政令多違。佇重淵以育鱗，撫慶雲而遐飛。以龍喻太祖也。重淵，九重之淵也。揚雄釋愁曰：懿神龍之淵潛，竢慶雲而將舉。史記曰：若煙非煙，若雲非雲，郁郁紛紛，蕭索輪囷，是謂慶雲。運神道以載德，秉靈風而扇威。周易曰：聖人以神道設教。國語曰：祭公謀父曰：弈世載德。載，猶行也。摧群雄而電擊，舉勍敵其如遺。左氏傳子魚曰：君未知戰，勍敵之人，隘而不成列，天賛我也。杜預曰：勍，強也。漢書梅福上書曰：高祖取楚如拾遺。指八極以遠略，必翦焉而後綏。淮南子曰：八紘之外，乃有八極也。釐三才之闕典，啓天地之禁闈。三才已見頭陀寺碑文。范曄後漢書曰：梁太后詔曰：周舉在禁闈，有密靜之風。舉脩網之絕紀，紐大音之解徽。老子曰：大音希聲。許慎淮南子注曰：鼓琴循絃謂之徽。掃雲物以貞觀，要萬途而來歸雲物喻羣凶也左氏傳曰分至啓閉必書雲物周易曰天地之道貞觀者也來歸歸之於己也丕大德以宏覆援日月而齊暉周易曰天地之大德曰生禮記曰天無私覆淮南子曰爲帝異道而德覆天下楚辭曰與天地兮比壽與日月兮齊光宏普也濟元功於九有固舉世之所推史記太史公曰惟祖元功輔臣股肱毛詩曰奄有九有老子曰天下樂推而不猒彼人事之大造夫何往而不臻左氏傳呂相曰我有大造乎西也杜預注曰造成也將覆簣於浚谷擠爲山乎九天論語孔子曰譬如平地雖覆一簣進吾往也孔安國尚書傳曰擠墜也司馬兵法曰善攻者動於九天之上苟理窮而性盡豈長筭之所研周易曰窮理盡性以至於命鄭玄曰言窮其義理盡人之情性以至於命吉凶所定又曰研喻思慮也悟臨川之有悲固梁木其必顛論語子在川上曰逝者如斯夫梁木已見上文當建安之三八實大命之所艱大命謂天命也尚書曰天

監厥德用集大命雖光昭於曩載將稅駕於此年史記李斯曰當今可謂富貴極矣吾未知所稅駕也法言曰仲尼之駕稅矣李範曰稅舍也惟降神之縣邈眇千載而遠期降神謂生聖智也千載一出故曰遠期也毛詩曰惟嶽降神桓子新論曰夫聖人乃千載一出賢人君子所想思而不可得見者也信斯武之未喪膺靈符而在茲茲此也此太祖也論語曰子畏於匡曰文王既沒文不在茲乎天之未喪斯文也匡人其如予何曹植大魏篇曰大魏膺靈符天祿方茲始春秋孔演圖曰靈符滋液以類相感雖龍飛於文昌非王心之所怡周易曰飛龍在天大人造也東京賦曰龍飛白水漢書文昌宮一曰上將二曰次將三曰貴相憤西夏以鞠旅泝秦川而舉旗魏志曰建安二十四年三月王自長安出斜谷劉備固險距守五月引軍還長安陳思王述征賦曰恨西夏之不綱毛詩曰陳師鞠旅魏明帝自惜薄祐行曰出身秦川爰居伊陽踰鎬京而不豫臨渭濱而有疑冀翌日之云

瘳彌四旬而成災毛詩曰宅是鎬京荅賔戲曰周望兆動於渭濵尚書曰旣克商二年王有疾不豫公乃告太王王季文王公歸王翌日乃瘳孔安國曰翌日明日也瘳差也詠歸途以反旆登崤澠而揭來魏志曰建安二十四年十月還洛陽東京賦曰乃反旆而回復漢書曰王莽冊命王奇曰崤澠之險東當鄭衛新序大臣曰洛陽西有崤澠思玄賦曰迴志揭來從玄謀次洛汭而大漸指六軍曰念哉魏志曰建安二十五年正月至洛陽庚子王崩尚書曰東至於洛汭大漸已見上文尚書曰帝念哉伊君王之赫奕寔終古之所難楚辭曰長無絕兮終古威先天而葢世力盪海而拔山周易曰先天而天弗違漢書項羽歌曰力拔山兮氣葢世時不利兮騅不逝田邑與馮衍書曰欲搖太山而盪北海厄奚險而弗濟敵何彊而不殘每因禍以禔福亦踐危而必安難蜀父老曰遐邇一體中外禔福說文曰禔安也時移切迄在茲而蒙昧慮噤閉而無端

楚辭曰口噤閉而不言噤巨蔭切委軀命以待難痛没世而永言鶡冠子曰從祀委命鵩鳥賦曰縱軀委命論語子曰君子疾没世而名不稱焉撫四子以深念循膚體而頽歎追營魄之未離假餘息乎音翰楚辭曰我營魄而登遐老子曰抱一能無離乎鍾會曰經護爲營形氣爲魄執姬女以嚬瘁指季豹而灌焉孟子曰嚬蹙而言嚬蹙謂人頻眉蹙額憂貌也灌泣涕垂貌氣衝襟以嗚咽涕垂睫而汍瀾蔡琰詩曰行路亦嗚咽桓子新論曰雍門周以琴見孟嘗君孟嘗君淚承睫涕出漢書息夫躬絶命辭曰涕泣流兮萑蘭臣瓚曰萑蘭涕泣闌干也萑與汍古今字同違率土以靖寐戢彌天乎一棺毛詩曰率土之濱古詩曰潛寐黄泉下毛萇詩傳曰戢聚也彌天喻志高遠也尚書五行傳曰雲起於山彌於天淮南子曰吾死也朽有一棺之土洛宏度之峻邈壯大業之允昌周易曰富有之謂大業思居終而䘏始命臨没而肇揚穀梁

傳曰先君有正終後君有正始也援貞咎以惎悔雖在我而不臧言爲履組及分香令藏衣裘是引貞吝之道敎爲可悔之行也周易曰自邑告命貞吝毛詩曰何用不臧惜內顧之纏緜恨末命之微詳西京賦曰嗟內顧之所觀張堅與任彥昇書曰纏緜惠好庶躡高蹤尚書曰道揚末命也紆廣念於履組塵清慮於餘香結遺情之婉孌何命促而意長陳法服於帷座陪窈窕於玉房孝經曰非先王之法服不敢服毛詩曰窈窕淑女漢書郊祀歌曰神之出排玉房宣備物於虛器發哀音於舊倡禮記曰孔子謂盟器者備物而不可用說文曰倡樂也謂作伎人也矯感容以赴節掩零淚而薦觴家語曰子貢問居父母之喪子曰感容稱其服楚辭曰長太息以掩涕物無微而不存體無惠而不亡言服玩雖微而必存儀形無善而必逝言物在而人亡也家語孔子謂哀公曰君入廟仰視榱桷俯察机筵其器皆存而不覩人君以此思哀

則意可知矣庶聖靈之響像想幽神之復光響像音影之異名魯靈光殿賦曰忽縹緲以響像孫卿子曰下和上譬響之應聲影之像形苟形聲之翳沒雖音景其必藏音以應聲景以隨形形聲咸已翳沒影響故亦必藏也鶡冠子曰景則隨形響則應聲也徽清絃而獨奏進脯糒而誰嘗悼繐帳之冥漠怨西陵之茫茫毛詩曰宅殷土茫茫登爵臺而群悲眝美目其何望字林曰眝長眙也博雅曰眝視也眝與貯同毛詩曰美目盼兮既睎古以遺累信簡禮而薄葬禮繁則易亂厚葬則傷生能遵簡薄所以遺累詩緯曰齊數好道廢義簡禮宋均曰簡猶闕也漢書劉向曰賢臣孝子亦命順意而薄葬史記曰因其俗簡其禮也彼裘紱於何有貽塵謗於後王言裘紱輕微何所有而空貽塵謗而及後王嗟大戀之所存故雖哲而不忘言情苟存乎大戀雖復上聖亦不能忘故可嗟也覽遺籍以慷慨獻茲文而

悽傷

祭文

祭古冢文一首 并序

謝惠連 沈約宋書曰：元嘉七年，惠連爲司徒彭城王義康法曹參軍。義康脩東府城，城壍中得古冢，爲之改葬，使惠連爲祭文，留信待成也。

東府掘城北壍，入丈餘，丹陽記曰：東府城西則簡文會稽王時第，東則孝文王道子府。道子領揚州，仍住先舍，故俗稱東府。得古冢，上無封域，不用塼甓。毛萇詩傳曰：甓，瓴甋也。今謂之塼。以木爲櫬，中有二棺，正方，兩頭無和。呂氏春秋：惠公說魏太子曰：昔王季歷葬渦山之尾，欒水齧其墓，見棺之前和。高誘曰：棺題曰和。明器之屬，材瓦銅漆，有數十種，禮記曰：孔子曰：明器者，神明之器也。多異形，不可盡識。

刻木爲人長三尺可有二十餘頭初開見悉是人形以物棖撥之應手灰滅（說文曰棖杖也宅庚切然南人以物觸物爲棖也廣雅曰撥除也補達切）棺上有五銖錢百餘枚（漢書曰武帝罷半兩錢行五銖錢也）水中有甘蔗節及梅李核瓜瓣皆浮出不甚爛壞（爾雅曰瓠犀瓣說文曰瓣瓜中實也白莧切一作辯字音練瓣與練字通）銘誌不存世代不可得而知也公命城者改埋於東岡祭之以豚酒既不知其名字遠近故假爲之號曰冥漠君云爾

元嘉七年九月十四日司徒御屬領直兵令史統作城録事臨漳令亭侯朱林具豚醪之祭敬薦冥漠君之靈忝揔徒旅板築是司窮泉爲壍聚壤成基一椰既啓

雙棺在茲捨畚悽愴縱鍤漣而左氏傳曰宋災陳畚揭杜預曰畚簣籠也畚音本揭居局切爾雅曰鍬謂之鍤周易曰泣血漣如杜預左傳注曰而助語也芻靈已毀塗車旣摧禮記曰塗車芻靈自古有之也几筵糜腐俎豆傾低盤或梅李盎或醢醯爾雅曰盎謂之缶又曰肉謂之醢郭璞曰肉醬也音海說文曰醯酸也醯呼蹄切蔗傳餘節瓜表遺犀犀已見上文追惟夫子生自何代曜質幾年潛靈幾載寡婦賦曰潛靈邈其不反爲壽爲夭寧顯寧晦銘誌湮滅姓字不傳今誰子後曩誰子先功名美惡如何蔑然百堵皆作十仞斯齊毛詩曰百堵皆興墉不可轉塹不可迴黃腸旣毀便房已頹循題興念撫俑增哀漢書曰霍光薨賜便房黃腸題湊各一具蘇林曰以栢木黃心致累棺外故曰黃腸木頭皆內向故曰題湊如淳曰便房冢壙中室也椑

蒼曰俑木送人葬也餘腫切俑或爲偶偶刻木以像人形五苟切射聲垂仁廣漢流渥范曄後漢書曰曹褒遷射聲校尉射聲營舍有停棺不葬百餘所褒親履行問其意故吏對曰此等多是建武以來絶無後者故不得埋掩褒爲買空地悉葬其無主者設祭以祀之東觀漢記曰陳寵字昭公沛國人也轉廣漢太守先是雒陽城南每陰常有哭聲聞於府中寵使案行昔歲倉卒時骸骨不葬者多寵乃勑縣葬埋由是即絶也祠骸府阿掩骼格城曲禮記曰孟春之月掩骼埋胔鄭玄曰骨枯曰骼仰羨古風爲君改卜孝經曰卜其宅兆而安厝之輪移北隍窀穸東麓說文曰城池無水曰隍音皇左氏傳楚子曰窀穸之事杜預曰窀厚也穸夜也厚夜長夜葬爲埋也說文曰穸葬下棺也穀梁傳曰林屬於山爲麓壙即新營棺仍舊木鄭玄周禮注曰壙謂冢中也棺或爲遂非也合葬非古周公所存禮記武子曰合葬非古自周公已來未之有也敬遵昔義還祔雙魂禮記孔子曰魯人之祔也合之鄭玄曰祔謂合葬也酒以兩壺

牲以特豚，幽靈髣髴，歆我犧樽。嗚呼哀哉！魏太祖祭橋玄文曰幽靈潛翳。李康髑髏賦曰：幽魂髣髴，忽有人形。禮記曰：祀周公於太廟，牲用白牲，尊用犧象也。許宜切。

祭屈原文一首

沈約宋書曰：少帝即位，出延之爲始平太守。之郡，道經汨潭，爲湘州刺史張邵作祭屈原文，以致其意。

顏延年

惟有宋五年月日，湘州刺史吴郡張邵，沈約宋書曰：張邵字茂宗，吴郡人也。恭承帝命，建旟舊楚。賈誼弔屈原曰：恭承嘉惠兮，俟罪長沙。周禮曰：州里建旟。鄭玄毛詩箋曰：謂州長之屬。陸機高祖功臣頌曰：舊楚是分。訪懷沙之淵，得捐珮之浦。楚辭曰：懷沙礫而自沈兮，不忍見之蔽壅。又曰：捐余玦兮江中，遺余珮兮澧浦。弭節羅潭，艤舟汨渚。楚辭曰：路漫漫其悠遠，夕弭節而高厲。漢書曰：烏江亭長艤舡待。如淳曰：南方人謂整舡向岸曰艤。乃遣户曹掾某，敬祭故楚三閭大夫屈君之靈。王逸楚辭序曰屈原與楚同姓仕於懷王爲三閭大夫**蘭薰而摧玉縝則折**語林曰毛伯成負其才氣常稱寧爲蘭摧玉折不作蒲芬艾榮管子曰夫玉折而不撓勇也禮記孔子曰君子比德於玉焉縝密以栗智也鄭玄曰縝緻也**物忌堅芳人諱明潔**堅芳即玉及蘭劉熙孟子注曰白玉之性堅蔡邕度尚碑曰明潔鮮白珪**曰若先生逢辰之鈌**賈誼弔屈原文曰嗟若先生獨離此咎楚辭曰悼余生之不辰逢此世之匡攘**溫風怠時飛霜急節**溫風長物飛霜殺物也周書曰小暑之日溫風至京房占曰三月建辰風衰怠柏麟七說曰飛霜厲其末飈風激其崖**嬴芊遘紛昭懷不端**嬴秦姓芊楚姓王逸楚辭序曰是時秦昭王使張儀譎詐懷王令絕齊交又使誘懷王請與俱會武關遂脅與俱歸拘留不遣卒客死於秦大戴禮曰太子處位不端受業不敬此屬太保之任也**謀折儀尚貞蔑椒蘭**史記曰楚懷王既絀屈平秦乃令張儀事楚秦昭王欲與懷王會欲行屈平曰秦不可信王問子蘭蘭勸王行秦因留懷王王逸楚辭序曰同列大夫上官靳尚妬害其能共譖毀

之楚辭曰椒專佞以慢謟兮極又欲充夫佩幃王逸曰椒大夫子椒也楚辭曰余以蘭爲可恃兮羌無實而害長王逸曰蘭懷王之少弟司馬子蘭也身絶郢闕迹遍湘干郢楚都也毛萇詩傳曰干崖也比物荃蓀連類龍鸞韓子曰連類比物見者以爲虛而無用荃蓀香草也王逸楚辭序曰善鳥香草以配忠貞虯龍鸞鳳以託君子聲溢金石志華日月金石樂也金曰鍾石曰磬吳越春秋樂師曰君王之德可刻之於金石史記太史公曰屈原蟬蛻於濁穢以浮游塵埃之外推此志也與日月爭光可也如彼樹芳實穎實發毛詩曰實發實秀實穎實栗望汨心歙瞻羅思越吳質荅東阿王書曰精散思越藉用可塵昭忠難闕周易曰藉用白茅何咎之有夫茅之爲物薄而用可重也左氏傳君子曰風有采蘩采蘋雅有行葦泂酌昭忠信也

祭顏光禄文一首　顏光禄即顏延年也

王僧達

維宋孝建三年沈約宋書曰孝建孝武年號也九月癸丑朔十九日辛

未王君以山羞野酌敬祭顏君之靈嗚呼哀哉夫德以道樹禮以仁清尚書曰樹德務滋孔安國曰樹立也清明也惟君之懿早歲飛聲思玄賦曰盍遠迹以飛聲義窮機彖文蔽班楊機彖謂周易班班固楊楊雄也郭璞三倉解詁曰楊音盈協韻性婞剛潔志度淵英楚辭曰鮌婞直以亡身兮婞猶直也登朝光國實宋之華班固漢書述曰弱冠登朝蔡邕陳太丘碑曰紆珮金紫光國垂勳國語季文子曰吾聞以德榮爲國華韋昭曰爲國光華才通漢魏譽浹龜沙漢書曰龜茲國王治延城去長安七千四百八十里尚書曰被于流沙漢書李陵歌曰經萬里度沙漠說文曰北方流沙服爵帝典棲志雲阿言服爵雖依帝典而棲志實在雲阿言高遠也管子曰將立朝廷者則爵服不可貴也張華勵志詩曰棲志浮雲清交素友比景共波共波猶連波以喻多氣高叔夜嚴方仲舉叔夜嵇康字也司馬彪續後漢書曰陳蕃字仲舉汝南人

也出爲豫章太守性方峻不接賓客逸翮獨翔孤風絶侶郭璞遊仙詩曰逸翮思拂霄廣雅曰風聲也流連酒德嘯歌琴緒漢書班伯曰式號式謼大雅所流連劉靈有酒德頌毛詩曰嘯歌傷懷琴緒緒引緒也遊顔移年契闊燕處何敬祖雜詩曰惆悵出遊顔毛詩曰死生契闊春風首時爰談爰賦秋露未凝歸神太素列子曰太素者質之始明發晨駕瞻廬望路毛詩曰明發不寐心悽目泫情條雲互李陵詩曰仰視浮雲馳奄忽互相踰涼陰掩軒娥月寢耀姮娥掩月故曰娥月周易歸藏曰昔常娥以西王母不死之藥服之遂奔月爲月精微燈動光几牘誰炤衾衽長塵絲竹罷調擥悲蘭宇屑涕松嶠楚辭曰涕漸漸其如屑古來共盡牛山有淚晏子春秋曰景公遊於牛山北臨其國流涕曰若何去此而死乎艾孔梁丘據皆泣唯晏子獨笑公收淚而問之晏子曰使賢者常守則太公桓公有之使勇者常守則莊公有之吾君

安得此泣而爲流涕是曰不仁也見不仁之君一諂諛之臣二所以獨笑也非獨昊天殲我
明懿毛詩曰彼蒼者天殲我良人以此忍哀敬陳奠饋蒼頡篇曰饋餽祭名也申
酌長懷顧望歔欷嗚呼哀哉范曄後漢書曰劉陶上疏曰喟爾長懷中篇而
歎

文選卷第六十終

賜進士出身通奉大夫江南蘇松常鎮太等處承宣布政使司布政使胡克家重校刊

傳古樓景印